Chère lectrice,

« Un garçon, ça ne pleure pas »… Bien des hommes ont été élevés selon ce principe. Pour les aguerrir et les préparer à leur rôle de sexe « fort », on leur a appris à ne pas montrer leurs sentiments et à vivre selon des codes « virils » : parler travail, voiture, séduction, c'est viril. Mais ouvrir son cœur…

Les états d'âme relèveraient donc d'une sensiblerie toute féminine et malvenue chez un homme, un vrai ?

Un texte très ancien dit pourtant : « Dieu compte les larmes des femmes » — façon profonde et poétique de souligner que les larmes, les émotions, la sensibilité ont une valeur humaine extrêmement précieuse. Une valeur que, parfois, les hommes acceptent de reconnaître en eux et laissent s'exprimer. Et quand ils se détournent des choses purement matérielles et se mettent à nu ; quand ils renoncent à leur armure ; ne sont-ils pas magnifiques ? touchants ?

Et pas moins sexy pour autant !

Tenez, il paraît que le foot-baller David Beckham avait les larmes aux yeux quand il a accompagné son fils pour son premier jour d'école.

Nos héros sont comme ça. Et vous êtes folle d'eux, non ?

Bonne lecture,

La responsable de collection

Retour à Magnolia Cottage

LYNNETTE KENT

Retour
à Magnolia Cottage

ÉMOTIONS

*éditions*Harlequin

Cet ouvrage a été publié en langue anglaise
sous le titre :
THE BALLAD OF DIXON BELL

Traduction française de
ISABELLE GAMOT

HARLEQUIN®

est une marque déposée du Groupe Harlequin
et Émotions® est une marque déposée d'Harlequin S.A.

Photos de couverture
Couple : © JEAN-PIERRE FRUCHET / GETTY IMAGES
Paysage : © GEOF RENNER / GETTY IMAGES

Toute représentation ou reproduction, par quelque procédé que ce soit, constituerait une contrefaçon sanctionnée par les articles 425 et suivants du Code pénal.
© 2003, Cheryl Bacon. © 2005, Traduction française : Harlequin S.A.
83-85, boulevard Vincent-Auriol, 75013 PARIS — Tél. : 01 42 16 63 63
Service Lectrices — Tél. : 01 45 82 47 47
ISBN 2-280-07939-9 — ISSN 1768-773X

1.

Juillet
New Skye, Caroline du Nord

Un éclair éblouissant déchira le ciel et, presque aussitôt, de grosses gouttes vinrent s'écraser sur le trottoir. Kate, qui était en train de fermer la portière de sa voiture, courut vers l'abri le plus proche — l'auvent rayé vert et blanc du Drew's.

Elle était néanmoins trempée lorsqu'elle y parvint ; son fin chemisier de coton, devenu pratiquement transparent, et sa jupe lui collaient au corps, et elle pataugeait dans ses sandales.

« Je vais devoir rentrer me changer », songeait-elle, essayant de remettre de l'ordre dans sa tenue, quand une voix enjouée lança derrière elle :

— Belle journée, hein ? Il n'y a rien de tel qu'un bel orage pour purifier l'atmosphère.

Kate se retourna et vit un homme mince, négligemment appuyé contre le mur de brique, à côté de la porte du café, qui l'observait.

— Vous plaisantez, je suppose ?

— Pas du tout, répondit-il avec un large sourire. Après quelques années passées à manger de la poussière au milieu des champs de pétrole du Texas, j'apprécie une bonne averse.

— Vous n'avez pas l'accent du Texas, remarqua-t-elle.

En fait, à l'entendre, on aurait plutôt dit qu'il avait vécu toute sa vie ici, à New Skye, Caroline du Nord. Elle avait même l'impression de le connaître. Mais les bonnes manières lui interdisaient de s'enquérir de son nom ainsi, tout à trac.

— Dieu merci ! J'aurais horreur que l'on m'identifie à mon accent. Voudriez-vous entrer et boire quelque chose ? Pour vous réchauffer.

D'un geste du bras, il l'invitait à se diriger vers la porte, devant laquelle, elle en était certaine, il s'effacerait pour la laisser passer. Et soudain, à la façon qu'il avait de la regarder, elle comprit qu'il savait exactement qui elle était. Elle étudia alors attentivement son visage, cherchant un indice dans les ondulations soyeuses de ses cheveux bruns, dans l'inclinaison de sa tête, dans la petite lueur amusée au fond de ses yeux noirs. Et quand la réponse surgit des profondeurs de sa mémoire, elle en eut le souffle coupé.

— Dixon ? Dixon Bell ?

Son sourire s'élargit.

— Tu en as mis un temps.

Il posa les deux mains sur ses épaules et se pencha pour l'embrasser sur les deux joues.

— Je commençais à me demander si je n'allais pas être obligé de te montrer mon permis de conduire. Comment vas-tu, Kate ?

Sans réfléchir, elle jeta les bras autour de son cou et l'étreignit.

— Tu as été parti si longtemps. Bienvenue à New Skye, Dixon !

Elle percevait la chaleur de ses mains dans son dos au travers du tissu mouillé, la puissance de son torse pressé contre ses seins, en même temps qu'un parfum particulier, d'homme et de savon.

Il y eut un nouveau coup de tonnerre, mais cette fois à l'intérieur de Kate.

— Mon Dieu ! dit-elle retombant sur ses talons. Je ne peux pas croire que c'est bien toi. Depuis quand es-tu rentré ?

8

Elle repoussa ses cheveux mouillés, en songeant qu'elle devait être affreuse.

— Il y a quelques jours. Au début de la semaine.

Il mit les mains dans ses poches et jeta un coup d'œil autour de lui.

— On dirait qu'il s'est produit pas mal de changements. Le centre-ville a fière allure, maintenant.

— Ah, tu trouves ? Ce n'est pas encore terminé, bien sûr, mais je pense que les projets de rénovation avancent bien, en grande partie grâce à ta grand-mère. Cela dit, je ne l'ai pas vue ces dernières semaines, comment va-t-elle ?

— Bien. Toujours aussi déterminée. Elle m'a dit qu'elle vous avait fait travailler comme des forçats au sein d'un de ses comités.

Kate rit.

— Miss Daisy a de la poigne, assurément. J'aimerais avoir ne serait-ce que la moitié de son énergie lorsque j'aurai son âge. Nous avons fêté son anniversaire au Club des femmes le mois dernier, elle a eu quatre-vingt-quatre ans, c'est bien ça ?

— Oui. Et il semble qu'elle recueille un nouveau chat chaque année. Impossible de trouver un siège dans toute la maison qui ne soit pas occupé par au moins un félin. Je n'adore pas les chats, conclut-il en haussant les épaules.

— Elle n'en avait pas autant quand tu vivais avec elle ?

Les parents de Dixon étaient morts lorsqu'il était très jeune et il avait grandi auprès de sa grand-mère.

— Non. Un ou deux à la fois, pas toute une bande. Je suppose qu'elle a commencé à les collectionner lorsque je suis parti, pour lui tenir compagnie.

— Justement, où étais-tu toutes ces années ? Nous ne t'avons pas revu depuis la fin du lycée.

— Ah, dit-il en penchant légèrement la tête de côté, pour entendre toute l'histoire, mademoiselle Bowdrey, il vous faudra accepter une tasse de café.

9

— Puisqu'il le faut…, feignit-elle de se résigner.

Mais, comme il poussait la porte du café et s'effaçait pour la laisser passer, comme prévu, elle pensa qu'elle devait rectifier quelque chose.

— A propos, c'est LaRue à présent.

— Je te demande pardon ?

— Je suis mariée, mon nom est LaRue, dit-elle en entrant.

Dixon crut que son cœur s'arrêtait de battre. La déclaration de Kate l'avait frappé comme un coup en pleine poitrine. Miss Daisy avait pourtant bien parlé d'un divorce dans sa lettre. Ils n'avaient pas abordé le sujet depuis son retour à New Skye — Dixon n'était pas encore prêt à s'ouvrir de ses intentions à quiconque, même pas à la grande dame elle-même. Mais il ne croyait pas s'être mépris. Miss Daisy avait dit que L.T. LaRue *voulait* divorcer. Kate s'opposait-elle à cette séparation ? Souhaitait-elle réellement rester mariée à ce sale type ?

Il se rappela la lettre de sa grand-mère : elle racontait, de sa belle écriture à l'ancienne, sur du papier à lettres parfumé, les menus événements qui survenaient dans la vie de ses amis, de ses voisins, parlait des réunions municipales auxquelles elle assistait ou des activités de la paroisse. Un de ses chats avait été malade, mais le vétérinaire avait prescrit un traitement et le chat semblait aller mieux. Le temps avait été inhabituellement changeant cette année et elle ne savait jamais comment s'habiller pour sortir.

« Mais peut-être seras-tu davantage intéressé de savoir, continuait-elle, que nous avons eu récemment ici un petit scandale. L.T. LaRue a quitté sa maison et sa famille il y a quelques semaines pour emménager dans un petit nid d'amour avec sa secrétaire. Il déclare à qui veut l'entendre qu'il va divorcer pour épouser cette donzelle, qui, soit dit en passant, est assez jeune pour être sa fille !

Par le fait, Kate LaRue — ou Kate Bowdrey comme je suis bien certaine que tu te le rappelles — se retrouve toute seule avec deux adolescents. Pauvre Kate, elle a supporté patiemment cet homme pendant dix ans, elle a même adopté ses enfants, et regarde ce qu'elle y a gagné ! Certains hommes ne méritent tout simplement pas la moindre confiance. »

Dixon avait relu plusieurs fois le paragraphe, puis était resté songeur, les yeux fixés sur le papier bleu pâle sans plus voir les mots qui s'y trouvaient tracés. Son esprit s'était arrêté sur un point essentiel : Kate Bowdrey-LaRue était en instance de divorce. Ce qui signifiait qu'elle serait bientôt une femme libre. Sans attaches. *Disponible.* Ce qui signifiait également qu'il était temps pour lui de reprendre le chemin du bercail…

Alors, avait-elle renoncé à se séparer de son mari ?

Evidemment, c'était une question qu'il ne pouvait pas lui poser de but en blanc. Pas quinze minutes après l'avoir rencontrée, au bout de treize ans sans contact. Même s'il avait pensé à Kate Bowdrey-LaRue chaque jour depuis le jour de la remise des diplômes.

Il entra à sa suite dans le café, prenant grand plaisir à admirer les courbes de sa silhouette, que ses vêtements mouillés révélaient probablement davantage qu'elle ne l'aurait souhaité. La masse de ses longs cheveux noirs semblait peser sur ses épaules, presque trop abondante pour son cou gracile. Elle paraissait fragile, vulnérable. Et cependant, elle avait maintenu sa famille unie en dépit de la désertion de son mari. Sa Kate était bien plus forte qu'elle n'en avait l'air. Et cette pensée procurait à Dixon une joie étrange.

Comme ils s'asseyaient à l'une des minuscules tables, il parcourut la salle du regard.

— Je me souviens du bar-tabac qu'il y avait ici avant, dit-il. Ce Drew's Coffee Shop est une réelle amélioration. New Skye devient très classe, apparemment.

— Nous essayons seulement de rendre à notre petite ville l'apparence qu'elle mérite d'avoir, dit Kate très sérieusement. En fait, New Skye n'a jamais été le trou perdu qu'elle paraissait être.

— Je ne sais pas… Je me rappelle être allé en classe avec de vrais péquenauds. Tu te souviens de ce gars, Elmer ? Il portait toujours des salopettes sur de grosses chemises écossaises, et des bottes de travail jaunes…

— Elmer Halliday, dit Kate en hochant la tête. Il a vendu les champs de son père, il y a environ dix ans, pour acheter une chaîne de supérettes. Aujourd'hui, il est un homme riche.

— Et il porte toujours ses bottes en caoutchouc ?

— Oh, non. Il porte exclusivement des chemises italiennes et des mocassins en daim faits sur mesure. Et il passe beaucoup de temps sur le terrain de golf.

— Ils ont laissé Elmer entrer au Country club ?

— Eh bien, sa famille est installée ici depuis fort longtemps et avec tout cet argent… Il y a beaucoup de sang neuf en ville, personne ne peut se permettre de se montrer trop pointilleux.

— Hé, Kate ! Comment vas-tu ?

Comme pour témoigner de la véracité de ses paroles, une femme aux cheveux bleus, coupés archicourt, et aux oreilles ourlées chacune d'un rang de boucles argentées, se tenait debout près de leur table.

— Bonjour, Daphné, la salua Kate en reposant le menu plastifié sur son support. Ce sera un *mocha latte* pour moi, avec crème et cannelle.

La serveuse n'eut pas à détourner la tête pour reporter son attention sur Dixon. Elle ne l'avait pas quitté des yeux depuis qu'elle était arrivée auprès d'eux.

— Et pour vous, play-boy ? s'enquit-elle sur un ton enjoué.

Dixon sourit et lui fit un clin d'œil.

— Un café noir. Un grand, s'il vous plaît.

— Bien fort, hein ? Je le savais, commenta-t-elle en s'éloignant. Je reviens tout de suite.

Lorsque Daphné fut hors de portée de voix, Dixon se tourna de nouveau vers Kate et nota :

— Du sang neuf, disais-tu ?

Elle hocha la tête en souriant.

12

— Alors, raconte, où es-tu allé lorsque tu es parti ?

— Attends un peu… Euh, j'ai été pris en stop à la sortie de la ville par un camion à bestiaux, vide, et j'ai dormi sur une table de pique-nique dans le parc de Greensboro.

— Tu n'es pas sérieux.

— Le deuxième jour, je suis allé jusqu'à Knoxville dans un camion-citerne.

— Et où as-tu dormi cette nuit-là ?

Comme il hésitait, elle précisa :

— Je ne veux pas de la version censurée.

— Bien, madame.

Tiens… Kate le surprenait. La jeune Kate Bowdrey dont il se souvenait attachait beaucoup plus d'importance au respect des convenances.

— Une femme très gentille a eu pitié de moi en me voyant debout sous la pluie au coin d'une rue et elle m'a laissé dormir sur un divan dans son appartement.

— Une femme très gentille ? Est-ce que ce n'était pas une prostituée par hasard ?

— Euh… si.

— Une expérience mémorable, je suppose ? Très excitante ?

— Comment peux-tu savoir ça ?

— J'ai un fils adolescent. Je peux imaginer comment lui ou ses camarades réagiraient.

Elle sourit malicieusement.

— Combien de temps es-tu resté à Knoxville ?

— Quelques mois, avoua-t-il, vaincu par sa perspicacité. Je jouais de la guitare dans un bar. Puis le bar a changé de propriétaire, et ma… camarade et moi avons eu un désaccord, et j'ai décidé de poursuivre ma route. Cette fois, j'avais une voiture. J'ai pris la I 40 vers l'ouest. Vers Nashville.

Daphné apporta leurs tasses. Elle se tint si près de Dixon en les posant sur la table que sa hanche caressa son bras.

— Autre chose ? demanda-t-elle.

Le ton de sa voix laissait clairement entendre qu'elle ne pensait pas à un verre d'eau ou à une pâtisserie.

— Je ne pense pas, répondit Dixon avec détachement.

Daphné s'éloigna en faisant la moue.

Il but une longue gorgée de café tandis que Kate l'observait d'un air amusé.

— Alors ? reprit-elle lorsqu'il eut reposé sa tasse. Nashville ?

— Je n'y suis pas arrivé, du moins pas tout de suite.

— Ah ?

— Ma voiture était une vieille guimbarde que j'avais achetée trois fois rien à Knoxville. Je n'avais pas fait cent kilomètres sur l'autoroute qu'elle a commencé à se disloquer. J'ai d'abord perdu un pare-chocs, puis un morceau d'aile, et enfin, un peu avant Timothyville, le silencieux du pot d'échappement.

Kate rit derrière ses mains.

— Mais elle roulait toujours et j'étais déterminé à aller jusque Nashville. Pourtant, quand la courroie de transmission a lâché, il a bien fallu que je me rende à l'évidence.

— Oh, mon Dieu ! s'exclama Kate qui se retenait visiblement de céder au fou rire. Qu'est-ce que tu as fait ?

— J'ai gagné à pied la ville la plus proche — environ huit kilomètres. Je suis entré dans la première station-service…

— Kate LaRue ! Il y a une éternité que je ne t'ai pas vue !

Une blonde élancée s'avançait vers eux, indifférente aux regards qui se levaient sur son passage.

— Où te cachais-tu donc tout ce temps ?

— Les enfants et moi sommes allés souvent à la plage après le mariage de Mary Rose, expliqua Kate en se levant pour l'embrasser. Comment vas-tu ?

— Bien, mis à part le fait que je suis un peu mouillée pour l'instant. Je vois que tu t'es laissé surprendre par la pluie, toi aussi.

Dixon crut déceler une lueur malveillante dans le regard de la nouvelle venue comme celle-ci fixait les vêtements chiffonnés de Kate. Puis elle se tourna vers lui et l'étincelle de dédain se mua en intérêt ostensible.

— Bonjour, je ne crois pas avoir déjà eu le plaisir de vous rencontrer ?

— Oh, mais si, dit Kate en posant la main sur le bras de la jeune femme. Jessica, voici Dixon Bell. Dixon, tu te souviens de Jessica Allen ? Elle a épousé Jimmy Hyde, qui est devenu procureur.

Dixon tendit la main.

— Bien sûr, je me souviens. Heureux de te revoir, Jessica.

— Dixon Bell ! s'exclama-t-elle.

Et de se pendre à son cou pour l'embrasser avec une effusion que Dixon trouva un peu déplacée. La jeune femme était certes jolie, mais il ne ressentit pas le moindre désir de prolonger l'étreinte, comme il en avait eu envie avec Kate un moment plus tôt, et se libéra aussi vite que possible.

— Dixon Bell, répéta Jessica en secouant la tête, les mains toujours posées sur la poitrine de Dixon. Qui l'aurait cru ? Nous nous sommes demandé pendant des années ce que tu étais devenu. Assieds-toi et raconte.

Elle saisit d'une main son poignet, attrapa de l'autre une chaise derrière elle, la retourna vers leur table et s'assit, l'obligeant à en faire autant. Ensuite seulement, comme si elle venait de se rappeler la présence de Kate, elle ajouta :

— Assieds-toi, Kate. Je suis certaine que tu meurs d'envie d'entendre Dixon raconter ses aventures.

Kate resta debout et Dixon comprit qu'il avait échoué.

— Malheureusement, j'ai des courses à faire que je ne peux vraiment pas remettre à plus tard. Alors je vais vous laisser bavarder et Dixon me racontera tout ça une autre fois.

Comme elle passait sa bandoulière sur son épaule, Dixon se leva et dit en posant une main légère sous son coude :

— J'ai vraiment été heureux de te revoir.

Il se pencha pour l'embrasser, et inhala, avec délice, l'odeur épicée de rose et d'héliotrope de son parfum.

— Je t'appellerai, lui murmura-t-il à l'oreille. Bientôt.

Lorsqu'il s'écarta, elle le regardait avec les yeux d'un animal effarouché.

— Je... euh...

Elle prit une profonde inspiration et dit rapidement :

— Merci pour le café.

Dixon la suivit des yeux jusqu'à ce qu'elle ait rejoint la Volvo verte dans laquelle elle était arrivée. Une seconde plus tard, elle était partie.

Kate frissonna en pénétrant chez elle. En cette saison humide et chaude, la climatisation semblait pulser un air froid qui surprenait toujours lorsque l'on arrivait de l'extérieur. Le silence qui l'accueillit lui rappela qu'elle ne disposait que d'une heure avant d'aller chercher Kelsey et Trace au lycée. Dans ce laps de temps, elle devait passer chez le teinturier, chez le quincaillier, puis au supermarché. C'est alors qu'elle réalisa avec ahurissement qu'elle avait complètement oublié de passer prendre les programmes de la Société historique chez l'imprimeur dont l'atelier se trouvait juste à côté du Drew's, quand c'était précisément la raison pour laquelle elle était descendue en ville. Que lui était-il arrivé ? A 14 heures, elle avait pourtant été certaine de réussir à faire toutes ses courses dans l'après-midi.

Mais Dixon avait fait irruption.

Elle avait encore du mal à croire qu'il ait réapparu aussi soudainement, après treize ans d'absence... Il est vrai qu'il s'était volatilisé de la même manière. Soudainement. Quelques jours après la remise des diplômes, alors que tous ses camarades en étaient encore à célébrer la fin de l'année scolaire, veillant tard et dormant jusqu'à midi, Dixon avait tout à coup cessé de se joindre aux soirées et aux pique-niques qu'ils organisaient.

Personne en ville n'avait plus parlé de lui, même pas sa grand-mère. Personne n'avait été particulièrement troublé par son absence, se souvenait Kate. Il n'avait pas de petite amie, était venu seul à la fête de fin d'année. Avait-il de vrais copains parmi les garçons ? Kate ne savait pas qui. Dixon était… Dixon. Un peu étrange, discret, enclin à délaisser les groupes pour partir seul avec sa guitare, qui ne le quittait jamais, et dont il jouait à l'écart des autres, comme pour lui-même.

Et maintenant, il était de retour, non pas l'adolescent aux contours flous qu'elle se rappelait, mais l'homme ; un homme plein d'énergie et incroyablement séduisant.

Apercevant son reflet dans la porte brillante du four à micro-ondes, elle étouffa un soupir d'insatisfaction ; ses cheveux étaient plats et emmêlés, son maquillage gâché par la pluie, sa tenue à peine décente… bref, pas exactement l'apparence qui retiendrait l'attention d'un homme, même celle d'un ancien camarade.

Ennuyée et, pour être honnête, quelque peu dépitée, elle se hâta vers la salle de bains pour réparer les dommages. Il y avait peu de chances qu'elle rencontre de nouveau Dixon Bell ce jour-là, ou même jamais, mais elle essayait toujours de paraître à son avantage lorsqu'elle sortait.

Elle était en train d'attacher ses cheveux humides en queue-de-cheval quand la sonnerie du téléphone retentit. Elle aurait pu laisser le répondeur se déclencher — à cette allure, elle ne parviendrait jamais à faire toutes ses courses —, mais elle n'avait jamais pu se résoudre à ne pas décrocher lorsqu'elle était présente.

— Allô ?

— Tu m'as cru, n'est-ce pas, quand je t'ai dit que je t'appelle-rais ?

Le cœur battant, elle s'assit au bord du lit.

— Dixon ?

— Je viens juste d'échapper à Jessica. J'aurais préféré qu'elle ne te fasse pas fuir. Elle a toujours voulu être le centre de l'attention.

— Je n'ai pas fui. J'avais des choses à faire.

— Bien sûr. Pourrions-nous nous voir quand tu auras fini ?

— Nous voir ?

— Oui. Nous pourrions dîner ensemble par exemple.

Kate sentit son cœur s'arrêter, puis repartir de plus belle.

— On dirait un… un rendez-vous.

— Oui, n'est-ce pas ?

— Mais, Dixon…

— Mmm ?

— Je t'ai dit que j'étais mariée.

— D'après Jessica, il ne s'agirait que d'un détail, désormais. J'ai cru comprendre que tu étais en instance de divorce.

Kate soupira silencieusement. Elle n'aimait pas penser qu'on parlait d'elle en ville.

— Et avant que tu ne t'interroges davantage, je n'ai rien demandé. Je n'ai même pas mentionné ton nom. Jessica s'est fait un plaisir de me mettre au courant. Mieux vaut en dire le moins possible à Jessica Hyde, semble-t-il.

— C'est ce que je fais.

Mais les nouvelles se répandaient vite en ville.

— Néanmoins, reprit-elle, je ne crois pas que je devrais accepter ton invitation.

— D'accord, on n'appellera pas ça un rendez-vous. Disons que nous irons dîner ensemble comme deux vieux amis.

— Ce n'est pas aussi simple. J'ai des enfants auxquels je dois penser.

— Ah. Oui.

Cet argument au moins lui donnait à réfléchir.

— Je te dirais bien de les emmener avec toi, mais je crois que j'espérais t'avoir pour moi tout seul… La première fois en tout cas.

18

Si nous disions demain soir ? Tu aurais le temps d'organiser quelque chose pour eux et nous pourrions passer la soirée ensemble.

Comme c'était tentant. Kate refoula les larmes qui lui venaient aux yeux ; elle aurait tellement aimé se retrouver seule avec lui.

— Dixon, j'aimerais vraiment beaucoup, mais… je ne peux pas.

— C'est dommage. Je me faisais une joie de ces retrouvailles, dit-il sur un ton qui ne semblait pas particulièrement déçu. Prends soin de toi, n'est-ce pas ? Je te rappellerai bientôt.

Il raccrocha très vite après qu'elle lui eut dit au revoir, et cette hâte, curieusement, la réconforta : il était plus désappointé qu'il n'avait voulu le laisser paraître. Mais sa raison eut tôt fait de la faire redescendre sur terre. Pourquoi ce dîner aurait-il été vraiment important pour lui ?

Kate jeta un coup d'œil au réveil et constata qu'elle n'avait plus le temps de passer au supermarché avant d'aller au lycée. Il fallait donc qu'elle se prépare à affronter bouderie et soupirs. Lorsqu'ils étaient petits, les enfants adoraient l'accompagner dans les magasins. Aujourd'hui, ils semblaient penser que la nourriture surgissait dans les placards au moment désiré sans qu'il soit besoin de se donner la peine d'aller la chercher ! Assurer leur subsistance faisait partie du rôle de parent qu'elle avait accepté de tout son cœur ; néanmoins, parfois, elle aurait aimé partager ses responsabilités avec quelqu'un.

Dix minutes plus tard, Kate attendait la sortie des cours d'été sur le parking du lycée. Elle avait sorti son carnet de chèques et s'efforçait de se concentrer sur ses soustractions, mais son esprit ne cessait de s'échapper. Les yeux dans le vague, elle se retrouvait à songer à Dixon, à son sourire, se le représentait dormant sur l'herbe par cette chaude nuit d'été, il y avait si longtemps. Il lui avait fallu du courage pour partir seul à cet âge. Kate avait du mal à imaginer une vie comme celle-là, sans cadre préétabli, sans contraintes, hormis celles que l'on s'impose soi-même, sans attentes extérieures…

Elle était si profondément absorbée dans ses pensées qu'elle ne vit pas Kelsey sortir de l'école et sursauta quand celle-ci ouvrit la portière de la voiture à la volée.

— Salut, dit sa fille en s'effondrant sur le siège avant.

Une odeur d'eau de Cologne se répandit dans la voiture. Comme toutes les adolescentes, Kelsey était très soucieuse de sa personne : ses cheveux blonds brillaient, ses yeux marron et son joli visage étaient mis en valeur par un maquillage soigné. Elle était ravissante.

Kate lui adressa un grand sourire.

— Bonjour, dit-elle. Où est ton frère ?

— Il arrive. Il est allé chercher un livre à la bibliothèque.

— Comment était-ce aujourd'hui ?

— Ennuyeux. Comme d'habitude.

Kelsey montrait plus de dispositions pour marier les vêtements et les couleurs que de goût pour les livres.

Sans prévenir, Trace apparut à côté de la voiture et ouvrit la portière contre laquelle sa sœur était appuyée.

— Va derrière. Tu étais devant ce matin ! aboya-t-il.

— Tu crois peut-être que je vais ressortir pour te laisser la place ? repartit Kelsey.

— Oui, c'est exactement ce que tu vas faire.

Trace était la réplique de son père. Il avait la même carrure d'athlète, le même visage aux traits réguliers, les mêmes yeux bleus, les mêmes cheveux châtain clair. Et lorsqu'il se mettait en colère, comme maintenant, la ressemblance était encore plus frappante.

— Je ne bougerai pas. Tu iras devant demain.

— Bien sûr ! Sors, Kelsey.

Il agrippa le bras de sa sœur et essaya de la tirer à l'extérieur.

Durant les derniers mois, les alliés de toujours étaient devenus des adversaires, toujours prêts à se chercher noise.

Mais Kate avait posé la limite : les bagarres devaient s'arrêter aux mots.

— Ça suffit, Trace, dit-elle.

Il ne sembla pas entendre. Il faut dire que Kelsey venait de lui envoyer un coup de pied dans le genou.

— Barre-toi !

— Toi, barre-toi !

Le ton montait. Deux enfants qui traversaient le parking s'étaient arrêtés pour les regarder, et un professeur qui s'apprêtait à monter dans sa propre voiture se figea, bouche bée, en les voyant se bourrer de coups.

Kate n'essaya pas de crier pour se faire entendre. Serrant les dents, elle posa sa paume sur le Klaxon et appuya. Fort.

Kelsey profita de la surprise de son frère pour lui lancer un dernier coup et celui-ci recula contre la voiture garée à côté de la leur, les mains crispées sur son estomac.

— Je te revaudrai ça ! cria-t-il tandis que Kelsey refermait sa portière.

Au bout d'un moment, Trace s'installa à l'arrière et Kate put démarrer. Le retour se fit dans un silence pesant.

Une fois rentrés, les deux adolescents se rendirent tout droit chacun dans leur chambre sans que Kate ait eu à le leur dire. Elle alla dans la cuisine, s'assit à la table et laissa tomber sa tête sur ses bras croisés, trop abattue pour réfléchir aux conflits permanents qui opposaient Kelsey et Trace.

Et elle n'avait toujours rien pour le dîner.

Malgré ses quinze pièces, Magnolia Cottage ne comptait qu'un seul poste téléphonique, qui se trouvait dans le hall d'entrée, ce qui n'offrait guère d'intimité. Miss Daisy descendait l'escalier au moment où Dixon raccrochait.

Elle fit une pause sur la dernière marche et observa :

— Je déduis de ton front sombre que tes projets pour la soirée sont tombés à l'eau.

— Oui, grand-maman, en effet, dit-il en essayant de faire meilleure figure. Mais ça ne fait rien, ce sera pour une autre fois.

Devant le miroir du hall, sa grand-mère lissa ses cheveux gris, qu'elle portait toujours retenus en un petit chignon serré au sommet du crâne, mit un peu de poudre sur ses joues et vérifia sa tenue, un ensemble jupe-veste couleur lavande. Convaincue qu'elle était parfaite — ce qu'elle était, de l'avis de Dixon —, elle se tourna vers lui et posa une main sur son bras.

— Pourquoi ne te joindrais-tu pas à nous ? Nous adorerions avoir un beau garçon à notre table. Lu Ann Taylor aime beaucoup flirter avec les jeunes hommes.

Dixon prit sa main et la porta à ses lèvres. Il lui sembla qu'elle tremblait légèrement.

— Vous êtes adorable, miss Daisy, mais je crois que je vais vous laisser sortir seule. Je ne serais pas de très bonne compagnie, ce soir.

Il aurait voulu ne pas prendre à cœur le refus de Kate, mais la déception qu'il venait d'éprouver l'avait projeté dans le passé : ce jour cruel où, d'une rebuffade désinvolte, Kate avait changé le cours de sa vie. A dix-sept ans, l'amour est une chose très sérieuse.

Mais à trente, on est supposé pouvoir faire preuve d'un peu de recul.

Miss Daisy lui tapota la joue.

— Puisque tu le dis, mon chéri, dit-elle. Je suis tellement heureuse de t'avoir de nouveau auprès de moi ! Ne m'attends pas, ajouta-t-elle comme une voiture klaxonnait au-dehors, il arrive que nous allions chez Lu Ann après le dîner et que nous jouions au bridge jusqu'aux petites heures du matin.

Dixon ouvrit la porte pour elle.

— Miss Daisy, vous menez une vie de bâton de chaise.

Elle lui décocha un de ses fabuleux sourires — ce sourire qui avait fasciné la plupart des messieurs de New Skye à un moment ou à un autre — et répliqua :

— Evidemment. Que veux-tu que je fasse d'autre, à mon âge ?

Il rit de bon cœur, puis l'escorta au bas des marches de façon à ce qu'elle n'ait pas à se tenir à la rampe branlante et l'accompagna, son bras passé sous le sien, jusqu'à la Cadillac vieille de vingt ans stationnée plus bas dans l'allée. Vu l'état du pavage, Dixon était surpris qu'aucune des vieilles amies de sa grand-mère n'ait encore fait une mauvaise chute.

Tandis que miss Daisy s'installait, Dixon échangea quelques propos plaisants avec miss Taylor.

— Lu Ann, s'impatienta bientôt miss Daisy, Alice nous attend. Et tu sais combien elle est ponctuelle.

Miss Taylor s'engouffra dans la voiture, referma sa portière et remonta sa vitre. La soirée était humide. Dixon regarda la Cadillac faire demi-tour, puis descendre doucement les quelque deux cents mètres de l'allée. Lorsqu'elle eut disparu, il enfonça ses mains dans ses poches et retourna vers la maison en se demandant de quoi il allait dîner.

Mais son attention fut détournée par la vue de la bâtisse, dont la façade claire se découpait avec netteté dans le crépuscule. Datant d'avant la guerre de Sécession, construite par son arrière-aïeul, Magnolia Cottage était une ancienne plantation que les événements économiques et politiques avaient fini par priver de la majeure partie de ses terres, ne laissant que quelques hectares de parc autour de la maison elle-même. Les Crawford et les Bell n'avaient jamais eu beaucoup de chance avec l'argent, aussi l'entretien de la demeure, comme celui des jardins, avait-il été depuis longtemps négligé. Le délabrement menaçait. Tant qu'il avait habité Magnolia Cottage, Dixon ne s'était pas rendu compte de l'importance du problème, mais il était à présent frappé par les conditions dans lesquelles vivait sa grand-mère.

Ce n'était pas sale, non… Miss Daisy employait une femme qui venait faire le ménage deux fois par semaine. Mais les peintures étaient grises, le plâtre des murs s'effritait, le parquet se soulevait en de nombreux endroits — Dixon avait recloué plusieurs lames dans l'escalier le soir même de son arrivée. Il n'y avait pas d'installation d'air conditionné, bien sûr, seulement des climatiseurs mobiles placés sous les fenêtres des pièces que miss Daisy utilisait. La cuisine était pour le moins vieillotte, les appareils ménagers fonctionnaient quand ça leur chantait, les salles de bains — deux seulement pour toute la maison — étaient d'un confort archaïque…

Bref, Magnolia Cottage avait besoin de sérieuses rénovations avant de pouvoir prétendre devenir le foyer où élever une famille. Ce que Dixon comptait justement faire, si Kate Bowdrey-LaRue voulait bien coopérer.

Tandis qu'il réfléchissait aux transformations possibles, goûtant l'air humide qui transportait des effluves d'herbes et de pin, une SUV bleu marine vira dans l'allée à l'endroit où celle-ci s'évasait, pour venir se garer devant la maison. Un homme que Dixon ne reconnut pas en sortit et s'avança vers lui.

Arrivé à sa hauteur, l'étranger indiqua la bâtisse d'un mouvement du menton.

— Une vraie ruine, hein ? dit-il.

Dixon ravala une réplique grossière. L'homme était un rustre, mais il n'y avait pas de quoi se mettre en colère.

— Quelques réparations sont nécessaires, assurément, répondit-il.

— C'est vous, Dixon Bell ?

L'homme, avec ses lunettes de soleil et son polo rose, annonçait la couleur : « faisons affaire » disait toute sa physionomie.

— C'est moi.

— Eh bien, c'est justement vous que je cherchais, repartit l'autre en lui tendant la main. L.T. LaRue. Je suis prêt à vous verser trois cent mille dollars cash pour vous débarrasser de cette baraque.

2.

Dixon enfonça un peu plus ses mains dans ses poches.

— Merci, mais je ne suis pas intéressé.

C'était le sale type qui avait abandonné Kate — et ses propres enfants ! —, pour vivre avec une autre femme. Il n'était pas question que Dixon le salue d'une poignée de main.

LaRue attendit quelques secondes, puis laissa retomber son bras. De cordial, son sourire était devenu crispé.

— Bien sûr, nous pouvons discuter le prix. Je voulais seulement vous faire savoir que j'étais preneur.

— Il n'y a rien à discuter. Je ne vends pas.

— Allons, Bell. Cette maison est prête à s'effondrer. Votre grand-mère est âgée, à présent, elle devrait vivre dans un endroit plus confortable. Laissez-moi vous construire une nouvelle maison et vous délivrer de ce puits sans fond.

Dixon joua un instant avec l'idée de lui envoyer un bon coup de poing dans la mâchoire, avant de décider qu'il serait de mauvais goût de déclencher une bagarre au beau milieu de sa propre pelouse.

— Comme je vous l'ai déjà dit, monsieur LaRue, je ne suis pas vendeur. Bonsoir.

Sur ce, il tourna les talons et se dirigea vers le perron, abandonnant LaRue sans un mot de plus.

— Je vous en offre quatre cent mille ! insista le mari de Kate, comme Dixon gravissait les marches de briques de l'escalier semi-circulaire construit cent cinquante ans plus tôt.

— Non, merci.

— Quatre cent cinquante ! C'est ma dernière offre.

Serrant les dents, Dixon referma la lourde porte d'acajou sur lui. Il aurait volontiers envoyé son poing contre le mur pour libérer sa colère, mais le plâtre était déjà assez abîmé comme ça. Au Colorado, il aurait sellé son cheval et aurait galopé dans les armoises jusqu'à ce que sa monture et lui n'en puissent plus de fatigue. Mais il avait laissé ses chevaux — Brady, le hongre bai, et Cristal, la jeune jument quarter horse qui n'était pas encore débourrée — au ranch, en attendant de leur trouver une bonne pension en Caroline du Nord.

Cependant, la soirée avançait et il n'avait toujours pas dîné. Un bon repas viendrait peut-être à bout de sa mauvaise humeur. Et puisqu'il ne pouvait pas compter sur les chats de miss Daisy pour lui préparer quelque chose, il décida de descendre en ville où il était sûr de pouvoir trouver un dîner décent en même temps qu'une agréable compagnie.

S'il ne pouvait pas profiter de celle de Kate, il se consolerait avec celle des clients du Charlie's Diner.

Kate s'endormit assise à la table de la cuisine et fut surprise en s'éveillant de voir Kelsey qui la fixait.

— Qu'est-ce que tu fais ?

Kate se redressa, grimaçant en sentant son dos raidi.

— Je… Je ne sais pas. Quelle heure est-il ?

— Presque 8 heures.

— Non ! s'exclama-t-elle en se levant d'un bond. Euh… Laisse-moi réfléchir deux secondes… Que pourrions-nous manger ?

Devant le placard ouvert, l'esprit encore embrumé, son inspiration culinaire semblait en panne sèche.

— C'est le désert, soupira-t-elle devant les rayonnages dégarnis. Ni soupe aux champignons, ni haricots à la tomate, ni fromage, ni tortillas.

— Des pâtes alors ? dit Trace qui venait d'entrer dans la cuisine.

— Plus de pâtes non plus. Ni d'œufs ni de beurre.

— Il ne reste plus qu'à aller manger dehors, conclut Kelsey.

Pour une fois, Trace était de l'avis de sa sœur.

— Oui, allons-y. J'ai faim.

Kate considéra ses enfants. Trace portait le T-shirt et le pantalon extra-larges de rigueur dans sa tranche d'âge, aussi froissés l'un que l'autre ; et Kelsey, un short tout juste conforme à l'exigence de Kate qui voulait que sa longueur atteigne au moins le bout de ses doigts lorsque l'adolescente se tenait debout, mains le long du corps. Et elle avait troqué le T-shirt relativement décent qu'elle avait mis pour aller au lycée contre un débardeur moulant qui laissait voir une bonne partie de son ventre. Quant à Kate elle-même… eh bien, elle était correcte, en short et T-shirt, mais pas réellement habillée.

— Où pourrions-nous aller à cette heure sans avoir besoin de nous changer ? demanda-t-elle. Le fast-food est hors de question, je n'ai plus du tout de liquide.

Kelsey fit claquer ses doigts.

— Charlie accepte les cartes de crédit, maintenant. Il a mis une affichette sur sa porte.

— Ah oui ? Il y a des années que je n'ai pas mangé chez lui.

Kate n'aurait su dire pourquoi, mais la suggestion de Kelsey lui paraissait être exactement la solution à leur problème.

— D'accord, à deux conditions. Kelsey, tu enfiles une chemise ou quelque chose par-dessus ton T-shirt. Et vous promettez tous les deux de ne pas vous bagarrer, ni même vous insulter, durant les deux prochaines heures. Au moindre signe de dispute, je vous sors du restaurant en vous tirant par les oreilles et vous prive de sortie jusqu'à la fin de l'été. Et ce ne sont pas des paroles en l'air.

Les deux adolescents se jetèrent un regard de côté, signant ainsi un pacte temporaire de non-agression. Puis Kelsey se tourna de nouveau vers Kate.

— Il faut vraiment que je mette une chemise ?

— Seulement si tu veux prendre le volant.

Un quart d'heure plus tard, Kelsey coupait le moteur de la Volvo devant le Charlie's Diner. Kate poussa un discret soupir de soulagement.

— C'était bien, dit-elle. Tu fais des progrès.

Kelsey avait de plus en plus confiance en elle-même, ce qui était sûrement une bonne chose, mais cela n'apaisait pas l'inquiétude que Kate éprouvait à lui apprendre à conduire. Et il faudrait qu'elle recommence avec Trace deux ans plus tard.

Celui-ci marchait derrière elles comme ils traversaient le parking. Une demi-douzaine de voitures étaient garées en épi devant le restaurant.

— La prochaine fois, Kelsey, tu pourras peut-être essayer de te garer sur une vraie place, remarqua Trace.

— Il n'y a pas de place, imbécile. C'est du gravier.

— Peut-être, mais les gens se garent les uns à côté des autres, en principe, sur une ligne. Tu t'es mise à l'autre bout toute seule. Alors, c'est qui l'imbécile ?

Kate le foudroya du regard.

— Encore un mot, Trace, et nous rentrons sans avoir dîné.

Trace étant continuellement affamé, la menace fit pleinement son effet et tous trois pénétrèrent dans le restaurant sans qu'un autre mot fâcheux fût prononcé.

Le carillon tinta comme Kelsey refermait la porte, attirant l'attention des quatre personnes qui bavardaient au comptoir : Abby Brannon et son père, les propriétaires du restaurant, Adam DeVries, un ancien camarade de lycée, et, auprès d'eux… un visage presque aussi familier désormais, mais qu'elle ne s'était certainement pas attendue à trouver là ce soir.

— Dixon ? murmura-t-elle, doutant presque de ses sens.

Mais il l'avait entendue et se leva aussitôt, grand et décontracté dans sa chemise bleu clair aux manches roulées sur ses avant-bras et son pantalon de toile beige.

— Hé, Kate ! Deux rencontres fortuites le même jour — on dirait que la chance est avec moi. Et il ne pleut pas, cette fois.

— Non… il ne pleut pas.

Et Dieu merci, elle s'était recoiffée et avait mis du rouge à lèvres avant de quitter la maison.

— C'est une belle soirée, reprit-elle en recouvrant ses esprits. Bonsoir, Abby, comment vas-tu ?

— Très bien, répondit celle-ci en faisant le tour du comptoir pour venir l'embrasser. Je suis si contente que tu sois venue. Les enfants viennent souvent, bien sûr, mais je ne te vois jamais qu'en coup de vent. Viens t'asseoir, poursuivit-elle en la conduisant vers un box. Que voulez-vous boire ?

Les enfants commandèrent des sodas, et Kate, un thé glacé. Abby disparut et… deux superbes représentants de l'autre sexe tirèrent une table libre pour l'accoler à la leur. Adam prit place à côté de Kate et Dixon s'assit en face de lui.

— Ce sera plus commode pour Abby, commenta Dixon comme Kate le regardait. Ça ne te dérange pas ?

Il souriait d'un air d'excuse et cependant confiant.

— Bien sûr que non, répondit-elle.

Et c'était vrai, sauf que le revoir avait sérieusement altéré sa faculté de penser. Son cœur battait la chamade, et elle avait l'impression de respirer difficilement.

Kelsey et Trace observaient Dixon avec une expression de perplexité mêlée de suspicion. Rappelée à ses responsabilités, Kate fit les présentations.

— Dixon, je te présente mes enfants, Kelsey et Trace, voici Dixon Bell. Vous avez déjà rencontré miss Daisy Crawford, Dixon est son petit-fils. Et vous connaissez M. DeVries, bien sûr.

Elle espérait seulement qu'ils n'allaient pas faire une remarque embarrassante à propos de son activité professionnelle. Les Constructions DeVries étaient un concurrent direct de l'entreprise de leur père.

— Comment vas-tu, Adam ? ajouta-t-elle.

— Très bien, Kate. J'espère que toi aussi. Vous vous êtes bien remis du mariage ?

Toujours courtois, bel homme, réussissant dans sa profession, Kate ne comprenait pas pourquoi il était toujours célibataire.

— De quel mariage parlez-vous ? s'enquit Dixon en se penchant en avant.

Kate croisa son regard et sentit le rose lui monter aux joues, bien qu'elle n'eût aucune raison de se sentir gênée.

— Pete Mitchell et ma sœur, Mary Rose, se sont mariés il y a quelques semaines.

— Magnifique. Je n'ai pas encore eu l'occasion de rencontrer Pete depuis que je suis rentré. Il faudra absolument que j'aille lui présenter mes vœux de bonheur.

— Il joue au basket le samedi matin, dit Adam. Avec Tommy Crawford, Rob Warren et moi. Si tu trouvais un autre joueur, nous pourrions faire un trois contre trois.

Trace tourna les yeux vers lui un court instant, puis retourna à sa contemplation de la rue sombre à travers la vitrine, mais Kate vit que Dixon avait perçu son intérêt.

— Je vais y réfléchir, répondit celui-ci.

Puis il se tourna vers Kelsey qui était assise à sa droite et demanda :

— J'ai vu que tu étais au volant, tout à l'heure. Tu te prépares à passer le permis de conduire ?

— Mmm, répondit Kelsey sans vraiment croiser le regard de Dixon.

— Moi, j'ai appris avec la New Yorker de ma grand-mère ; une espèce de monstre jaune qui doit avoir près de trente ans, maintenant, mais pas plus de soixante mille kilomètres au compteur car miss Daisy ne va jamais au-delà des limites du comté. Je n'ai jamais réussi à la garer correctement. Par chance, l'officier qui m'a fait passer mon permis était un vague cousin…

— C'est ça le pire, se garer, approuva Kelsey. Quoique… je n'aime pas beaucoup non plus faire marche arrière.

— Oui, on ne sait jamais dans quel sens on doit tourner son volant.

Trace ricana, mais Kelsey était captivée. Dixon et elle poursuivirent leur discussion pendant presque tout le dîner. Tout en les écoutant bavarder, Kate se demandait d'où provenait le charme extraordinaire de Dixon. Quand l'adolescent gauche et sauvage qu'elle avait connu était-il devenu ce séduisant personnage ? Miss Daisy faisait certainement preuve d'une grande aisance en société, mais Kate ne se souvenait pas avoir remarqué que Dixon avait hérité de ses talents, ni avoir observé chez lui ce charisme dont il usait à présent pour faire sortir Kelsey de sa coquille.

C'est à ce moment qu'elle se demanda s'il en avait pareillement usé avec elle plus tôt dans l'après-midi, si l'intérêt flatteur qu'il lui avait porté n'était en fait qu'un comportement habituel qu'il adoptait en présence de n'importe quelle femme. Son futur ex-mari était ce genre d'homme quand elle l'avait rencontré, quinze ans auparavant. Et devait l'être encore si l'on en croyait la rumeur. Récemment, il s'était installé avec une de ses jeunes conquêtes qu'il avait, disait-on, l'intention d'épouser. Malgré l'image qu'il voulait se donner, L.T., au fond, était un homme fort conventionnel. Peut-être avait-il seulement eu besoin de trouver la bonne personne…

Une personne qui n'était pas *elle*.

Finalement, réalisait Kate tout à coup, le seul problème qu'avait eu L.T. avec le mariage, c'était qu'il avait cessé d'*aimer* sa femme.

L'idée la frappa comme un coup de poing en pleine figure. Anéantie, elle baissa les yeux et sut qu'elle ne pourrait plus rien avaler.

Dixon remarqua le visage soudain décomposé de Kate, mais il était incapable de s'en expliquer la cause. Lui et Kelsey s'entendaient très bien — il avait fait tout ce qu'il pouvait pour la mettre en confiance, désirant montrer à Kate que ses enfants ne représentaient pas, pour lui, un obstacle. Il serait sans doute plus difficile d'apprivoiser le garçon. Il y avait quelque chose chez lui..., une soif d'attention dont il attribua immédiatement la responsabilité au père du garçon. L.T. LaRue était parti à une période de la vie de son fils où celui-ci était particulièrement vulnérable, laissant un vide que seul un père pouvait combler. Dixon, ayant grandi sans père, comprenait ce sentiment de vide. Au moins avait-il eu miss Daisy. Et Trace avait Kate. Mais même la plus aimante des mères ne pouvait remplacer un père.

— Que prendrez-vous tous comme dessert ?

Abby Brannon, debout derrière Dixon, regardait les restes de leur repas.

— Kate, mais tu n'as presque rien mangé ! Quelque chose ne va pas ?

Kate secoua la tête en signe de dénégation et Abby n'insista pas.

Dixon se la rappelait autrefois, jeune fille timide qui s'occupait de sa mère atteinte d'un cancer. Tandis que lui s'en allait parcourir le monde à la recherche de lui-même, Abby était restée à la maison. Etait-elle satisfaite de ce qu'elle savait d'elle-même ? de sa vie ?

Mais lui-même, était-il satisfait de ce qu'il était devenu, après tout ce qu'il avait fait, tous les endroits qu'il avait visités ? Et que penser de Kate ? Sortie major de leur lycée, considérée par tous comme l'élève la plus prometteuse, assurée de réussir une brillante carrière — elle ambitionnait alors de devenir juriste comme son père —, elle était, treize ans plus tard, une épouse rejetée, sans travail, qui n'avait jamais quitté la ville.

Et elle n'avait pas l'air heureuse, ne rayonnait pas de confiance en elle et de joie comme autrefois. Elle était toujours très belle, avec ses cheveux sombres, son teint clair, sa silhouette parfaite, mais elle paraissait un peu éteinte, comme si une ombre planait au-dessus d'elle. L'ombre de L.T. LaRue ?

— Qui as-tu l'intention de tuer ? plaisanta Abby en récupérant entre ses doigts le couteau qu'il avait machinalement pris en main. Que veux-tu comme dessert ? Un gâteau au chocolat ? une tarte au citron meringuée ?

— Ce sera juste un café pour moi.

— Tous ces gens raisonnables…, soupira Abby. Pourquoi est-ce que je perds mon temps à faire des tartes et des gâteaux pour des gens qui ne les mangeront pas ?

Sur ces mots, elle s'éloigna, un plateau chargé de verres sur un bras et une pile d'assiettes posées en équilibre sur l'autre.

— Je ne sais pas comment elle fait, observa Kate quand elle fut partie. Toujours souriante, toujours attentive à tous… Et elle travaille plus dur que n'importe qui.

— Abby est merveilleuse, dit Adam en se renversant en arrière. Charlie vient encore travailler, mais depuis son attaque, il bavarde surtout avec les clients. C'est Abby qui s'occupe de tout.

Le carillon de la porte tinta de nouveau. Dixon leva la tête et se raidit en voyant entrer une jeune femme vêtue d'une robe rouge très courte, suivie par L.T. LaRue.

A côté de lui, Kelsey laissa échapper une exclamation étouffée. Kate et Trace, assis de l'autre côté de la table, ne pouvaient voir la porte d'entrée, mais, à l'expression de sa fille, Kate comprit aussitôt. Le peu de couleur qui lui restait disparut. Elle pinça les lèvres quelques secondes, puis prit une profonde inspiration. Cependant, sa voix tremblait légèrement lorsqu'elle dit :

— Eh bien, nous avons passé un agréable moment. A présent, je crois que nous devrions rentrer. Kelsey et Trace ont du travail. Adam, si tu veux bien…

DeVries, ayant jeté un coup d'œil par-dessus son épaule, avait jaugé la situation.

— Bien sûr, dit-il en se levant pour permettre à Kate de sortir du box.

Dixon fit de même de l'autre côté pour laisser passer Kelsey, tout en gardant un œil sur LaRue. Heureusement, Abby avait conduit L.T. LaRue et sa petite amie à l'autre extrémité du restaurant. L'espace d'un instant, Dixon crut qu'on avait évité le pire.

Mais LaRue laissa sa compagne s'asseoir et retraversa la salle en direction de Kate. Il se posta devant elle.

— Voyons, voyons, que voici un groupe intéressant…, dit-il, se balançant sur ses talons, les mains enfoncées dans ses poches. Salut, Trace, Kelsey. Je vous vois samedi, hein ? Comment va l'école ? demanda-t-il, d'un ton relativement cordial bien qu'un peu agité.

Puis il poursuivit sans attendre de réponse de ses enfants.

— Tu fréquentes de drôles de gens ces jours-ci, Kate. Essaierais-tu de vendre des secrets à mon plus gros concurrent ?

Il rit, apparemment très content de lui.

— Je bavarde simplement avec de vieux amis, L.T. Connais-tu Dixon Bell ? Il était au lycée avec Adam et moi, et vient juste de revenir en ville après une longue absence.

— Nous nous sommes rencontrés, répondit L.T. en faisant un signe de tête dans la direction de Dixon. Et c'est la raison pour laquelle cela m'intéresse beaucoup de le trouver en train de discuter avec le patron de DeVries Constructions. Vous pensiez obtenir une meilleure offre, hein, Dixon ? Eh bien, je peux vous dire que c'est peu probable.

34

— Et moi, je vous répète que Magnolia Cottage n'est pas à vendre.

Dixon s'efforçait d'afficher le même calme que celui dont Kate avait fait preuve. LaRue l'avait déjà fait sortir de ses gonds une fois et il n'avait pas l'intention de s'énerver de nouveau. Cela aurait été lui accorder trop d'importance.

— Vous devez avoir un complexe de persécution, LaRue, dit Adam en ramassant sa sacoche sur la table. J'ai assez de travail comme ça, je n'ai pas besoin de harceler les gens pour qu'ils me vendent leurs vieilles demeures.

Il se tourna vers Kate, posa une main sur son épaule et se pencha pour l'embrasser.

— J'ai été très heureux de te voir, Kate. Et vous aussi, les enfants. Je m'occupe de l'addition.

— Oh, Adam, tu n'as pas besoin de faire ça.

Il lui fit un clin d'œil.

— Je sais. Appelle-moi, Dixon.

— Sans faute.

Un silence suivit le départ d'Adam durant lequel LaRue se mit à fixer Kate sans aménité.

— Il est bien tard pour les enfants. Est-ce qu'ils n'ont pas des devoirs à faire ?

— Nous allions rentrer, justement, répondit Kate en passant la bandoulière de son sac sur son épaule.

Elle fit un pas en avant mais LaRue, qui lui bloquait le passage, ne bougea pas d'un poil.

— Peux-tu me laisser passer, L.T. ?

Son mari — ex-mari ? — ne se déplaça pas avant que Dixon ait commencé à contourner la table. Alors seulement, il recula.

— A samedi, les enfants. Soyez prêts de bonne heure.

Comme des souris surprises par la lumière en pleine nuit, Trace, Kelsey et Kate quittèrent en hâte le restaurant tandis que LaRue rejoignait sa table. Dixon resta un moment debout, considérant l'opportunité d'une épreuve de force entre lui et LaRue, ici et maintenant, puis renonça par égard pour Abby et Charlie. Mais nul doute que le duel aurait lieu. En temps et en heure.

Ayant salué Abby d'un signe de tête, il se dirigea à son tour vers la porte.

Dehors, Trace et Kelsey se disputaient au sujet de quelque chose en entrant dans la Volvo.

— Tu viens ? cria Kelsey. On y va.

Mais Kate s'était arrêtée près du 4x4 de Dixon et s'y appuyait comme si ses jambes ne pouvaient plus la porter. Lorsqu'il posa la main sous son coude, il sentit que tout son corps tremblait.

— Tu vas bien ?

— Euh… je ne sais pas. J'ai besoin d'une minute. C'est stupide, n'est-ce pas ? Il ne s'est rien passé. Je n'ai aucune raison d'être bouleversée.

Cachant ses yeux derrière sa main, elle se mit à sangloter.

Dixon l'entoura de son bras et la guida vers le côté du véhicule puis il ouvrit la portière et, plaçant ses mains sur sa taille, la hissa sur le siège passager — au moins serait-elle à l'abri des regards indiscrets. Puis il s'écarta, désireux de respecter son intimité.

Mais lorsqu'il la vit assise là, les coudes sur les genoux, la tête dans les mains, il dut se faire violence pour ne pas la prendre dans ses bras et la serrer très fort. Il aurait voulu faire de son propre corps un rempart qui protégerait Kate contre le monde extérieur, afin que nul ne puisse plus lui faire de mal. Son cœur saignait du désir qu'elle lui avait toujours inspiré, et il ne pouvait rien laisser paraître de ses sentiments.

Un jour, pourtant, il serait libre de lui dire combien elle comptait pour lui. Un jour, sûrement. Mais pas encore. Aussi se tenait-il immobile et silencieux tandis que Kate luttait toute seule contre un accès de désespoir.

Kate savait qu'elle se montrait faible, qu'elle n'aurait pas dû se laisser submerger par l'angoisse que L.T. éveillait chez elle ces derniers temps. Lorsqu'elle savait qu'elle allait le voir, elle se préparait psychologiquement et tout se passait relativement bien. Mais les rencontres accidentelles, comme celle-ci, balayaient toutes ses défenses, la laissant totalement démunie.

Elle se retrouvait molle et tremblotante comme une méduse échouée sur la plage.

Avec Dixon à ses côtés qui la regardait.

Ce sursaut de conscience la fit se redresser.

— Je suis désolée, dit-elle sans le regarder. Que dois-tu penser ?...

Ses joues la brûlaient, elle n'osait croiser le regard de Dixon et ne pouvait pas non plus descendre du 4x4 car il se tenait devant la portière ouverte.

Il lui caressa la joue du bout des doigts.

— J'étais en train de penser que tu seras beaucoup plus heureuse une fois débarrassée de ce mufle. Et aussi que j'étais bien content d'avoir finalement dîné avec toi ce soir.

Quelque chose dans le timbre de sa voix l'encouragea à tourner le visage vers lui. Elle ne décela aucune pitié dans son regard, mais une extrême attention que seule une profonde compréhension pouvait susciter.

— Moi aussi, admit-elle, en souriant.

Elle se sentait tout à coup beaucoup mieux. Mais la nuit était tout à fait noire à présent et les basses de la musique rock que Trace et Kelsey écoutaient dans la Volvo lui parvenaient distinctement. Kate soupira.

— Je ferais mieux d'y aller, dit-elle.

Elle pensait qu'il allait faire un pas en arrière afin de la laisser descendre, au lieu de quoi il l'attrapa par la taille, la souleva et la posa doucement sur le sol. La tête lui tournait légèrement quand elle leva la tête vers lui.

— Merci. Merci pour tout.

— Ce fut un plaisir, dit-il en effleurant de nouveau sa joue. Bonne nuit.

Elle lui fit un petit signe de la main en reculant, puis, à contrecœur, pivota et se dirigea vers sa voiture. Usant de toute sa volonté, elle réussit à ne pas tourner les yeux de nouveau vers lui avant d'avoir bouclé sa ceinture. Dixon n'avait pas bougé. Les mains dans les poches, un pied croisé sur l'autre, il continuait de la regarder. Elle fit au revoir de la main encore une fois et il répondit de la même façon. Puis Kelsey démarra.

« Et maintenant, retour à la vie réelle », pensa-t-elle. Mais se remémorant l'expression qu'elle avait lue dans les yeux de Dixon, la douceur de sa voix, sa caresse sur sa joue, elle ne pouvait s'empêcher d'éprouver un sentiment d'espoir.

L.T. feignait de lire le menu bien qu'il commandât toujours la même chose lorsqu'il dînait chez Charlie. Il faisait également semblant d'écouter Mélanie parler de l'ex-fiancé de sa sœur. Du moment qu'il prononçait un ou deux mots de temps à autre, elle était contente et croyait qu'il l'écoutait.

— Ah oui ? dit-il comme elle marquait une pause.

Elle lui sourit et reprit aussitôt le fil de son histoire, sans se rendre compte que L.T. fixait la vitrine, essayant de voir ce qui se passait sur le parking.

Charlie Brannon s'approcha alors de leur table en boitillant, lui bouchant la vue.

— Qu'est-ce que je vous sers ce soir ? demanda-t-il de sa voix forte d'ancien sergent instructeur de la marine.

Mélanie commanda une salade et L.T., son menu habituel : poulet rôti, purée de pommes de terre et haricots verts.

Le patron du restaurant parti, L.T. tourna de nouveau les yeux vers le parking.

La Volvo était toujours là. Les enfants étaient à l'intérieur, portières ouvertes, lampes allumées. Ils allaient décharger la batterie s'ils n'y prenaient pas garde. Où était Kate ? Pourquoi n'étaient-ils pas encore partis ?

Puis il la vit. Elle était assise dans la Ford de Dixon, éclairée elle aussi car la portière était ouverte. L.T. distinguait la silhouette de Kate et, derrière, l'ombre du visage de Bell. Ils semblaient être en train de parler. De quoi ?

Secouant la tête, il serra les doigts autour de son verre et le porta à ses lèvres. D'autrefois, sûrement. D'une époque à laquelle il n'avait jamais appartenu. Il était un étranger quand il était arrivé dans cette ville. Bien sûr, il avait épousé Kate, et cela lui donnait quelque légitimité, mais la plupart des amis et des connaissances de Kate l'avaient considéré, et le considéraient parfois encore, comme une espèce d'extraterrestre. Il ne s'était jamais tout à fait intégré.

Il avait réussi, et cette réussite l'avait fait accepter. Il rénovait leurs vieux murs, bâtissait leurs maisons, et ils l'appréciaient pour ça. Sauf lorsque quelque chose allait de travers, bien sûr. Personne ne semblait comprendre qu'on ne pouvait pas obtenir un travail parfait à des coûts raisonnables.

L'économie ne le permettait pas. L.T. proposait des prix abordables à ses clients et ceux-ci devaient accepter les inévitables petits défauts de construction.

— Poulet rôti et salade composée, annonça Charlie en posant leurs assiettes devant eux. Abby va venir vous resservir du thé dans un instant. Vous voulez autre chose ?

L.T. secoua la tête et attaqua son repas. Mais, alors qu'il mordait dans un morceau de poulet, il jeta de nouveau un coup d'œil au-dehors et vit la Volvo s'éloigner. Puis Dixon s'installa à son volant et démarra à son tour.

« Bon débarras », songea-t-il en repensant à la scène qui s'était déroulée devant le perron de la vieille demeure.

Ah, il ne voulait pas vendre ! C'était ce qu'on allait voir ! Il fallait être fort pour résister à la volonté de L.T. LaRue.

Très fort. Ou très riche.

L.T. allait s'efforcer de découvrir si Dixon appartenait à l'une de ces deux catégories. Et ensuite, de toute façon, trouver un moyen de le briser.

3.

Miss Daisy s'affairait déjà au rez-de-chaussée lorsque Dixon descendit, à 6 h 30, le vendredi matin. Elle s'arrêta pour l'embrasser affectueusement sur la joue.

— La femme de ménage vient à 9 heures, lui rappela-t-elle. Il faut que nous remettions tout en ordre avant son arrivée.

Il la suivit dans le petit salon où elle ramassa les plaids des chats, les roulant en boule dans ses bras. Plusieurs fois, elle dut pour ce faire déplacer un chat. Dixon avait exagéré bien sûr lorsqu'il avait dit à Kate qu'il y avait plus de chats à Magnolia Cottage qu'on ne pouvait en compter. En réalité, ils étaient seulement quatre : Audrey, Clark, Cary et Marlon. Mais ils se déplaçaient sans faire le moindre bruit et surgissaient aux endroits les plus inattendus, si bien que Dixon avait l'impression qu'ils étaient au moins deux fois plus nombreux.

— Pardonnez-moi cette question, miss Daisy, mais est-ce que ce n'est pas précisément la raison pour laquelle on emploie une femme de ménage ?

— Je ne paye pas quelqu'un pour ramasser tes chaussettes sales, repartit-elle du tac au tac en lui en tendant une paire qu'il avait ôtée alors qu'il regardait la télévision la veille au soir en attendant la vieille dame. Je range ce qui traîne afin que Consuela puisse se concentrer sur le nettoyage.

— C'est clair comme le jour, dit-il avec ironie en la suivant dans la cuisine. Je vous sers une tasse de café ?

— Merci, j'en ai déjà bu deux. Mais je peux te préparer un vrai petit déjeuner, nous avons encore le temps. Veux-tu des œufs au bacon, des crêpes ?

— Non, merci, grand-maman, je n'ai pas très faim. Dites-moi plutôt ce que je peux faire pour vous aider.

Miss Daisy débarrassait les assiettes restées dans l'égouttoir. Il n'y avait pas de lave-vaisselle à Magnolia Cottage.

— Eh bien, jette un coup d'œil à ta chambre, si tu veux. Et à la salle de bains. Ça suffira.

Sa tasse à la main, Dixon grimpa le large escalier aux marches nues qui menait au premier étage, admirant le bois travaillé de la rampe. Deux balustres manquaient cependant et le chêne était noirci par les ans. Dans sa chambre, il ramassa le pantalon et la chemise qu'il avait portés la veille et crut tout à coup sentir une bouffée du parfum de Kate. Sa première pensée, ce matin comme tant d'autres, avait été pour elle. Il se demanda si elle avait songé à lui en s'endormant, ou si elle avait plongé dans le sommeil sans lui accorder la plus petite pensée. Il n'avait pas pu s'empêcher de remarquer qu'elle paraissait fatiguée. Belle, mais fatiguée.

Dans la salle de bains, il suspendit soigneusement sa serviette et rangea son rasoir dans sa trousse de toilette, puis remporta celle-ci dans sa chambre car la minuscule salle d'eau n'était pourvue d'aucun placard.

Dixon décida de noter sur un carnet les améliorations qu'il voulait apporter à la maison. Elles étaient trop nombreuses pour qu'il pût se souvenir de toutes.

Ainsi passa-t-il un agréable moment à expertiser le premier étage, réfléchissant à la possibilité de reconvertir une petite chambre en salle de bains, doublée d'un confortable dressing qui permettrait à miss Daisy de regrouper sa garde-robe au lieu de devoir l'éparpiller dans toutes les armoires de la maison.

Comme il redescendait au rez-de-chaussée, la sonnette de la porte d'entrée retentit. Il ouvrit à une petite dame replète, aux cheveux noirs et brillants et au sourire avenant.

— Je suis Consuela Torres, dit-elle en tendant la main. Vous devez être Dixon.

Il lui serra la main et s'effaça pour la laisser entrer.

— Très heureux de vous rencontrer, madame Torres. Miss Daisy dit que vous vous occupez très bien de la maison, et d'elle-même. Je vous en suis très reconnaissant.

— Il n'est pas difficile de s'occuper d'elle, et je suis contente d'avoir un travail stable, répondit-elle en posant le gros sac qu'elle portait sur le sol, au pied de l'escalier.

Puis elle se pencha pour en sortir un tablier et plusieurs flacons de produits d'entretien. Dixon vit qu'elle grimaçait en se redressant.

— Vous allez bien ? s'enquit-il.

— Bien sûr. Mes vieux os ont seulement besoin d'un peu de temps pour se mettre en route le matin. Je pense que je vais commencer par l'étage aujourd'hui, si ça ne vous dérange pas.

— Pas du tout.

Il la regarda monter l'escalier, marquer une pause à mi-hauteur. Cela le surprit car elle ne lui avait pas paru âgée au point de devoir s'arrêter après quinze marches pour reprendre son souffle.

— Etes-vous sûre que Consuela est en bonne santé ? demanda-t-il à miss Daisy en la rejoignant dans la cuisine. Ce travail n'est-il pas un peu trop lourd pour elle ?

Les sourcils levés, sa grand-mère considéra un instant la question.

— Elle travaille dur depuis des années. Elle a je ne sais combien d'enfants, dont certains sont encore petits, et je pense qu'elle est en effet souvent fatiguée et paraît plus vieille qu'elle ne l'est en réalité, mais je ne m'aviserais pas de la prendre en pitié et je ne voudrais surtout pas la licencier. Son mari ne peut pas garder un emploi et la famille ne vit souvent que sur son seul salaire.

— Je ne pensais pas du tout à la licencier. Je me demandais seulement comment lui faciliter la tâche… et la vôtre, miss Daisy. Cette maison tombe en ruine. Il faudrait entreprendre quelques travaux.

— Des travaux ? répéta miss Daisy. Que veux-tu dire ?

Il s'approcha du mur, derrière la porte, et fit tomber un morceau de plâtre.

— Pour commencer, dit-il. Et vous avez besoin de nouvelles salles d'eau, d'une nouvelle cuisine, et d'autres prises téléphoniques. Que se passerait-il si vous faisiez une chute alors que vous êtes là-haut ?

— Il semble que je me sois très bien débrouillée toutes ces années, répondit-elle sur un ton de fierté blessée.

— Bien sûr, dit-il en passant un bras autour de ses épaules pour la guider jusqu'à une chaise devant la table où il l'invita à s'asseoir. Et je n'ai aucun droit de critiquer quoi que ce soit quand je suis resté si longtemps absent.

Elle haussa légèrement ses épaules minces.

— Tu devais partir, et je t'ai donné ma bénédiction. De toute façon, j'avais l'habitude de m'occuper de tout. Ton grand-père nous a quittés il y a si longtemps. Puis ta mère et ton père…

Elle laissa échapper un soupir de tristesse.

— Mais je suis là maintenant, miss Daisy. Et je veux faire de Magnolia Cottage une maison confortable. Pour vous, pour moi, et pour la famille que j'espère avoir un jour.

Miss Daisy se redressa.

— Dixon Crawford Bell ! Tu envisages de fonder une famille ? Et qui donc pourrait être l'heureuse élue ? Mais… est-ce que je ne la connaîtrais pas, par hasard ?

Il mit un doigt sur ses lèvres.

— Ne dites rien — il est trop tôt. Mais j'aimerais vraiment entreprendre ces travaux d'amélioration, si vous le voulez bien.

Les épaules de miss Daisy s'affaissèrent légèrement.

— Je n'ai pas besoin de davantage de confort, Dixon. Et je n'ai pas les moyens de financer de tels travaux. Comment pourrions-nous assumer cette dépense ?

— J'ai l'argent nécessaire, miss Daisy. On me paie bien pour écrire ces chansons, vous savez. Et j'ai suffisamment de temps et d'énergie pour réaliser une partie des travaux moi-même. Vous n'aurez à vous soucier de rien d'autre que de choisir les papiers peints et la couleur des peintures. Je m'occuperai de tout le reste.

A l'heure du déjeuner, il avait achevé son examen minutieux du rez-de-chaussée et sa liste remplissait à présent douze feuillets de son carnet. Un peu découragé par l'étendue de la tâche, il sortit faire un tour dans le jardin.

Celui-ci l'accueillit avec ses propres sollicitations : la pelouse, à l'abandon, était envahie de mauvaises herbes, les glycines et le lierre s'élançaient à l'assaut des pins au risque de les étouffer, les magno-lias géants, desquels la maison tenait son nom, avaient engendré plusieurs générations de jeunes arbres qui, bien que magnifiques eux-mêmes, portaient atteinte à la majesté de leurs parents. Dixon se dit que l'on pourrait les déplacer plutôt que de les supprimer, mais cela signifierait encore plus de travail.

Comme il réfléchissait, sa chemise collée au corps par la chaleur moite de juillet, une Taurus bleue remonta l'allée de gravier avant de s'arrêter à proximité du perron. Un jeune homme en sortit, en qui Dixon reconnut aussitôt le teint olive et les cheveux noirs de Consuela.

— Bonjour, dit-il en tendant la main au garçon. Je suis Dixon Bell.

— Sal Torres. Ma mère travaille ici.

Dixon perçut une certaine défiance dans la voix du jeune homme en même temps qu'une légère arrogance dans le mouvement de menton qu'il avait eu pour désigner la maison.

— Je l'ai rencontrée pour la première fois ce matin. J'apprécie beaucoup tout ce qu'elle fait pour ma grand-mère.

Sal Torres n'avait visiblement pas envie de se laisser amadouer.

— Ma mère fait toujours du bon travail. C'est sa fierté.

— Et elle a entièrement raison. J'ai moi-même souvent été employé à des tâches que beaucoup ne veulent pas faire, et je sais qu'un travail bien fait mérite le respect de tous.

Le jeune garçon parut un peu surpris.

— C'est vrai, dit-il cependant.

Puis il tourna les yeux vers le parc et ajouta :

— Et on dirait que vous avez pas mal de travail en attente ici.

— Oui. A l'intérieur aussi. Votre mère s'occupe du ménage, mais il y a une montagne de réparations à faire.

— Je connais des menuisiers, des peintres et aussi des jardiniers si ça vous intéresse, commença Sal, mais avant que Dixon ait eu le temps de répondre, il reprit, haussant les épaules, et sur un ton de colère triste : Bien sûr que vous en connaissez, êtes-vous en train de penser. Nous, les Hispaniques, sommes la nouvelle classe laborieuse. Nous avons remplacé les esclaves d'Afrique.

— Je vais sans doute vous décevoir, mais je ne pensais pas ça du tout.

Dixon desserra ses mâchoires, s'efforçant de maîtriser son irritation.

— C'est vrai, mes ancêtres possédaient une plantation et faisaient travailler des esclaves, mais je n'y peux rien et je ne vais pas vous présenter des excuses pour ça. Comme je crois vous l'avoir dit à l'instant, je respecte les gens qui prennent leur travail à cœur et j'entends payer correctement ceux qui travailleront pour moi.

Sur quoi, il tourna les talons et se dirigea vers la maison.

— Je vais dire à votre mère que vous êtes ici.

Sal regarda l'homme pénétrer dans la vieille demeure, puis alla s'asseoir dans la Taurus où il régla la climatisation au maximum. Il n'avait pas vraiment eu l'intention de se lancer dans une telle discussion, surtout avec l'employeur de sa mère. Mais quelque chose dans l'atmosphère du lieu, des réminiscences du passé peut-être, avait éveillé en lui une sorte de ressentiment qu'il lui avait fallu exprimer. Et Dixon Bell s'était montré tout compte fait plus tolérant qu'il ne le méritait. Dans les mêmes circonstances, L.T. LaRue l'aurait probablement attrapé par la peau du cou et fichu dehors.

En fait, M. LaRue l'avait déjà secoué, une fois, parce qu'il l'avait trouvé en train d'embrasser sa fille. Et s'il avait dû « protéger » ses enfants, Dixon Bell aurait sûrement réagi de la même façon. La mère de Kelsey s'adressait à lui avec une amabilité polie, mais il était clair qu'elle doutait qu'il puisse convenir à sa fille. Tout ça parce que son teint était foncé et qu'il habitait au sud de Boundary Street, rue qui, à New Skye, séparait les quartiers riches des quartiers pauvres.

La lourde porte d'entrée de la maison se referma avec un bruit sourd et Sal leva les yeux pour voir sa mère descendre les marches du perron, le gros sac qu'elle emportait toujours avec elle dans une main, l'autre agrippée à la rampe. Elle avait l'air fatiguée, et il n'était que midi.

Sal alla rapidement au-devant d'elle pour prendre son sac et ouvrir sa portière. Elle s'effondra sur le siège passager en poussant un soupir de soulagement.

— Ah, qu'il fait chaud dans cette maison !

— Ils n'ont pas l'air conditionné ? demanda-t-il, étonné.

— Seulement dans quelques pièces. Et quand on s'agite, ça ne suffit pas. Tu es allé en classe ce matin ?

Il s'éclaircit la gorge et démarra avant de répondre :

— Non.

— Salvadore, tu sais que tu dois y aller. Tu as besoin de ces unités d'enseignement pour obtenir ton diplôme l'an prochain.

— Je sais, maman, je sais. J'irai cet après-midi. J'ai aidé Joe à décharger des meubles ce matin. J'ai gagné cinquante dollars.

Soupirant de nouveau, elle ferma les yeux et laissa aller sa tête contre le dossier.

— Cinquante dollars, c'est bien, mais tu as besoin d'un diplôme pour obtenir un bon travail. A long terme, un diplôme vaut beaucoup plus que cinquante dollars.

Il ne chercha pas à discuter, préférant la laisser se reposer durant le trajet qui les conduisait vers le lotissement récent où résidait son employeur de l'après-midi. Ces grosses maisons neuves étaient plus faciles à entretenir, disait-elle, parce qu'elles possédaient tout le confort moderne. Le travail y était beaucoup moins pénible.

Sal aurait voulu qu'elle n'ait pas à travailler du tout.

Ils s'arrêtèrent un court moment au fast-food, puis il la déposa à l'angle d'une rue bordée d'arbres trop jeunes encore pour fournir de l'ombre, en lui promettant de repasser la prendre à 17 heures.

— Va à ton cours, lui rappela-t-elle.

Et parce qu'il lui avait promis, il s'y rendit. Il était en retard bien sûr, ce qui lui valut un sermon de la secrétaire. Les emplois du temps scolaires ne tenaient aucun compte du fait que les élèves avaient une vie personnelle. Or, s'il ne conduisait pas sa mère au travail, elle ne pouvait pas s'y rendre ; si elle ne s'y rendait pas, elle n'était pas payée ; et si elle n'était pas payée, ses frères et sœurs n'avaient rien à manger. C'était pourtant simple à comprendre, non ?

Après deux heures d'algèbre, le professeur leur accorda une pause d'un quart d'heure. Sal partit à la recherche de la seule personne au monde qui lui permettait de croire encore qu'un avenir existait pour lui.

Il trouva Kelsey devant le distributeur de boissons. La façon dont son visage s'illumina lorsqu'elle le vit valait largement les deux heures d'ennui qu'il venait de traverser.

— Sal !

— Hé, *querida*.

Il passa un bras autour de sa taille et sentit avec fierté qu'elle s'abandonnait contre lui. Elle était magnifique, et si douce. Et elle était sienne.

— Comment vas-tu ? s'enquit-il.

— Mieux maintenant. Où étais-tu passé toute la matinée ?

Sal n'aimait pas qu'on lui pose des questions, mais il aimait qu'elle se soucie de lui.

— J'ai fait un petit boulot.

Il s'écarta d'elle un court instant pour mettre une pièce dans la machine, puis la prit par la main et l'entraîna vers les portes du hall.

— Sortons deux minutes, proposa-t-il.

La chaleur était suffocante, même à l'ombre de *leur* arbre, celui sous lequel ils finissaient toujours par se retrouver. Sal s'appuya contre le tronc et attira Kelsey devant lui, entre ses jambes, puis il but une longue goulée de soda.

— Mmm... Toi et une boisson fraîche, que peut-on désirer de plus un jour d'été ?

— Tu es si gentil, dit-elle en souriant. Tu mérites un baiser.

— Tu as tout à fait raison, repartit-il en joignant ses lèvres aux siennes.

— Monsieur Torres, mademoiselle LaRue... Dois-je vous rappeler encore une fois que le règlement de l'école interdit tout démonstration d'affection ?

Kelsey fit un bon en arrière tandis que Sal rouvrait les yeux pour se trouver presque nez à nez avec le principal, qui le fixait de son regard noir, les bras croisés sur la poitrine.

— Alors ?

— Non, monsieur.

Il marqua une pause.

— Vous n'avez pas besoin de nous le rappeler.

Ils avaient été surpris le vendredi précédent, mais c'était à l'intérieur du bâtiment. Sal avait espéré qu'à l'extérieur, personne ne les remarquerait.

— Encore un incident de ce genre, et je serai obligé de prévenir vos parents et de vous garder en retenue. Vous comprenez ?

— Oui, monsieur.

— Retournez en classe maintenant, ou vous serez en retard.

Comme ils entraient dans le hall à la suite de M. Floyd, Sal, jetant un bref coup d'œil de côté, vit les joues rouges et le regard effrayé de Kelsey. Il comprenait ses craintes ; si le principal parlait à son père, elle passerait un mauvais moment. A l'avenir, Sal devrait se retenir de l'embrasser dans l'enceinte de l'école, même si c'était difficile.

Les cours occupaient une si grande partie de la journée. Après l'école, il allait chercher sa mère à son travail, l'accompagnait à l'épicerie, puis l'aidait à s'occuper des petits à la maison. Lorsqu'il était enfin libre, Kelsey n'avait plus le droit de sortir. Durant l'été, il avait néanmoins passé de nombreuses soirées à regarder des films chez elle. Là, quand venait pour lui le moment de partir, ils avaient suffisamment d'intimité pour échanger un baiser en se disant au revoir. Sal avait envie de plus… mais cela ne ferait que leur causer des ennuis à tous deux.

Rien ne pouvait donc être simple dans la vie ?

Il retrouva Kelsey après les cours. Cette fois, les ennuis surgirent en la personne de son frère cadet qui descendait le couloir principal avec elle. Trace LaRue avait hérité des manières rustres de son père. Il haïssait Sal pour la seule raison que celui-ci était hispano-américain, ce qui les mettait sur un pied d'égalité puisque Sal détestait Trace parce qu'il était un « crétin de gosse de bourges ».

Aussi Sal se faisait-il un malin plaisir, à chaque occasion, d'afficher sa relation avec Kelsey.

— Hello, ma belle, dit-il en prenant celle-ci par la taille. Tu m'as manqué.

Il se tourna vers elle pour l'embrasser.

— Sal ! Souviens-toi de ce que M. Floyd a dit.

— Je m'en souviens.

Il poussa la porte battante du hall, laissa passer Kelsey, puis laissa retomber la lourde porte derrière lui, au nez de Trace.

— Voilà, nous sommes dehors à présent. Le principal surveille l'arrivée des bus de l'autre côté. Nous sommes tranquilles.

Il souleva la masse de cheveux blonds de Kelsey et l'embrassa sur la nuque. C'est alors qu'une main s'abattit sur son épaule et le rejeta en arrière.

— Ôte tes pattes de ma sœur, latino.

Le visage rouge et luisant de transpiration, Trace ressemblait à son père quand celui-ci se mettait en colère.

— Essaie donc de m'en empêcher, riposta Sal, levant déjà un poing.

Mais avant que l'un ou l'autre n'ait pu faire un geste, Kelsey intervint :

— Non, arrêtez ! Il n'est pas question que vous vous battiez, vous entendez ? Je te jure, Sal, que si tu fais ça, je ne te verrai plus pendant… des semaines. C'est ça que tu veux ?

Sal hésitait. Aucune femme ne lui donnait d'ordre. Mais il savait qu'il ne pouvait pas vivre sans voir Kelsey. C'était sur elle que reposait son équilibre mental, c'était pour elle qu'il se levait chaque matin.

— Partez, siffla-t-il entre ses dents, avec un mouvement du menton vers le parking où la Volvo de leur mère attendait.

Trace saisit l'avant-bras de sa sœur.

— Tu l'as entendu ? Partez, c'est ce qu'il a dit.

Elle suivit son frère, regardant Sal par-dessus son épaule comme si elle ne parvenait pas à en détacher ses yeux.

Sal observa la Volvo redémarrer, puis quitter le parking, et, plein de rage contenue, alla s'asseoir dans propre voiture surchauffée. La situation était impossible. Kelsey et lui auraient dû avoir le droit de se voir sans devoir lutter contre tous. Leur faudrait-il changer le monde pour pouvoir vivre leur histoire en paix ?

Kate était mieux préparée à affronter L.T. quand celui-ci vint chercher les enfants le samedi matin à l'heure du petit déjeuner.

Elle alla ouvrir la porte et réussit à sourire en lui disant bonjour. Dehors, sa petite amie ? maîtresse ?… fiancée ? l'attendait dans la voiture.

— Ils sont prêts ? demanda L.T.

Il traversa le vestibule en direction du séjour, mais s'arrêta sur le seuil.

— Qu'est-ce que tu as fait avec les meubles ?

— Je les ai changés de place.

— Pourquoi as-tu fait ça ? La table de salle à manger est ridicule à cet endroit. Qui voudrait manger dans ce coin ?

— J'ai pensé que ce serait agréable de dîner près de la cheminée l'hiver. Et de cette façon, on peut profiter du jardin quand on est dans le canapé. Et puis, ça change.

— C'est affreux. Je veux que tu remettes tout en place.

Elle soupira.

— L.T., tu ne vis plus ici, ce que tu penses n'a donc pas d'importance. Kelsey, Trace et moi aimons la manière dont c'est arrangé, donc les meubles resteront où ils sont jusqu'à ce que nous ayons envie d'essayer un autre agencement.

Il lui fit face, les yeux étrécis par la colère, les poings serrés.

— Tu veux monter les enfants contre moi, hein ? C'est ça ? Je m'en doutais. Tu veux les amener à croire que c'est toi qui as toujours raison.

Kate sentait ses genoux trembler, mais elle résista au désir de battre en retraite.

— Non. Nous ne parlons pas du tout de toi, sauf nécessité. Nous vivons notre vie, voilà tout. Exactement comme toi, L.T., et il se trouve qu'aménager le séjour à notre goût en fait partie.

Les pas des enfants qui descendaient l'escalier résonnèrent au rez-de-chaussée et le visage de L.T. changea aussitôt d'expression. Il était plutôt beau quand il souriait.

— Bonjour, vous, dit-il comme Trace et Kelsey apparaissaient au pied de l'escalier, visiblement incertains de l'humeur dans laquelle était leur père.

Mais il les accueillit avec une étonnante gentillesse. Il posa une main affectueuse sur l'épaule de Trace avec un « Ça va, fiston ? » enjoué et embrassa Kelsey sur la joue en s'exclamant : « Qu'elle est jolie ce matin ! »

Puis il les poussa tous les deux au-dehors et se retourna sur le seuil pour demander :

— J'avais pensé que nous pourrions aller jusqu'à Raleigh faire un peu de shopping, si tu n'as pas d'autres projets pour la journée. Ça te va ?

Kelsey se tourna vers Kate.

— Oh oui, Kate, s'il te plaît ? Il y a des boutiques super ! Et une nouvelle galerie commerciale où nous ne sommes encore jamais allés.

Trace, apparemment, n'était pas contre l'idée de dépenser un peu de l'argent de son père si celui-ci le lui proposait.

En l'absence d'objection valable, Kate se résigna.

— Pas de problème. Passez une bonne journée.

Comme ils atteignaient presque la rue, elle lança :

— L.T., à quelle heure penses-tu les ramener ?

— Tard ! cria-t-il.

— Merci pour la précision, marmonna-t-elle en rentrant dans la maison.

« Et maintenant ? » se dit-elle en s'adossant à la porte refermée.

Cependant, la journée passa vite au rythme des corvées habituelles du samedi qu'elle termina par un tour à la jardinerie où elle acheta quelques nouveaux pots pour la terrasse et des herbes aromatiques à replanter. Aux alentours de 18 heures, elle s'installa finalement dans un fauteuil de jardin, un grand verre de thé glacé à portée de main, résolue à se relaxer, à savourer la quiétude de la fin d'après-midi, les senteurs de terre et d'origan, la chaleur des pierres sous ses pieds nus, le ciel changeant.

Mais au bout d'un moment, elle se surprit à avoir envie de compagnie. Elle aimait avoir Trace et Kelsey auprès d'elle, sauf quand ils se disputaient bien sûr. Ils avaient toujours quelque chose d'intéressant à raconter, ils étaient vifs et curieux… L.T. avait-il conscience de ce dont il s'était privé en les quittant ?

Ce soir pourtant, c'était elle qui était seule. Elle aurait pu prendre un bain, se préparer une salade et regarder un film qu'elle aurait choisi elle-même, sans avoir à se ranger à l'avis de l'un ou de l'autre de ses enfants. La plupart des femmes auraient adoré ce moment de solitude.

Mais elle aurait préféré avoir quelqu'un à qui parler.

Comment l'idée lui était-elle venue ? Elle n'en savait rien. Soudain, Dixon avait fait irruption dans ses pensées. Elle pouvait presque distinguer son visage tandis qu'il l'aidait à préparer les steaks qu'elle avait dans le réfrigérateur, entendre sa voix résonner dans la maison, voir ses grandes jambes étendues devant lui comme ils dégustaient un verre de vin au crépuscule. L'air était doux, elle avait allumé des bougies… L'image était si forte, si juste surtout, qu'elle se retrouva près du téléphone avant même d'avoir réalisé ce qu'elle était en train de faire.

C'est alors qu'elle prit peur. Comment pouvait-elle faire une telle chose ? Jamais elle n'avait appelé un homme pour lui demander un rendez-vous. Très jeune, elle avait appris qu'une femme « bien » ne faisait pas le premier pas. Cette règle n'avait plus cours, bien sûr ; les jeunes filles faisaient tout ce qu'elles voulaient aujourd'hui.

Néanmoins, Kate n'était pas libre d'agir ainsi. Elle était encore mariée. Comment Dixon interpréterait-il une invitation à dîner ? Que savait-elle vraiment de lui ? Il s'attendrait peut-être à… plus… s'ils étaient seuls tous les deux. Un dîner en famille était une chose, mais un tête-à-tête, avec des bougies et du vin…

Sa sœur lui conseillerait d'arrêter de réfléchir et de foncer, cela ne faisait aucun doute. Mary Rose, tout à son bonheur de jeune épousée, flottait sur un petit nuage rose depuis plusieurs mois.

Elle n'avait pas connu l'échec, comme Kate ; elle n'avait pas réussi à désenchanter un mari après dix ans de vie commune au point que celui-ci était allé chercher la compagnie d'autres femmes. Elle ne connaissait pas la honte qui emplissait Kate lorsqu'elle croisait, chaque jour, des gens qui savaient ce qui s'était passé ; l'humiliation qu'elle éprouvait devant leurs airs embarrassés. Mary Rose ne se rendait pas réellement compte des répercussions que peut avoir une séparation dans une petite ville comme New Skye.

Kate retira sa main du combiné. Ce serait une erreur d'appeler Dixon. Même si elle l'invitait en ami, Dixon pourrait mal interpréter son geste, ou bien l'un de ses voisins pourrait le voir arriver ou repartir, et en tirer des conclusions hâtives. Pire, elle-même pourrait se méprendre sur la nature de leurs relations. Car elle ne pouvait se dissimuler que quelque chose en lui l'attirait — pour dire la vérité, elle ne s'était pas sentie aussi attirée par quelqu'un depuis son adolescence. Elle le trouvait beau, fort, et oh… tellement désirable.

Et complètement hors d'atteinte, évidemment. Même si elle avait été libre, quelle chance aurait-elle eu de satisfaire un homme comme Dixon ? Elle qui n'avait même pas su garder L.T. Debout dans la pénombre de la cuisine, Kate assimilait cette triste vérité : elle ne serait jamais à la hauteur d'un Dixon Bell.

Elle avala un sandwich à la dinde et une poire, puis regarda une série policière à la télévision, suivie d'un magazine d'actualités, jusqu'à ce que L.T. ramène enfin les enfants, peu avant minuit.

Lorsque ceux-ci furent couchés, elle monta à son tour, alluma la radio en sourdine dans sa chambre et se mit au lit, espérant que le sommeil ne tarderait pas.

« Et maintenant, annonçait l'animateur, une chanson qui est numéro un depuis trois semaines sur toutes les stations de musique country, et qui entre à présent dans le "top ten", véritable performance pour une mélodie typiquement country. Voici, chers auditeurs, *My dream*, par le plus romantique chanteur de sa génération, Evan Carter… »

Kate roula sur le côté comme les premières notes de guitare s'égrenaient auxquelles vinrent bientôt se mêler la douce plainte d'un violon, puis la voix profonde du chanteur.

> *Deep in the night, dark as your hair,*
> *I open my eyes to find you're not there.*
> *The dream feels so real,*
> *I hold you so tight ;*
> *But you're a lifetime of lonesome away.*
> *Me lovin' you — it's only a dream*
> *And dreams are for fools, so they say.*
> *Me lovin' you — that's all I would ask*
> *You're the dream I won't let slip away.*

« Que ressentait-on, se demandait Kate, lorsqu'un homme rêvait ainsi de vous, pensait à vous avec cette tendresse ? »

Avant que la ballade s'achève, les paroles mélancoliques brisèrent ses dernières résistances. Des larmes brûlantes remplirent ses yeux et coulèrent doucement sur ses joues. Elle enfouit son visage dans son oreiller et s'endormit en pleurant.

56

4.

Le dimanche après-midi, Kelsey montra à sa mère et à sa tante les vêtements qu'elle avait achetés la veille. Il y en avait pour au moins cinq cents dollars et le défilé prit toute une heure. Trace avait de nouveaux vêtements aussi, ainsi que plusieurs jeux d'ordinateur et une pile de CD à ajouter à sa collection.

— Corruption, décréta Mary Rose Bowdrey-Mitchell. L.T. essaie d'acheter les suffrages des enfants.

— Pour que je remette les meubles du séjour en place ?

Kate se frotta les yeux, puis s'appuya contre le dossier de sa chaise et avala une gorgée de thé.

— Ça me semble un peu disproportionné, non ?

— Pas pour lui, j'imagine. L.T. est un empêcheur de tourner en rond. Il ne veut plus habiter ici, mais il voudrait que rien ne change. Je suis sûre qu'il te ferait une scène si tu t'avisais de te faire couper les cheveux.

— Je n'irai pas jusque-là, répondit-elle en relevant machinalement ses cheveux pour dégager sa nuque et sentir la fraîcheur de l'air conditionné.

Mary Rose pencha la tête de côté et considéra sa sœur aînée d'un œil critique.

— A vrai dire, je pense qu'une coupe plus courte t'irait à ravir. Tu as une telle masse de cheveux que parfois ils semblent trop lourds pour ton cou.

— Merci !

— Allons ! Ils sont magnifiques, dit Mary Rose pour essayer de se rattraper. Tu es toujours belle, d'ailleurs.

— Oh, ça oui ! s'exclama Kate, se remémorant l'orage de la semaine précédente.

Et de raconter à sa sœur dans quel état elle se trouvait pas plus tard que quelques jours auparavant devant le Drew's Coffee Shop.

— Et sur qui suis-je tombée, précisément ce jour-là, poursuivit-elle, alors que j'avais tout l'air d'un chat mouillé ? Dixon Bell.

— Qui ça ?

— Dixon Bell, le petit-fils de miss Daisy. Il était dans ma classe en dernière année de lycée.

— Je ne me souviens pas de lui.

— Tu verrais… Il est… inoubliable.

— Vraiment ? Très intéressant, observa Mary Rose en se redressant.

— Ne commence pas.

Elle se leva pour prendre la cruche de thé glacé sur le comptoir et remplit leurs verres.

— Dixon Bell n'est qu'un vieil ami. Il a quitté New Skye après son diplôme et personne ne l'avait revu depuis. Je ne sais même pas s'il est ici en visite ou s'il a l'intention de rester.

— Je peux te renseigner sur ce point.

Pete Mitchell venait d'entrer dans la cuisine. Il se pencha pour embrasser sa femme avant de poursuivre :

— Il a pris le petit déjeuner avec nous ce matin après notre partie de basket. Il projette de rénover Magnolia Cottage et de s'y installer.

Pete et quelques amis — dont Adam DeVries — jouaient au basket tous les samedis matin depuis le lycée, après quoi ils avaient l'habitude de prendre ensemble un copieux petit déjeuner chez Charlie. De retour au bercail, Dixon s'était naturellement joint au petit groupe.

— C'est un projet d'envergure, commenta Kate, se laissant gagner par la curiosité. A-t-il dit…

— … comment il réunirait l'argent nécessaire ? acheva Peter en souriant. Eh bien, il a travaillé dans l'industrie du pétrole, tu sais, et je crois qu'il a réalisé de bons investissements. Et il travaille aussi en indépendant et touche des royalties si j'ai bien compris.

— Il écrit des articles ? des livres ?

— Je ne sais pas exactement. Mais j'ai l'impression qu'il s'est bien débrouillé ces dernières années et qu'il n'a pas à s'inquiéter de chercher un emploi pour l'instant. Dixon a toujours été quelqu'un de brillant, je ne serais pas étonné d'apprendre qu'il a amassé une petite fortune.

Etonnée, Kate l'était, mais elle ne le dit pas. Peut-être n'avait-elle pas suffisamment prêté attention à la belle personnalité de Dixon, autrefois.

— Et voilà, conclut Mary Rose, un homme intelligent, inoubliable, selon tes propres dires, et qui plus est, riche ! Il débarque en ville juste au moment où tu as besoin de rencontrer quelqu'un. Il n'est pas marié ou fiancé ? ajouta-t-elle en levant la tête vers son mari.

— Je ne crois pas.

— Mais moi, je le suis, objecta Kate. Et Trace et Kelsey ont déjà été suffisamment perturbés.

Mary Rose fit la moue.

— Tu dis toujours la même chose.

— Parce que c'est la vérité. Je suis responsable d'eux au premier chef étant donné que L.T. n'est guère disponible.

— Tu as le droit d'avoir ta propre vie, Katie !

Cependant, sur une pression des mains de son mari sur ses épaules, Mary Rose renonça à argumenter davantage.

— A propos, dit Pete, Dixon pense se joindre à nous samedi prochain sur le terrain de basket et il se demandait si Trace n'aurait pas envie de venir jouer aussi.

— Vous êtes sûrs que vous voulez jouer avec un garçon de treize ans ?

— Absolument, répondit Pete avec une conviction amusée. Nous avons même hâte de faire valoir notre forme olympique !

Puis il se rembrunit.

— Mais je doute que Trace accepte l'invitation venant de moi. Il m'en veut encore.

Au printemps précédent, dans un accès de rébellion, Trace et deux de ses amis avaient lancé une fausse alerte à la bombe durant la kermesse qui avait lieu chaque année dans le centre-ville de New Skye. Et c'était Pete, officier de sécurité de l'Etat, qui l'avait arrêté et conduit au commissariat. Suite à cet incident, le jeune garçon avait été condamné à effectuer un travail d'intérêt général, et était en outre astreint à un suivi psychologique.

— Donc, Dixon a dit qu'il appellerait, poursuivit Pete. Si cela ne t'ennuie pas que Trace joue avec nous, bien sûr.

— Bien sûr que non. Je suis certaine que Trace sera ravi, répondit-elle, espérant que ses joues ne trahissaient pas la joie qu'elle éprouvait à penser que Dixon l'appellerait bientôt. L.T. ne prend plus le temps de faire du sport avec lui.

Après que sa sœur et son beau-frère furent partis, Kate s'occupa à diverses petites tâches à l'intérieur de la maison. Elle ne voulait pas sortir, de peur de manquer l'appel de Dixon. Ce qui était stupide, elle le savait, car Dixon pouvait téléphoner n'importe quand au cours de la semaine à venir.

De toute façon, l'air était trop étouffant pour travailler dehors. Ayant préparé une salade de pâtes pour le dîner, elle s'assit à la table de la cuisine avec son carnet de chèques et ses relevés de banque, bien décidée, cette fois, à venir à bout de ses soustractions.

Finalement, elle réussit si bien à se concentrer sur ses comptes qu'elle fit un bond lorsque la sonnerie du téléphone retentit. Une seule fois. Kate retomba sur sa chaise ; ce devait être une des amies de Kelsey… ou Sal peut-être…

60

Mais le pas bruyant qu'elle entendit presque aussitôt dans l'escalier était celui de Trace, et non celui de sa sœur. Il entra en trombe dans la cuisine, le combiné sans fil de l'étage à la main.

— Kate, c'est Dixon Bell. Il veut que je joue au basket avec lui et ses amis samedi prochain. M. DeVries, M. Crawford et Pete.

Il reprit sa respiration.

— Je peux, n'est-ce pas ? Il n'y aura que des adultes, à part moi. Je lui ai dit que je pensais que tu serais d'accord. Alors ? Je peux ?

Kate considéra son fils, muette d'étonnement. Il y avait des mois qu'elle ne l'avait pas vu aussi enthousiaste. Pas depuis que son père était parti, en tout cas. Et peut-être même depuis plus longtemps encore. Un petit miracle — grâce à Dixon Bell.

— S'il te plaît, Kate.

— C'est une excellente idée. N'oublie pas de le remercier, répondit-elle aussi posément qu'elle le put, réfrénant le désir impérieux qu'elle ressentait de demander à parler à Dixon tandis que Trace portait le combiné à son oreille.

— C'est d'accord, l'entendit-elle dire d'une voix pleine d'une joie contenue. A quelle heure devrai-je y être ?… Oh, merci. Je serai prêt… Bien sûr. Au revoir.

Il lui tendit le téléphone.

— Dixon veut te parler.

Retenant son souffle, Kate prit l'appareil.

— Allô ?

— Bonjour, Kate, comment vas-tu ?

La voix chaleureuse de Dixon parut chasser toute sa tension. Ses épaules se détendirent et elle se laissa aller contre le dossier de sa chaise.

— Je vais très bien, merci. C'est vraiment gentil à vous d'avoir proposé à Trace de se joindre à vos matchs. Il est ravi.

— Je pense que ce sera amusant. Il va nous encourager à nous dépasser.

— A quelle heure dois-je le conduire à l'école, samedi ?

— Inutile que tu te lèves tôt pour ça. Je lui ai dit que je passerais le prendre vers 6 h 45.

La conversation s'achevait et Kate ne parvenait pas à trouver quelque chose à dire pour la prolonger.

— Si tu es sûr...

— Absolument. A part ça..., reprit-il avant de s'interrompre un long moment. Et nous ?

— Nous ?

— Oui, tu sais, ce dîner que je voulais partager avec toi. Pouvons-nous prévoir quelque chose ?

— Je... Je ne sais pas...

— Si le dîner pose problème, pourquoi pas un déjeuner ? Je pourrais ramener Trace après notre collation samedi matin, repartir prendre une douche, me changer, et revenir te chercher un peu plus tard pour aller déjeuner. A moins que tu ne préfères que nous nous retrouvions quelque part ?

Incapable de résister plus longtemps, Kate émit un léger soupir.

— Je pense que nous pourrions faire ça. Je... Je serai très heureuse de déjeuner avec toi.

Elle crut l'entendre pousser un soupir de soulagement.

— Formidable, dit-il. J'ai hâte d'être à samedi.

Kate raccrocha, consciente du sourire béat qui flottait sur ses lèvres. Dixon était si merveilleux, et il « avait hâte » de la voir !

Dixon ne retint pas Kate trop longtemps au téléphone. Pourtant, il n'imaginait pas de manière plus agréable de passer un samedi après-midi que de se laisser bercer par sa douce voix aux accents du Sud. L'idée lui vint tout à coup d'écrire une chanson qui évoquerait la voix d'une femme, ses mots, son rythme, et la façon dont toutes ces particularités touchaient l'homme qui l'aimait. Oui, c'était inté-ressant. Il monta sur-le-champ à l'étage pour chercher son carnet et prendre quelques notes. Assit sur son lit d'adolescent, il ne lui était pas difficile de songer à Kate, d'imaginer les mots qu'elle employait peut-être dans l'amour ou la passion. A la fin de la semaine, il aurait plusieurs heures pour l'écouter parler, hésiter, rire… Il lui fallait seulement patienter pendant cinq longues journées.

Au bout d'un quart d'heure, cependant, il se trouva si remué par ses rêveries qu'il décida de sortir de la maison malgré la chaleur de l'après-midi. Miss Daisy faisait la sieste dans le salon, aussi traversa-t-il le hall sur la pointe des pieds et referma-t-il la porte sans le moindre bruit. Il fit quelques pas et repéra, sur la droite de la maison, à l'endroit où s'était trouvé autrefois un parterre de roses et de buis taillés, un coin dégagé, ombragé par un superbe tulipier de Virginie. Il s'assit, s'adossant contre le large tronc, son carnet sur les genoux, et se mit à réfléchir à l'aménagement des jardins…

Mais sa concentration fut de courte durée. Dix minutes plus tard seulement, il pensait de nouveau à Kate. Elle n'avait pas accepté d'emblée de déjeuner avec lui. Elle se comportait en fait avec lui comme si elle craignait qu'un rapprochement entre eux puisse la faire souffrir. Ce qui, bien sûr, aurait pu se comprendre s'il avait été L.T. LaRue… Kate avait-elle fini par croire que tous les hommes étaient faits sur le même modèle ?

Il leva les yeux en entendant le bruit d'une portière de voiture qui se refermait et jura intérieurement en voyant la SUV de LaRue garée devant la maison. L'ex-mari de Kate était accompagné d'un homme que Dixon ne reconnut pas.

Déjà irrité, il se leva et rejoignit les deux hommes avant que ceux-ci aient fait plus de quatre pas en direction du porche.

— Que puis-je pour vous, messieurs ?

— Bon après-midi, Dixon. J'ai pensé que j'allais vous amener le maire afin que vous fassiez connaissance. Monsieur le maire, voici Dixon Bell, le petit-fils de miss Daisy Crawford. Dixon, Curtis Tate.

— Enchanté de vous rencontrer, monsieur Bell, dit celui-ci en tendant une main soignée. Votre grand-mère est… euh, bien connue des services municipaux.

Grand, osseux, d'une physionomie austère à peine animée par un regard fuyant, Tate déplut instantanément à Dixon. Cependant, il répondit à sa poignée de main.

— Enchanté, monsieur le maire. Miss Daisy aime à dire sans détour ce qu'elle pense, n'est-ce pas ?

— Oui, oui, tout à fait.

Il jeta un coup d'œil vers la bâtisse par-dessus l'épaule de Dixon, puis autour de lui, et observa :

— C'était une belle propriété.

— Et ça le sera bientôt de nouveau. J'ai l'intention de faire réaliser un certain nombre de travaux tant à l'intérieur qu'à l'extérieur afin que Magnolia Cottage recouvre au plus vite sa splendeur d'autrefois.

— Des vérifications sont nécessaires pour ce genre de travaux, vous savez, dit L.T., enfonçant les mains dans ses poches. L'électricité, le chauffage, la plomberie… Tout cela doit être validé par les différents services concernés.

— Oui, eh bien ?

Le maire haussa les épaules.

— On ne peut pas toujours compter sur la diligence de ces services…

— Serait-ce une menace ?

— Seulement une mise en garde, répondit L.T., souriant de toutes ses dents. Votre projet de rénovation pourrait ne pas progresser aussi vite que vous le souhaitez. Alors que, si vous le voulez, je vous débarrasse de cette propriété en quelques jours.

Il fit claquer ses doigts.

— Comme ça.

Derrière Dixon, la porte de la maison s'ouvrit.

— Nous avons des visiteurs, Dixon ? cria miss Daisy depuis le porche.

— Ils s'en allaient.

Dixon, immobile devant les deux hommes, prévenait toute tentative de l'un d'eux d'approcher de la maison. Et lorsque, se redressant de toute sa taille, il fit un pas en avant, L.T. et Tate reculèrent.

— Maintenant, messieurs, écoutez-moi bien, dit-il sans même élever la voix. Vous allez quitter cette propriété immédiatement et ne jamais remettre les pieds ici. Parce que si vous le faites, continua-t-il tandis que les deux hommes battaient en retraite, je vous recevrai à coups de fusil. Est-ce que je me suis bien fait comprendre ?

A l'abri à l'intérieur de la SUV, L.T. fit descendre sa vitre et dit :

— Vous croyez avoir réglé cette affaire, n'est-ce pas, monsieur Bell ? Eh bien, détrompez-vous. J'ai beaucoup de relations dans cette ville, croyez-moi. Vous serez surpris de la façon dont finira par se résoudre notre petit différend.

Là-dessus, il démarra dans un crissement de gravier. Un nuage de poussière s'éleva derrière la SUV tandis que celle-ci faisait demi-tour, puis s'éloignait.

Dixon rejoignit miss Daisy sur le porche.

— Ce LaRue est un escroc.

— N'était-ce pas le maire, avec lui ?

— Si. Les apparences peuvent être trompeuses, bien sûr, mais je ne peux pas dire qu'il m'inspire davantage confiance.

— Il est aussi malhonnête qu'on peut l'être, dit miss Daisy en rentrant dans la maison. Il possède une bonne partie de l'immobilier en ville, en propre ou en association avec L.T., et c'est la raison pour laquelle la Société historique de New Skye a réussi à obtenir l'accord pour un certain nombre de rénovations de bâtiments anciens. Nous avons fait augmenter la valeur de plusieurs quartiers et tous les deux en ont tiré bénéfice. Je suppose qu'ils te harcèlent pour que tu vendes ?

Elle s'assit dans le canapé, aussitôt rejointe par trois chats.

— Ils sont déjà venus t'ennuyer avec ça ? demanda Dixon en se laissant tomber dans un fauteuil élimé.

— Quelquefois au cours des dernières années. Mais j'avais la chance de pouvoir répondre que Magnolia Cottage était à ton nom et que je n'avais pas le pouvoir de vendre.

— Je suis content d'apprendre que je t'ai au moins été utile à quelque chose. Que veulent-ils faire de ce terrain ?

— Des condos, répondit miss Daisy du bout des lèvres, comme si elle proférait quelque grossièreté. L.T. projette de construire un ensemble de villas en copropriété ; il veut même conserver le nom actuel — Magnolia Cottage Condominium ou quelque chose de ce genre.

Elle eut un sourire dédaigneux.

— Etant donné la qualité de ce qu'il livre, les luxueuses villas s'effondreraient sur la tête de leurs malheureux propriétaires au bout d'un an ou deux. Gladys Sykes lui a confié la construction de sa piscine et il ne s'est pas écoulé six semaines avant que les premières fissures apparaissent ; elle a dû faire refaire les trois quarts du carrelage, et bien sûr, elle n'a pas profité de sa piscine pendant des mois…

Elle poursuivit la longue liste des malfaçons constatées sur les chantiers de L.T. tout en préparant des sandwichs garnis de laitue, tomates et bacon, et même en lavant et en rangeant la vaisselle après qu'ils les eurent avalés.

— L.T. LaRue est un homme mesquin et sans scrupule, conclut-elle. Comment il s'est débrouillé pour amasser autant d'argent et pour acquérir une telle influence dans les milieux dirigeants est pour moi un véritable mystère.

Comment il avait réussi à convaincre Kate de l'épouser constituait pour Dixon un mystère encore plus grand. Mais au moins, ce problème-là était en passe d'être résolu par le divorce. Et une fois que L.T. serait officiellement écarté, Kate et lui pourraient commencer une nouvelle vie.

— Bell rendrait non seulement un fier service à la commune, mais aussi à lui-même, en acceptant de vendre, dit Tate Curtis dans la voiture. Mais j'imagine que vous avez quelques idées sur la manière de le convaincre, n'est-ce pas ?

— Avec un léger coup de pouce des autorités, monsieur le maire, je pense pouvoir garantir que Magnolia Cottage sera bientôt devenu un secteur résidentiel dont la ville pourra être fière. Une véritable vitrine pour New Skye.

Tate rit et le félicita d'une tape sur l'épaule.

— Eh bien, cher L.T., je pense qu'une aussi noble cause justifie que la municipalité se tienne à vos côtés dans cette entreprise.

Après avoir déposé le maire devant chez lui, L.T. continua à rouler sans but pendant un moment. S'il rentrait maintenant, Mélanie voudrait probablement qu'ils aillent boire un verre ou voir un film. Mélanie n'aimait pas beaucoup pantoufler à la maison.

Mais L.T. n'avait pas plus envie d'aller au cinéma que de se retrouver dans un bar bruyant. Aussi finit-il son trajet au pied de l'immeuble massif construit par ses soins pour LaRue Construction Inc. Bien qu'il fût très fier du hall de réception, orné de somptueuses plantes vertes et de photographies de ses différentes réalisations, il pénétra dans le bâtiment par la porte de derrière, éteignant le dispositif de sécurité au passage, puis monta directement à son bureau. Là, il se servit un whisky bien tassé — un Jack Daniel's qu'il gardait pour les grandes occasions. Puis il se renversa dans son confortable fauteuil de cuir, posa les pieds sur le bureau d'acajou, son verre de whisky à la main.

Il n'avait pas besoin d'allumer son ordinateur et de se plonger dans ses comptes pour connaître la situation de l'entreprise. Celle-ci était critique depuis presque un an à présent. Heureusement, il avait toujours tenu lui-même la comptabilité. Il ne pouvait d'ailleurs pas imaginer comment on pouvait confier à un employé la responsabilité des finances d'une entreprise.

En contrepartie, bien sûr, il ne pouvait s'en prendre qu'à lui-même lorsque les chiffres clignotaient en rouge, comme c'était le cas maintenant.

Et les choses allaient de mal en pis. S'il ne pouvait remettre rapidement de l'argent frais dans la société, il courait à la faillite. Il avait des dettes chez tous les fournisseurs. Ray Calhoun, son banquier, lui avait déjà accordé plus de crédit qu'il n'était raisonnable. Il était donc urgent désormais que son nouveau projet démarre. Démolir cette maudite demeure en ruine, aplanir le terrain... Non, mieux encore, vider le rez-de-chaussée de la maison et y installer des commerces, et transformer les étages supérieurs en appartements de standing. Les gens en avaient assez de tondre leur gazon et de tailler leurs arbres. Ils n'auraient à s'occuper ni de l'entretien du parc — ni même de celui de leur appartement, s'ils le désiraient. Et ils disposeraient d'une piscine, d'une salle de réception pour leurs soirées huppées !

Les clients existaient. New Skye comptait maintenant tout un choix de gens très à l'aise qui tous seraient trop heureux de signer un chèque à six chiffres pour retenir un de ces prestigieux condos.

Le seul obstacle était Dixon Bell.

L.T. leva son verre et porta un toast silencieux. M. Bell allait bientôt apprendre qui « gérait la boutique » à New Skye, Caroline du Nord.

Kate se réveillait désormais au son de la station de radio qui diffusait de la musique country, ce qui était beaucoup plus agréable que la sonnerie aiguë que L.T. avait toujours préférée. Ce samedi matin, la première chanson qu'elle entendit fut cette ballade romantique qui l'avait si profondément émue quelques jours plus tôt : « *Me lovin'you, that's all I would ask* ». Elle se dirigea vers la chambre de Trace pour le réveiller, le sourire aux lèvres.

Mais celui-ci était déjà debout. Elle le trouva dans la cuisine, lavé et habillé, en train d'avaler un grand verre de jus d'orange. Il tourna la tête vers elle à son entrée.

— Je ne l'ai pas manqué, hein ? Il n'est pas déjà passé ?

— Je ne pense pas, chéri. Tu as encore dix minutes devant toi. Veux-tu que je te prépare un petit déjeuner ?

— Non, Dixon a dit que nous irions déjeuner après. Il vaut mieux être léger pour jouer.

Il faisait des allers et retours dans la cuisine, tapotant impatiemment toutes les surfaces horizontales qui se présentaient sous ses doigts.

— C'est cool. Ils sont drôlement sympas, tu trouves pas ?

— Même Pete ?

Trace s'arrêta de marcher, s'assombrit, puis haussa les épaules.

— Il m'a causé pas mal d'ennuis.

Kate se remémora les conseils que lui avait donnés le thérapeute qui suivait Trace.

— Tu es sûr que c'est de cette façon que ça s'est passé ?

— Je sais, je sais. C'est moi qui ai fait l'imbécile et je dois assumer la responsabilité de mes actes.

— Et Pete se fait du souci pour toi. Il veut que tu réussisses tes études et ta vie.

— Oui, oui.

La sonnette de la porte d'entrée retentit et le visage de Trace s'éclaira aussitôt.

— C'est Dixon, j'y vais. A plus.

Kate le suivit dans le couloir, au moins aussi impatiente que son fils semblait l'être. La semaine lui avait paru si longue sans voir Dixon.

69

Trace avait déjà descendu la moitié des marches du porche lorsqu'elle atteignit la porte.

— Trace a l'air en super forme, dit Dixon en la rejoignant.

— Il est surexcité. Je crois qu'il est capable de vous battre tous, méfie-toi.

Elle posa la main sur son avant-bras avant de poursuivre.

— Sérieusement, Dixon, je ne sais pas comment te remercier pour avoir eu cette idée. Trace s'est senti tellement perdu depuis que L.T. nous as quittés… et puis, il y a eu ce conflit avec Pete qui n'a pas arrangé les choses… Je pense que cette partie de basket signifie beaucoup pour lui.

— Cela me fait plaisir, je t'assure, dit-il en recouvrant ses doigts de sa main.

Il semblait encore un peu endormi, mais son regard était chaleureux et animé d'une expression qu'elle ne parvenait pas à interpréter.

— Je repasse te chercher vers midi, ça va ?

— C'est parfait. A tout à l'heure, alors.

Toute la matinée, Kate garda l'image de Dixon devant les yeux, en short de sport et large T-shirt, ses longues jambes bronzées, ses épaules et ses bras puissants, ses cheveux châtains, lissés en arrière, pas tout à fait secs. Dixon Bell lui coupait le souffle. Elle haletait encore d'émotion en grimpant au premier étage pour se préparer.

L'opération aurait pu être délicate en présence de Kelsey, mais heureusement celle-ci dormit jusqu'à 11 heures. A ce moment-là, Kate s'était changée quinze fois, avait passé plus d'une heure dans la salle de bains à se maquiller et à essayer d'arranger ses cheveux. Elle avait d'ailleurs abouti à la conclusion que Mary Rose avait raison : elle devait se faire couper les cheveux. Mais bien sûr, elle n'avait pas le temps ce matin. Dixon trouvait-il qu'elle avait une masse de cheveux trop abondante ?

De retour dans la cuisine, elle trouva Kelsey attablée devant un bol de céréales et Trace qui, debout, engloutissait un litre d'eau. Il respirait toujours le même enthousiasme.

— Je n'ai pas besoin de te demander si tu t'es bien amusé, remarqua-t-elle, appuyée contre le chambranle la porte.

— C'était super. J'ai joué avec M. Dixon et M. DeVries contre Pete, M. Crawford, et M. Warren. Et je peux te dire qu'ils sont impressionnants. M. Crawford tire super bien, mais on a fini par gagner. Et j'ai marqué un panier. Pete a fait une faute contre moi, j'ai tiré un lancer franc, wouah, impeccable !

Kelsey leva alors la tête vers Kate et ses yeux embués de sommeil s'élargirent.

— Tu sors ? demanda-t-elle en détaillant la tenue de Kate.

— Oui, je sors déjeuner. Il y a une pizza congelée pour vous quand vous aurez faim.

— *J'ai* faim, déclara aussitôt Trace.

Mais Kelsey voulait des détails.

— Avec Mary Rose ? Où est-ce que vous allez ?

— Je ne sais pas encore, dit-elle, répondant d'abord à la question la plus facile. Mais j'ai mon portable si vous avez besoin de moi. En fait… euh, je déjeune avec Dixon Bell.

Aussi capital que lui paraisse l'événement, les enfants ne relevèrent ni l'un ni l'autre.

— Amuse-toi bien, dit seulement Kelsey en se remettant à manger tandis que Trace lisait attentivement les instructions de réchauffage sur le carton de la pizza.

On sonna à la porte et Kate sentit son cœur s'emballer. Dixon était en avance.

— Pas de visite pendant mon absence, d'accord ?

— D'accord. Sal travaille, aujourd'hui, de toute façon, répondit Kelsey. Et tous les autres sont à la plage.

— Bien. A plus tard, fit-elle en leur envoyant un baiser.

Elle se dirigea vers la porte, s'efforçant de ne pas courir. Certes elle ne voulait pas le montrer, mais elle le savait, cette sortie constituait un pas important dans sa vie : elle allait déjeuner en tête à tête avec un homme qui l'attirait énormément. Et qui savait ce qui pourrait en résulter ?

Inspirant profondément, elle tourna la poignée et tira.

Pour se retrouver nez à nez avec L.T.

— Je me demandais ce que les enfants faisaient cet après-midi, dit-il. On joue ce nouveau film de science-fiction en ville. Je crois qu'ils avaient envie de le voir.

Rendue muette par la déception, Kate fut presque contente que L.T. n'attende pas sa réaction pour pénétrer dans la maison. Au même moment, elle aperçut le 4x4 de Dixon qui ralentissait à l'angle de la rue.

« Mince », songea-t-elle en fermant les yeux avant de pivoter, laissant la porte ouverte, pour suivre L.T. dans ce qu'elle et les enfants appelaient désormais la grande pièce.

— Ils sont dans la cuisine, dit-elle. Kelsey vient juste de se réveiller. Et… je sortais.

L.T. secouait la tête, l'air réprobateur.

— Je déteste la façon dont tu as arrangé cette pièce.

— Je sais. Je vais chercher les enfants.

Elle retourna dans le couloir et vit Dixon sur le seuil.

— Hello.

— Hello, toi, répondit-il en la dévisageant longuement. Tu es superbe.

Kate se sentit rougir.

— Merci. Euh… L.T. est arrivé à l'improviste. Il veut emmener les enfants au cinéma. Je reviens dans une minute.

Dixon sourit et acquiesça d'un mouvement du menton.

— Pas de problème. Nous avons tout le temps.

Trace et Kelsey étaient partants bien sûr, mais Kelsey fit quelque difficulté lorsqu'elle réalisa que, pour monter s'habiller, elle devrait passer en robe de chambre devant un étranger. Toutefois, le couloir était désert quand elle se décida à le traverser en courant. Trace

72

lança un « bonjour » à son père en passant devant la grande pièce et disparut à son tour dans l'escalier.

Les deux hommes se tenaient l'un en face de l'autre devant la cheminée quand Kate les rejoignit. A son entrée, Dixon se tourna vers elle et dit aimablement :

— Cette pièce est vraiment ravissante, Kate. J'ai dîné avec Pete et Mary Rose l'autre soir, et elle m'a dit que c'était toi qui t'étais occupée de toute la décoration de la maison, et aussi de l'aménagement du jardin.

— C'est vrai, oui.

L.T. semblait bouillir de rage.

— Les enfants seront prêts dans une minute, L.T., dit-elle. Ils sont enchantés d'aller au cinéma.

— Et tu allais partir et les laisser seuls tout l'après-midi ? Après tous les ennuis qu'ils ont eus ? Je ne pense pas que le juge partagerait ta conception d'une surveillance étroite.

— Cet épisode est derrière eux. Trace et Kelsey ont dû assumer les conséquences de leurs actes et tout va beaucoup mieux, répondit-elle froidement, tout en adressant un regard d'excuse à Dixon qui n'aurait pas dû avoir à entendre ce genre de conversation.

— Quant à ce que diront les gens quand ils verront que tu sors avec un homme alors que tu es encore mariée…, poursuivait déjà L.T.

— Probablement rien de plus que ce qu'ils disent quand un homme marié couche avec une femme qui n'est pas la sienne, L.T.

— Espèce de…, rugit-il le visage déformé par la colère.

Poings serrés, il fit un pas vers elle. L.T. ne l'avait jamais frappée, bien qu'elle ait eu parfois lieu de le craindre.

Dixon s'interposa.

— Arrêtez ça, LaRue.

— Vous, vous restez en dehors de cette affaire !

— Sûrement pas.

— C'est ma femme. Et vous êtes chez moi.

— Plus maintenant, L.T., s'entendit dire Kate, se surprenant elle-même. Il y a un divorce en cours, au cas où tu l'aurais oublié.

L.T. grogna, et fit un nouveau pas en avant. Elle sentit Dixon se raidir à son côté. Un instant, elle crut qu'ils allaient se battre, là, au beau milieu de son séjour.

Mais les enfants surgirent dans la pièce au même moment et les deux hommes s'écartèrent l'un de l'autre. Kate inspira, et réfléchit rapidement. Pour une raison inconnue, il lui semblait important d'être la première à quitter les lieux. Aussi, tandis que Trace demandait quelque chose à son père et que Kelsey vérifiait encore une fois son maquillage, elle se tourna vers Dixon et dit :

— Tu es prêt ?

— Si tu l'es.

— Kelsey ? Pense à fermer la porte à clé en partant, s'il te plaît.

La jeune fille acquiesça distraitement tandis que L.T. les dévisageait, elle et Dixon.

Elle sortit de la pièce sans ajouter un mot, ramassa son sac sur la petite table de l'entrée puis se tourna vers Dixon qui l'avait suivie.

— On va déjeuner ? dit-elle, souriant bravement.

— Je me demandais si ce moment arriverait jamais, répondit-il avec un large sourire.

Et il ouvrit la porte pour elle.

5.

Dixon ne parla pas beaucoup tandis qu'ils quittaient la ville. Il pensait que Kate avait peut-être besoin d'un peu de temps pour se remettre de la visite de son ex-mari. Lui ne s'était pas senti si près de frapper quelqu'un depuis des années, et il détestait l'idée d'avoir failli perdre son sang-froid. Mais s'il y avait quelqu'un sur cette planète capable de le mettre hors de lui, c'était bien cet abruti de L.T. LaRue.

Lorsqu'ils eurent laissé derrière eux la circulation de la ville et qu'ils se trouvèrent environnés de tous côtés par les champs de maïs et de coton, Kate laissa échapper un long soupir et dit finalement :

— Où allons-nous ? Ce n'est pas tout près apparemment.

— Pas trop loin non plus. C'est un endroit où je suis allé avec miss Daisy lorsque j'avais quinze ans, à l'occasion d'une réception de mariage. Je n'avais pas une idée très précise à l'époque de ce qu'étaient un décor ou des mets raffinés, mais c'est un lieu où j'ai toujours eu envie de retourner. Et comme il existe toujours, j'ai décidé de t'y emmener.

— Ne serait-ce pas l'auberge Moseby House ?

— Exactement.

— Eh bien, je peux te dire que tes souvenirs ne t'ont pas trompé. C'est un endroit merveilleux. Aussi bien pour y manger que pour y séjourner…

Elle s'interrompit et s'éclaircit la gorge.

— Et les boutiques sont tellement charmantes. Je pourrais passer des heures dans la jardinerie. Il y a aussi une librairie, qui vend également des disques, et un magasin de jouets. Et je n'y suis pas allée depuis très longtemps.

Elle lui adressa un sourire, détendu cette fois, et plein de tendresse.

— Merci, dit-elle encore.

— Quand tu voudras.

Dixon sourit intérieurement. Ainsi, l'idée de *séjourner* dans cette auberge la rendait un peu nerveuse ? Serait-ce parce qu'elle avait songé à lui autrement que comme à un camarade de lycée ? Lui était-il arrivé de fantasmer à son propos ?

Combien de nuits ne s'était-il pas réveillé, lui, en sueur, après avoir rêvé d'elle ? Troublé, il remua sur son siège.

— Comment s'est passée ta semaine ? s'enquit-il.

— Oh… bien. Le quotidien habituel.

— Et à quoi ressemble ce quotidien ? demanda-t-il.

Il voulait vraiment savoir. Durant treize ans, il s'était interrogé : que faisait Kate Bowdrey ? Etait-elle heureuse ? amoureuse ? La vie la traitait-elle bien ? Il avait l'impression d'avoir un grand vide à combler et il pouvait aussi bien commencer par essayer de savoir ce qu'était sa vie actuelle.

Kate haussa légèrement les épaules.

— Emmener les enfants à l'école et aller les chercher, faire les courses, cuisiner, tenir la maison en ordre…

— J'imagine que ce n'est pas une mince affaire, avec des adolescents à la maison.

Elle rit, puis redevint grave.

— L.T. a toujours été plutôt… exigeant sur ce point. Lorsque les enfants étaient petits, nous devions ranger tous les jouets avant qu'il rentre du travail.

Le commentaire en disait long sur la façon dont LaRue concevait son rôle de père.

— Et que fais-tu de ton temps libre ?

Elle réfléchit un instant.

— Pendant l'année scolaire, je donne un coup de main aux enseignants lorsqu'ils ont besoin d'accompagnateurs, ou d'aide pour les fêtes de l'école. J'apporte ma modeste contribution à la Société historique et au Club des femmes qui, depuis quelques années, ont fait de la rénovation du centre-ville leur priorité. Et cette année, j'ai organisé la fête des azalées. Pour le meilleur et pour le pire, conclut-elle en soupirant.

— Qu'est-il arrivé ?

Kate raconta la période de troubles qu'avaient traversée les enfants à la suite de sa séparation d'avec L.T. : les mauvaises notes, les sorties clandestines à la nuit tombée, les cigarettes, les tags, et jusqu'à cette regrettable affaire d'alerte à la bombe dont Pete avait touché un mot à Dixon. Comme il coupait le moteur sur le parking de l'auberge, Kate, laissant aller sa tête contre le dossier, soupira de nouveau.

— Nous ne sommes pas exactement la famille idéale, n'est-ce pas ?

Il prit sa main gauche entre les deux siennes, notant au passage, avec soulagement, qu'elle ne portait aucune bague.

— Je ne pense pas que la famille idéale existe. Tout le monde a des problèmes. J'ai plutôt l'impression que tu as réussi à très bien gérer cet épisode sans avoir eu beaucoup d'aide de la part de la personne qui en était principalement responsable.

Sans réfléchir, il souleva sa main et pressa doucement ses lèvres sur ses doigts minces.

Elle fit un petit bruit et il releva les yeux vers elle. Elle le regardait avec surprise, les joues enflammées, la bouche légèrement entrouverte. Il éprouva une envie folle de la prendre dans ses bras et de l'embrasser.

Mais sa raison veillait. Il savait qu'il risquait de la perdre s'il allait trop vite. Aussi reposa-t-il gentiment la main de Kate sur le siège en disant :

— Et si on allait déjeuner ?

— Allons-y.

Kate ne savait que penser de ce bref moment d'intimité, lorsque Dixon avait embrassé sa main dans la voiture. Pas une fois au cours du déjeuner, ou plus tard dans l'après-midi, tandis qu'il la faisait rire en lui racontant ses exploits de cow-boy, ses aventures dans les champs de pétrole, ou ses déboires de cuisinier dans un routier du Kansas, il ne la toucha de nouveau, ni ne la fixa de ce regard intense qu'il avait eu un peu plus tôt. Il se montra plus que patient pendant qu'elle déambulait dans la jardinerie, examinant lui-même avec attention les pots, les plantes, les outils. Ils entrèrent ensuite à la librairie où elle feuilleta quelques livres tandis qu'il regardait les disques, avant de ressortir les mains vides.

— Le magasin de jouets ? proposa-t-il en passant devant la vitrine colorée.

— Tu connais quelqu'un qui aime les jouets ?

— Oui, madame. Moi !

Dixon voulut tout voir, les trains, les petites autos, les jeux de constructions, et aussi les boîtes de « petit chimiste » et les puzzles. Et même les poupées.

— Celle-ci te ressemble, commenta-t-il en s'emparant d'une poupée précieuse vêtue de volants à l'ancienne. On dirait la belle au bois dormant attendant son prince.

— J'ai déjà rencontré le prince, merci bien, repartit-elle en riant.

Dixon remit la boîte à sa place et dit sans la regarder, tout en continuant d'avancer :

— Non, tu as rencontré le dragon. Tu n'as aucune idée de ce qu'un vrai prince pourrait faire pour toi.

Ce qui la laissa bouche bée.

Le soleil était encore chaud lorsqu'ils ressortirent dans la cour autour de laquelle étaient rassemblées les boutiques. Dixon acheta deux limonades et, tout en sirotant, ils descendirent tranquillement l'allée pavée qui sinuait à travers le jardin. Kate aurait volontiers passé le reste de la journée à observer les parterres, à noter les motifs compliqués qu'une main experte avait tracés le long du chemin et autour des bâtiments anciens. La réalité la rappela pourtant à l'ordre au bout d'un moment.

— Il est temps pour moi de rentrer, je crois, dit-elle à regret. Je n'aime pas laisser Kelsey et Trace seuls trop longtemps — même si je pense pouvoir leur faire confiance, maintenant.

— Je comprends. Quand on sort avec une femme qui a des responsabilités, il faut savoir consentir quelques sacrifices.

Kate retourna la remarque de Dixon dans sa tête pendant un moment. Elle s'était efforcée jusque-là de ne pas penser à cette petite excursion comme à un « rendez-vous ». Elle n'était pas prête à accepter les implications que cela supposait.

Ils parlèrent peu durant le trajet de retour. Dixon mit de la musique : un air de guitare auquel se mêlait la douce plainte d'un violon et des accords de banjo ; c'était une chanson d'amour, un amour perdu et retrouvé… Le 4x4 cahota soudain et Kate ouvrit les yeux, réalisant qu'elle avait somnolé.

— Je suis vraiment désolée, dit-elle en se redressant. Je n'avais pas l'intention de m'endormir en ta compagnie.

— Ne t'excuse pas. J'avais bien pensé que tu ne te reposais pas assez.

Kate inspira profondément. Il avait pensé à elle.

— J'ai passé un merveilleux après-midi. Merci.

— Moi aussi, j'ai adoré chaque minute de cette journée. Et maintenant… je voudrais te demander une faveur.

— Bien sûr. De quoi s'agit-il ?

— Voilà, je désire remettre Magnolia Cottage en état. Je sais ce qui doit être réparé, ce qui doit être remis aux normes ou modernisé, et je sais que cette première étape prendra un certain temps. Mais lorsque le moment sera venu de choisir les couleurs, les meubles et les rideaux, j'ai bien peur de ne pas être à la hauteur. Je n'ai aucune expérience dans ce domaine, sans parler du talent nécessaire.

— Miss Daisy…

— … est tout à fait disposée à participer. Mais je crains que prendre toutes ces décisions, à son âge, ne représente un peu trop de pression. C'est pourquoi j'ai pensé que tu pourrais la conseiller, donner des avis. Cerner ses envies, aussi. Et partant de là, tu choisirais les matériaux.

— Tu veux réaménager toute la maison ?

— Oui.

— C'est un gros projet.

— Je sais. Et je ne m'attends pas que tu travailles pour rien. Je te paierai en fonction des tarifs que tu auras fixés, bien entendu.

— Je ne peux pas faire ça, Dixon. Nous sommes amis.

— Pour l'instant.

Il marqua une pause.

— J'aurais aussi besoin de tes conseils pour l'aménagement du parc. Il s'agit vraiment d'un travail à temps complet, Kate. Je ne peux pas utiliser tes compétences sans les rémunérer.

— Dans ce cas, nous sommes dans une impasse.

— Ecoute, je crois que je suis généralement plutôt quelqu'un de conciliant. Toutefois, à l'occasion, je peux me montrer particulièrement têtu.

Tout en tournant le volant pour s'engager dans la rue où elle habitait, il lui adressa un sourire dévastateur.

— Aussi, ferais-tu mieux de dire oui tout de suite.

Kate essaya de réfléchir à la proposition de Dixon tandis que celui-ci se garait, puis l'accompagnait jusqu'à la porte de chez elle. Elle se sentait partagée : le projet était très excitant, bien sûr, mais elle craignait de ne pas avoir les compétences requises pour le mener à bien. Elle n'avait jamais suivi aucune formation dans ce domaine, n'avait jamais employé ses talents ailleurs que dans sa propre maison.

Plus effrayante encore était la perspective de voir Dixon régulièrement — chaque jour peut-être —, car elle savait à présent combien elle était vulnérable à son charme. Serait-elle capable de mettre de côté ses sentiments personnels ? Et comment pouvait-elle accepter de l'argent de Dixon, ou de sa grand-mère qu'elle considérait comme une amie ?

Elle atteignait le porche, toujours indécise, quand elle vit la petite feuille de papier glissée entre le battant de la porte et le chambranle.

« Le cinéma était complet. Nous allons faire un golf miniature en attendant la séance de 19 heures, avait écrit L.T. de sa petite écriture serrée. Je te ramène les enfants après le cinéma. »

Perplexe, elle se tourna vers Dixon qui se tenait au pied de l'escalier.

— Euh… c'est un mot de L.T. Les enfants sont encore avec lui. J'ai toujours espéré qu'il se rende compte de ce qu'il manquait en ne les voyant pas, mais…, dit-elle, se parlant davantage à elle-même qu'à son compagnon, je me demande ce qui l'a fait changer d'attitude tout d'un coup.

Ecartant la question d'un mouvement de tête, elle sourit de nouveau et entreprit de remercier encore une fois Dixon pour l'agréable journée qu'ils avaient passée ensemble.

Mais celui-ci ne la laissa pas terminer.

— Est-ce que cela signifie que tu as encore quelques heures devant toi ? demanda-t-il. Tu n'as rien d'urgent à faire ?

— Euh… non.

Il l'avait rejointe en haut des marches et serra les doigts autour de son poignet.

— Alors, veux-tu bien prolonger ce moment avec moi ?

Kate ne pouvait plus ni respirer ni dire un mot, mais elle ne résista pas quand il l'entraîna au bas de l'escalier.

— Je veux t'expliquer mon projet en détail, sur place. Tu remarqueras certainement des choses que je n'ai pas vues. Et tu pourras commencer à noter tes propres idées.

Comme ils se dirigeaient vers la voiture, une idée déplaisante s'imposa à l'esprit de Kate : Dixon ne l'avait invitée à déjeuner que pour l'amener à travailler pour lui. Il lui avait décoché des sourires ravageurs, avait déployé tout son charme dans l'unique dessein de l'attendrir afin qu'elle n'ait pas d'autre choix que d'accepter sa proposition. Et elle, pauvre folle qu'elle était, avait mordu à l'hameçon !

Kate se tortura en silence tandis que Dixon la guidait vers le 4x4, ouvrait sa portière et même l'aidait à se hisser sur le siège, mais, une fois assise, elle n'y tint plus.

— Dixon, commença-t-elle en se tournant vers lui.

Il n'avait pas encore refermé la portière et sa main reposait encore sur le dossier de son siège, effleurant son épaule.

— Ce n'est qu'un prétexte, tu sais, dit-il tranquillement.

En l'entendant confirmer ses horribles soupçons, elle ne put que le dévisager sans rien dire.

— Il fallait bien que je trouve un moyen de te voir plus souvent, poursuivit-il sur le même ton. Et quand Mary Rose a parlé de ce don que tu avais pour la décoration, j'ai commencé à réfléchir… Je veux dire, ta maison est vraiment belle, aussi bien à l'intérieur qu'à l'extérieur. Exactement comme toi, ajouta-t-il en caressant rapidement sa joue. Alors, cela m'a semblé être la solution idéale. Si tu veux bien ?

Kate devait rester prudente, cela, elle le savait, mais subitement elle avait oublié pour quelle raison.

— Je veux bien.

Il lui adressa un sourire joyeux et tendre à la fois.

— J'espérais que tu dirais ça.

*
* *

Trace attira sa sœur à l'écart pendant que leur père faisait la queue à la caisse pour régler le lecteur DVD dont il avait décidé qu'ils avaient besoin.

— Pourquoi est-ce que tu entres dans son jeu comme ça ? demanda-t-il.

— De quoi tu parles ? repartit Kelsey, ouvrant de grands yeux. Qu'est-ce qu'il y a de mal à acheter un lecteur DVD ?

— Un Raleigh la semaine dernière, une sortie au ciné aujourd'hui et toutes ces foutaises à propos de la famille… Qu'est-ce qu'il veut ?

Elle haussa les épaules.

— Comment veux-tu que je le sache ? Il est peut-être fatigué de sa « bimbo », dit-elle, faisant référence à la secrétaire sans qui leur père avait décidé qu'il ne pouvait pas vivre. Il avait peut-être seulement besoin d'une parenthèse, et maintenant, il a de nouveau envie de passer du temps avec nous. De quoi te plains-tu ?

— Je n'y crois pas. Ce serait trop beau pour être vrai.

— Ecoute, je comprends que tu ne lui fasses pas confiance. Tu as raison d'être prudent, de vouloir te protéger. Mais pourquoi ne profiterais-tu pas de ce qu'il semble être prêt à donner ces jours-ci ? C'est toujours mieux qu'un misérable petit déjeuner au café tous les quinze jours, non ?

Trace n'était pas convaincu. Son petit déjeuner, le matin même, avec cinq hommes qui le traitaient en ami, avait été l'un des moments les plus heureux de son existence. Dixon Bell était super cool, il racontait des histoires abracadabrantes, n'hésitant jamais à se moquer de lui-même. C'était quelque chose que Trace avait du mal à imaginer. Sans doute Dixon devait-il s'aimer suffisamment pour être indifférent à ce que les autres pensaient de lui.

— C'est bon, on peut y aller, annonça leur père en les rejoignant. Il n'y a plus qu'à passer prendre la boîte au comptoir des retraits en sortant, et mes enfants pourront enfin entrer dans le vingt et unième siècle. Il était temps, hein ?

— Je suppose, fit Trace en enfonçant les mains dans ses poches. Merci.

— C'est génial, dit Kelsey avec un large sourire. Seulement, on n'a pas un seul DVD.

Passant un bras autour des épaules de chacun d'eux, leur père les conduisit au rayon films du magasin.

— Vous pouvez en choisir cinq chacun. Ça ira pour commencer ?

« Il manigance quelque chose, pensa Trace. Quel but poursuit-il, cette fois ? Qui veut-il atteindre à travers nous ? »

Une seule réponse logique se présenta à son esprit : Kate.

— Ainsi, mon vaurien de petit-fils vous a convaincue de l'aider à réaliser son grand projet ?

Miss Daisy avait accepté de laisser Kate essuyer la vaisselle du dîner — après que Dixon l'eut menacée de la faire sortir de la cuisine manu militari si elle s'y opposait.

— Eh bien, c'est une superbe maison. Ces hauts plafonds, ces boiseries…

Dixon lui avait fait faire un tour du propriétaire, long et minutieux, et il avait réussi à susciter son enthousiasme.

— Participer à lui redonner une partie de sa splendeur d'autrefois serait un réel privilège.

— Mais de nouvelles salles de bains et une nouvelle cuisine ? Je me débrouille très bien dans celle-ci.

Il semblait exister quelques divergences de vues que Dixon s'était bien gardé de mentionner.

— J'en suis certaine, miss Daisy. Vos contributions aux pique-niques et aux dîners de la Société historique sont légendaires. Je pense que Dixon aimerait seulement vous faciliter un peu les choses, mais je suis sûre que si vous étiez vraiment contre une idée ou une autre, il n'essaierait pas de vous la faire adopter à tout prix.

Miss Daisy rinça son éponge sous le robinet, puis l'essora avant de la poser sur le côté.

— Vous avez raison, bien sûr. Et je n'ai pas le cœur de contrarier ses désirs. Il veut faire de cette maison son foyer, y élever ses enfants, dit-il.

Elle avait un doux sourire aux lèvres et son regard, habituellement d'un bleu froid, s'était voilé.

— Qui suis-je pour discuter à ce propos ? Je serais si heureuse de tenir mes arrière-petits-enfants dans mes bras avant de quitter ce monde.

Kate déglutit avec difficulté. Une famille ? Des bébés ? Et donc une épouse ? Dixon avait-il l'intention de…

— Je suis sûre que vous avez tout le temps de penser à ça, dit-elle, évacuant promptement cette affreuse pensée. Vous avez plus d'énergie que n'importe qui de ma connaissance. Réfléchissons plutôt à ce qui fait tant plaisir à votre cher petit-fils. Quelles sont vos couleurs préférées ?

Elles s'installèrent dans le grand salon et essayèrent de définir la nuance de bleu qui conviendrait le mieux à la lumière de la pièce. Dixon était allé acheter de la glace à la vanille qui devait accompagner le quatre-quarts fait maison et les fraises du jardin ramassées et congelées à peine trois mois plus tôt.

— Vous avez raison, miss Daisy, dit Kate lorsqu'elle eut avalé la dernière miette de son gâteau, vous faites des merveilles dans votre cuisine. Dixon, je ne crois que tu devrais y changer quoi que ce soit.

— Pas même y installer un lave-vaisselle ?

— Je ne sais pas. Il y a quelque chose d'apaisant dans le fait de faire la vaisselle. On peut réfléchir, bavarder. Nous sommes toujours si pressés aujourd'hui que nous ne prenons pas le temps de communiquer avec ceux que nous côtoyons.

Elle rit d'elle-même.

— C'est un peu facile pour moi de dire ça, je suppose, car j'ai un lave-vaisselle et je peux choisir ou non de l'utiliser.

Miss Daisy se pencha vers elle et posa sa main sur la sienne.

— Ne vous excusez pas, ma chère, j'ai vécu assez longtemps pour savoir que ce que nous accueillons comme un miracle un jour peut empoisonner notre existence un peu plus tard. Nous ne pensons pas à l'avenir. Le plus grand défaut de l'homme est peut-être cette incapacité à anticiper.

— Oh, cela devient très sérieux, dit Dixon en se levant pour débarrasser les assiettes. Je vais vous laisser philosopher et aller faire la vaisselle.

Il leva un sourcil comme miss Daisy et Kate faisaient toutes les deux mine de protester, ce qui les réduisit au silence.

— Ensuite, je pense que je devrai reconduire Kate. Le film sera bientôt fini, je crois.

Ayant promis à miss Daisy de revenir la voir dans le courant de la semaine, Kate suivit Dixon jusqu'au 4x4. Elle se sentait calme et détendue tandis qu'ils traversaient les rues endormies de New Skye. Depuis combien d'années ne s'était-elle pas sentie ainsi tout simplement elle-même en compagnie de quelqu'un ?

Lorsqu'ils furent arrivés à destination, elle se tourna vers Dixon qui avait déjà ouvert sa portière.

— Inutile de me raccompagner, Dixon, je ne risque rien.

— Ma grand-mère m'a appris à me comporter en gentleman, je ne peux pas la décevoir.

Il lui prit la main pour l'aider à descendre du véhicule et garda ses doigts serrés autour des siens jusqu'à ce qu'ils eurent atteint le porche.

A la porte, pourtant, elle dut libérer sa main pour chercher sa clé dans son sac. Consciente de la présence de Dixon derrière elle dans l'obscurité, Kate avait l'impression de pouvoir à peine respirer. Elle poussa la porte, puis entra dans la grande pièce où elle se dirigea vers la table pour allumer la lampe qui s'y trouvait.

— Non, l'arrêta Dixon à voix basse. Tu es si belle dans la lumière de la lune.

Elle regarda autour d'elle, réalisant que les rayons de lune qui pénétraient par la fenêtre de devant paraissaient converger vers l'endroit où ils se tenaient tous les deux.

— Cela me fait penser à une chanson, dit-elle, rêveuse.

— Mmm… *Moonlight becomes you…*, fredonna-t-il. Tu danses ?

Et, sans qu'elle l'ait vraiment voulu, elle se retrouva en train de danser avec Dixon, sur le rythme de la mélodie qu'il avait reprise de sa voix basse et douce. Ses bras puissants enserraient ses épaules comme ils l'avaient déjà fait une première fois sous l'orage…

Il l'entraîna dans la pénombre du hall, et ses doigts jouèrent bientôt dans ses cheveux, puis il prit son visage entre ses paumes et s'empara de sa bouche. D'abord délicat et tendre, son baiser s'accentua rapidement, ses lèvres brûlantes devinrent pressantes, exigeant une fougue égale à la sienne.

Et Kate sut qu'elle n'avait pas en elle cette passion, qu'elle n'avait même pas le courage d'essayer.

Elle posa ses deux mains sur son torse et détourna la tête. Instantanément, il la lâcha et s'écarta, le souffle court.

— Excuse-moi… Je ne sais pas ce qui m'a pris.

— Non, je t'en prie, ce n'est pas toi. Je veux dire…

Une portière claqua au-dehors, puis une autre. Le porche fut brièvement éclairé par les phares d'une voiture, puis on entendit des bruits de voix.

— Les enfants sont là, dit Kate.

— Oui.

Elle pivota pour éclairer le couloir tandis que Dixon allait vers la porte. Les enfants étaient déjà au bas des marches.

— Hé, vous voilà ! On dirait que vous avez dévalisé les magasins. Je viens juste de raccompagner votre mère, elle n'a même pas eu le temps d'allumer les lampes.

C'était maladroit sans doute, mais les enfants ne remarqueraient rien.

— Merci encore, Kate. Je t'appellerai la semaine prochaine.

— Euh… d'accord.

Il avait disparu avant même qu'elle ait eu le temps d'ajouter « Au revoir ». Après quoi, elle dut s'efforcer de partager l'excitation des enfants qui s'étaient empressés de déballer le nouveau lecteur de DVD. Puis ils s'installèrent ensemble devant un des films que L.T. leur avait offerts. Pourquoi celui-ci s'était-il mis récemment à dépenser tant d'argent pour ses enfants ? Cela restait un mystère.

Kate s'endormit devant le film. Lorsqu'elle se réveilla, les enfants étaient montés dans leur chambre. Elle resta un long moment assise dans le noir, à revivre la magie du baiser de Dixon, doutant et espérant à la fois être la femme qu'il semblait croire qu'elle était, la femme qu'il méritait.

Ayant déposé Trace et Kelsey devant la maison, L.T. s'était garé une trentaine de mètres plus bas, sous les branches d'un vieux chêne. Il savait, pour l'avoir vue à Magnolia Cottage, à qui appartenait la Ford stationnée devant chez lui.

L.T. n'avait aucun doute sur ce que Kate et Dixon Bell faisaient dans cette maison, toutes lumières éteintes. Le déjeuner n'avait été qu'un prétexte ; ils avaient très bien pu attendre que la place soit libre et revenir pour passer tout l'après-midi et la soirée dans *son* lit. Sauf que le 4x4 n'était pas là lorsqu'ils étaient revenus mettre un mot sur la porte, sur l'insistance de Kelsey. Mais peut-être était-il caché quelque part pour que les voisins ne le voient pas.

La Ford de Bell recula dans l'allée et s'engagea dans la rue. Au moins avait-il la décence de s'en aller quand les enfants étaient là.

L.T. laissa la Ford prendre un peu d'avance, puis la suivit. Il ne savait pas exactement pour quelle raison, excepté le fait que toute information concernant Bell pouvait se révéler utile. Tout le monde a ses points faibles. Autant découvrir ceux de Dixon Bell le plus tôt possible.

Bell s'arrêta à la station-service où il fit le plein. L.T., de la caisse du drive-in où il eut le temps de s'acheter un hamburger et un Coca, le regarda entrer dans la boutique, ressortir quelques minutes plus tard avec un sac en plastique qui semblait contenir un pack de bière, remonter dans sa voiture et reprendre la direction de Magnolia Cottage.

Le 4x4 tourna entre les piliers de brique à l'entrée de la propriété et L.T. fut tenté d'abandonner. La maison était trop éloignée de la rue et la longue allée trop arborée pour qu'on puisse apercevoir quelque chose, et qu'y aurait-il à voir de toute façon, à part peut-être la lueur bleutée d'un poste de télévision ?

Néanmoins quelque chose le poussa à garer sa Yukon et à se faufiler dans l'ombre des grands arbres, jusqu'à proximité de la bâtisse.

Dixon était assis sur une des marches du perron, son pack de bière posé à côté de lui. Les coudes sur les genoux, il buvait ses canettes l'une après l'autre à un rythme que même L.T., qui en avait vu d'autres, jugea impressionnant.

Puis Bell resta assis là sans bouger durant ce qui parut à L.T. une éternité. Il n'osait pas bouger, osait à peine respirer. Est-ce que cet idiot allait rester là toute la nuit ?

Enfin, l'homme se releva avec effort. Il oscilla sur ses jambes durant quelques minutes, semblant fixer le ciel, puis pivota et gravit lentement les marches. Il laissa tomber ses clés sur la brique, faillit tomber lui-même en les ramassant, jura tandis qu'il se trompait de clé, et parvint finalement à ouvrir la porte, laquelle se referma lourdement sur lui.

L.T. poussa un soupir de soulagement, étendit ses membres gourds, et rejoignit sa voiture, échafaudant déjà un nouveau plan.

La copropriété grand luxe était assurément une excellente idée — rentable à court terme. Mais qui avait les poches les plus profondes ? Qui n'était jamais à court d'argent ? Qui voyait chaque jour les taxes rentrer en se frottant les mains ?

Hé ! L'oncle Sam, bien sûr.

6.

Dixon se réveilla sans surprise le dimanche matin avec un
violent mal de tête. De la même façon qu'il s'efforçait de toujours
faire preuve de modération dans la conduite de sa vie, il buvait
avec mesure. D'ordinaire.

Mais la veille au soir, il avait embrassé Kate Bowdrey.

Et bien qu'il ait rêvé d'elle la moitié de sa vie, ce baiser avait
été un véritable choc. Il n'était pas un moine, loin de là, il avait eu
bien des aventures depuis qu'il avait quitté New Skye et il croyait
connaître un peu les femmes. Mais Kate...

Au lycée, elle avait été une jeune fille brillante, resplendissante,
une étoile qu'il admirait de loin et qu'il n'osait désirer qu'en rêve.
Plus tard, l'étoile était tombée. Mais de la terre où elle s'était posée,
avait jailli une fleur douce et fragile, d'où émanait cependant toujours
ce rayonnement si particulier d'autrefois. Il lui avait suffi d'effleurer
ses lèvres pour perdre le contrôle de lui-même.

Et il avait peut-être perdu Kate, par la même occasion. Il l'avait
surprise, et même effrayée, en se laissant aller de cette façon. Elle
qui avait déjà exprimé des réserves à l'idée de déjeuner avec lui,
comment pourrait-elle lui faire confiance, désormais ? Dixon
lui-même se demandait s'il pouvait se fier à lui. Après toutes ces
années d'autodiscipline, il venait d'apprendre combien sa volonté
était faible en réalité.

Il roula sur le dos, les yeux toujours fermés. Il y avait tant à faire dans cette maison. Il fallait qu'il s'y mette. Mais est-ce que cela servirait à quelque chose ? Kate le laisserait-elle encore s'approcher ?

Le cliquetis d'une paire de talons résonna sur le palier. On gratta à sa porte.

— Dixon ? Nous partons à l'église dans une demi-heure.

— Oui, grand-maman. Je serai prêt, répondit-il, pensant à la mine de papier mâché qu'il devait avoir.

Une douche et des vêtements propres lui redonnèrent figure humaine, mais la douleur qui lui martelait le cerveau depuis son réveil ne le quitta pas pour autant. Miss Daisy ne croyait pas à la médecine, ce qui était probablement la raison pour laquelle elle était si rarement malade, et il n'y avait pas un seul cachet d'aspirine dans la maison. Il se rabattit donc sur le seul remède disponible : un café très fort.

— J'ai vraiment eu plaisir à bavarder avec Kate, hier, commenta miss Daisy comme ils descendaient l'allée de gravier dans sa Chrysler. C'est une femme charmante.

— Oui.

— Tu n'es pas très bavard ce matin, dit-elle en lui jetant un coup d'œil de côté. Tu as mal dormi ?

— Pas très bien.

Elle hocha la tête.

— Kate semble aimer la maison.

— C'est un endroit magnifique.

— Crois-tu qu'elle voudra vivre ici quand vous serez mariés ?

— Je l'espère. Je…

Il freina brutalement au stop et la regarda avec exaspération.

— Miss Daisy !

— Eh bien ? Il n'est pas très difficile de deviner tes sentiments, tu sais. Tu rayonnes littéralement en sa présence.

— Plutôt embarrassant pour un homme, marmonna-t-il.

— Pas du tout. Ton père était pareil. Ses yeux s'illuminaient dès qu'il regardait ta mère.

— Je ne m'en souviens pas.

A son corps défendant, des souvenirs revinrent à la surface.

— Je ne me rappelle que leurs disputes.

— Leurs disputes ? De quoi parles-tu donc ?

Cependant, ils étaient arrivés à l'église presbytérienne à laquelle sa famille appartenait depuis quelque deux cents ans, et Dixon descendit de la voiture pour aller ouvrir la portière de miss Daisy, éludant ainsi sa question. Accueillie par les bonjours de ses amis, celle-ci ne cessa pourtant pas de lui jeter des regards perplexes jusqu'à ce qu'ils aient rejoint leur place — le quatrième banc dans la travée de droite —, et Dixon ne fut jamais plus heureux d'entendre l'organiste plaquer un premier accord qu'à ce moment-là.

Et il n'aimait pas l'orgue.

John et Frances Bowdrey étaient venus partager le déjeuner du dimanche avec Kate et les enfants. Comme Kate débarrassait les hors-d'œuvre et apportait le poulet, Kelsey leva les yeux vers elle.

— Sal vient à la maison cet après-midi, tu t'en souviens ?

— Oui, répondit Kate, bien qu'elle eût préféré que Kelsey n'en fasse pas mention devant sa mère.

Frances Bowdrey les regarda toutes les deux en fronçant les sourcils.

— Tu vois toujours ce garçon ? Après tous les ennuis qu'il t'a causés le printemps dernier ?

Le visage de Kelsey se ferma et Kate sentit qu'elle devait intervenir.

— Ils ne traînent plus nulle part, maman, puisque j'ai accepté que Sal vienne à la maison. Je pense que c'est beaucoup mieux ainsi.

— Néanmoins, ce n'est pas quelqu'un de très… recommandable.

— C'est un gentil garçon. Je ne vois pas d'inconvénient à ce que Kelsey sorte avec lui.

Sa fille lui fit un grand sourire.

— Je pensais que nous pourrions aller nager au club, dit-elle.

Kate, qui venait de resservir du thé à son père, se redressa lentement. Celui-ci, tout comme sa femme, s'était soudain raidi sur sa chaise.

— C'est ça ! Comme s'ils allaient seulement vous laisser passer la grille, ricana Trace.

— Qu'est-ce que tu veux dire ?

— Le club de loisirs ne laisse pas entrer n'importe qui, au cas où tu ne le saurais pas. Et les latinos sont *indésirables*.

— Tais-toi, idiot ! cria Kelsey.

— Je t'ai déjà dit de ne pas parler comme ça, Trace, dit Kate en tournant vers lui un regard sévère.

Trace haussa les épaules, mais se tut.

— Je ne pense pas que le directeur du club sera très content si tu arrives avec ce… Sal, dit Frances d'un air pincé. Si tu dois vraiment le voir, je crois que vous feriez mieux d'aller à la piscine publique.

— C'est ridicule. Sal est aussi bien que n'importe quel garçon du club.

— Les traditions sont importantes, Kelsey, continua Frances. Et il est de tradition au club de…

— De mépriser tous ceux qui ne sont pas blancs et riches ! termina Kelsey en bondissant sur ses pieds. C'est à vomir ! J'irai à la piscine du club avec Sal et nous entrerons, c'est moi qui vous le dis !

Elle sortit de la pièce, furieuse.

— Quelle attitude pour une jeune fille, commenta Frances en secouant la tête. Et tout ça pour finir par être déçue, assurément.

— Elle a raison, maman, dit Kate en s'asseyant à sa place sans le moindre désir de manger. Le club sera bien obligé de renoncer à ces règles d'une autre époque. Le monde évolue.

— Malheureusement, observa son père.

À ce stade, Kate avait compris qu'elle prêchait dans le désert. Elle continua cependant d'argumenter, sinon pour ses parents, du moins pour Trace qui semblait avoir embrassé les convictions de ses grands-parents. Mais à la fin du repas, elle doutait d'avoir semé la moindre graine de tolérance dans l'esprit de l'un d'entre eux.

Trace sortit vers 14 h 30. Il allait voir des copains dans le quartier. Lorsque Sal arriva, vers 15 heures, Kelsey était rayonnante et plus que jamais déterminée à mener son projet à bien. Trente minutes plus tard, tous deux revenaient déjà, au moment où Kate descendait l'escalier, la panière de linge sous le bras.

— Vous ne vous êtes pas baignés ? demanda-t-elle en remarquant leurs cheveux secs.

Kelsey jeta son sac par terre. Il alla rouler contre la porte de la cuisine, et la moitié de son contenu s'en échappa.

— Ils ont dit qu'ils fermaient pendant une heure pour le recyclage.

— Et c'était vrai ?

— Nous avons attendu. Ils ont effectivement fait sortir tout le monde. Mais Sal devait être rentré chez lui à 17 heures, et il ne nous serait resté que vingt minutes pour nager.

Elle rattacha rageusement sa queue-de-cheval.

— Je crois qu'ils ont trouvé ce prétexte pour nous empêcher d'entrer. Pourquoi recycler l'eau en plein dimanche après-midi ?

Kate s'était fait la même réflexion.

— Et si vous vous consoliez avec un bon goûter ? Il reste du gâteau, et il y a du thé glacé dans le frigo. Désolée que vos plans n'aient pas marché, Sal, ajouta-t-elle en regardant le jeune homme.

C'était un beau garçon, bien bâti, avec un visage d'ange.

— Ça m'est égal. J'aime être avec Kelsey, quoi que nous fassions.

Beau, mais aussi plein de charme. Comme Dixon Bell… ce qui le rendait presque parfait.

Kelsey soupira et passa son bras sous le sien.

— Tu es si gentil, dit-elle. Viens, on va aller voir ce gâteau.

— Ramasse tes affaires d'abord, demanda Kate en indiquant les objets répandus sur le sol. Je ne peux pas passer.

Kelsey et Sal s'exécutèrent en riant, puis Sal ouvrit la porte de la cave pour Kate. Lorsqu'elle remonta avec une autre panière, pleine de linge propre, cette fois, Sal était de nouveau là pour lui tenir la porte.

— Merci, Sal. Est-ce que tu pourrais venir tous les jours, juste pour ouvrir les portes ?

Son regard devint froid comme l'acier. Il leva le menton comme si elle l'avait insulté. Puis il parut réévaluer la question et répondit d'un ton égal.

— Bien sûr. Quand vous voudrez.

Ce n'est qu'en regagnant le premier étage que Kate réalisa que le jeune homme avait pris au premier degré ce qui n'était de sa part qu'une plaisanterie. Il s'était imaginé qu'elle le considérait comme un subalterne, seulement bon à servir les autres. Sa maladresse lui fit venir les larmes aux yeux.

Elle était encore en train de ranger le linge lorsqu'elle entendit Kelsey et Sal, au rez-de-chaussée, se diriger vers la porte d'entrée, puis un long silence. Immédiatement, elle se revit au même endroit, la veille, dans les bras de Dixon, ses lèvres sur les siennes, et se remémora l'émotion violente qu'elle avait ressentie. Si Sal faisait cet effet à Kelsey…

Puis Kate entendit le grincement caractéristique de la porte d'entrée, suivi d'une exclamation de surprise, et Trace crier :

— Ote tes mains de ma sœur et sors de chez moi !

— Quand je l'aurai décidé, rétorqua Sal.

Kate rejoignit rapidement le haut de l'escalier.

— Arrêtez tous les deux, dit-elle d'une voix ferme. Sal, je crois que tu devrais y aller si tu es attendu chez toi à 17 heures. Trace, je te parlerai dans ta chambre.

Les deux garçons se mesurèrent du regard. Puis Kelsey posa une main sur l'épaule de Sal et la tension diminua. Trace grimpa les marches quatre à quatre, passa devant Kate et s'engouffra dans sa chambre, claquant la porte derrière lui.

Kelsey, depuis le bas de l'escalier, lança un regard désespéré à Kate.

— Qu'est-ce que je vais faire ? demanda-t-elle. Pourquoi les gens sont-ils aussi aveugles ?

— Je ne sais pas, chérie, répondit Kate tout en se demandant ce qu'elle pourrait bien dire à Trace pour qu'il change d'attitude. Je ne sais pas.

Quand Sal Torres vint chercher sa mère le mardi à midi, Dixon l'attendait sur le perron. Le jeune garçon le regarda quelques secondes sans bouger, puis sortit de sa voiture contre laquelle il s'appuya, les bras posés sur le toit.

— Il y a quelque chose ?

— Voulez-vous entrer une minute boire un verre ?

— Euh… oui.

Dixon le conduisit dans la cuisine où il lui indiqua une chaise.

— De l'eau, du thé ou un soda ? proposa-t-il.

— De l'eau, merci.

Ayant rempli deux grands verres, Dixon s'assit à son tour. Ils burent en même temps, appréciant apparemment autant l'un que l'autre l'eau bien fraîche. Puis Sal reposa son verre et dit :

— Alors, de quoi s'agit-il ?

— J'ai l'intention de faire pas mal de travaux dans cette maison, commença Dixon en s'adossant confortablement. J'agis en qualité d'entrepreneur, aussi ai-je besoin de programmer le travail. Je me suis renseigné ici et là et on m'a dit que votre père avait beaucoup d'expérience dans le bâtiment, en particulier en menuiserie.

— Et qu'il avait un problème avec l'alcool, on vous l'a dit ?

97

— Oui.

— Alors ?

— Je prends le risque.

Sal le considérait, incrédule.

— J'ai pensé qu'il connaîtrait peut-être un ou deux autres gars qui seraient intéressés. C'est un travail dur, précisa-t-il.

— Combien payez-vous ?

— DeVries paie vingt-cinq de l'heure, je m'aligne sur lui.

— Vous avez de l'argent, hein ?

Dixon ne tenait pas à parler de l'argent que lui avaient rapporté les chansons qu'il avait écrites depuis dix ans pour quelques-unes des plus grandes stars de la musique country. Et encore moins de celui qu'il avait gagné dans les champs de pétrole, parfois au péril de sa vie.

— Ça va, répondit-il laconiquement. Alors, vous en parlerez à votre père ?

— Ma mère le fera. C'est la seule à pouvoir le convaincre. Quand voudriez-vous commencer ?

— Je l'attendrai jeudi à 7 heures.

— Salvadore ? Qu'est-ce que tu fais là ? demanda Consuela en entrant dans la cuisine.

Dixon et Sal s'étaient levés.

— Je buvais un verre d'eau. Tu es prête ?

— Bien sûr. Bonne journée, monsieur Dixon, ajouta-t-elle avec un petit hochement de tête.

— Vous de même, madame Torres.

Dixon se rassit et termina son verre, pensif. Quelques minutes plus tard, miss Daisy le rejoignait dans la cuisine.

— Alors c'est commencé ? demanda-t-elle en sortant le pain de mie du placard. Sandwichs à la tomate ?

— Mmm… Et, oui, c'est commencé.

— Maintenant, il faut que tu appelles Kate.

Il soupira. Ce dont il avait besoin, en réalité, c'était de la voir. Mais il ne voulait pas aller trop vite. Lorsque miss Daisy fut partie chez le coiffeur, après leur rapide déjeuner, il prit le téléphone.

— Hé, Kate !

— Dixon ! Comment vas-tu ?

Il aurait juré qu'elle était heureuse qu'il l'appelle.

— Très bien. Miss Daisy et moi nous demandions si tu étais prête à te mettre au travail.

— Euh… en fait, j'ai là quelques échantillons de tissu et des nuanciers de peinture…

— Excellent. Quand peux-tu venir ?

— J'ai deux heures devant moi avant d'aller chercher Kelsey et Trace au lycée. Est-ce que je pourrais venir maintenant ?

— Cela me semble parfait. Mais… miss Daisy n'est pas là pour l'instant. Elle est partie chez le coiffeur, ajouta-t-il, désirant se montrer tout à fait honnête.

— Oh… Je suppose que ça ne serait pas très utile dans ce cas.

Elle hésita, puis reprit d'une voix incertaine :

— Nous n'avons pas eu le temps de discuter de ce que tu aimerais faire à l'extérieur, cependant. Il ne fait pas trop chaud aujourd'hui : peut-être pourrions-nous faire le tour des jardins et en parler ensemble ?

Dixon poussa un discret soupir de soulagement.

— Bonne idée. Je t'attends.

Un quart d'heure plus tard, elle était là. Dixon se força à attendre qu'elle sonne avant d'aller ouvrir la porte.

— Entre, entre… Veux-tu un verre de thé ?

— Merci, non. Allons plutôt explorer cette jungle, proposa-t-elle, avec un vrai sourire aux lèvres.

Elle ne semblait absolument pas sur la défensive.

— A vos ordres, madame.

Elle se coiffa d'un chapeau de paille à large bord qu'elle avait apporté et ils partirent. Kate pointait son doigt ici, puis là, réfléchissait à voix haute, et faisait ensuite des suggestions dont Dixon prenait note dans son précieux carnet.

Cependant, ils n'avaient pas parcouru la moitié du parc lorsque arriva pour Kate l'heure de repartir.

— Je peux revenir plus tôt demain afin que nous terminions, suggéra-t-elle en s'éventant avec son chapeau.

— Si tu es disponible.

Dixon s'appuya contre le tronc du tulipier de Virginie à l'ombre duquel ils se tenaient.

— J'ai déjà rempli quatre pages, reprit-il, et j'avoue que je me sens un peu dépassé par l'ampleur de la tâche.

— Il n'est pas nécessaire d'entreprendre tout à la fois. Tu ne peux pas replanter avant d'avoir déblayé le terrain.

— Je vais devoir embaucher toute une armée pour mener ce travail à bien.

Kate promena son regard autour d'elle.

— Tu sais, Trace m'aide quelquefois dans le jardin, et je crois qu'il aime ça. Peut-être aurait-il un ou deux amis qui seraient partants ? Kelsey viendrait sans doute aussi à l'occasion. Evidemment, il faudrait que tu les payes un peu, mais ils ont de l'énergie, et, avec quelques directives, ils feraient certainement du bon travail.

— C'est une idée géniale. Peux-tu en parler à Trace ?

Ils se dirigèrent vers la voiture de Kate.

— Je pense qu'il se montrera beaucoup plus enthousiaste si c'est toi qui le lui proposes. Depuis votre séance de basket, tu figures tout en haut de sa liste.

— Nous espérons qu'il reviendra cette semaine.

— Tu as donc deux raisons de l'appeler. Quant à moi, j'en toucherai un mot à Kelsey.

— Formidable. Nous pourrions commencer dès samedi.

Il attendit qu'elle ait ouvert sa portière, puis, les mains sur le toit de la Volo, de chaque côté de Kate, il se lança :

— Kate, avant que tu partes, je voulais m'excuser à propos de… samedi soir. Je n'avais pas l'intention de… Enfin… je suis désolé.

— Non, ne t'excuse pas. C'était merveilleux, c'est juste que…

Elle baissa la tête et acheva en murmurant :

— Je ne crois pas que je puisse te donner ce que tu veux.

— Que veux-tu dire ?

— Si tu cherches quelque chose — quelqu'un — de spécial, j'ai bien peur de te décevoir, répondit-elle en haussant légèrement les épaules. Je ne suis que Kate LaRue, une mère au foyer, c'est tout.

— C'est tout ! reprit-il, les mains crispées sur le bord du toit. Kate Bowdrey-LaRue, tu es une femme magnifique, intelligente, attirante, envoûtante.

Elle paraissait abasourdie.

— Kate, laisse-moi te montrer qui tu es vraiment.

Il ne l'attira pas à lui, ne posa pas ses mains sur elle. Il inclina seulement le visage et unit ses lèvres aux siennes.

Puis il lui offrit tout à la fois : les années durant lesquelles il l'avait adorée en secret, ses désirs d'adolescent, sa solitude, son mal du pays, ses nuits sans sommeil — toutes ces journées où il s'était abruti de travail pour ne pas rêver d'elle ; tout cela en même temps que l'amour qu'il ressentait pour elle et qu'il n'aurait pu dissimuler même s'il l'avait voulu.

Lorsque Dixon releva la tête, Kate garda les yeux fermés un long moment. Jamais aucun homme ne l'avait embrassée ainsi et elle aurait voulu que cela ne s'arrête jamais. Les yeux clos, elle respirait l'air embaumé par les effluves de chèvrefeuille, sachant déjà que leur parfum suave resterait à jamais lié au baiser de Dixon.

Enfin, elle rouvrit les yeux. Dixon la fixait d'un regard sombre et vibrant. C'était comme s'il la touchait encore.

Il esquissa un sourire, et dit, comme à regret :

— Je crois que tu ferais mieux d'y aller, ou tu seras en retard.

101

Kate hocha la tête et s'assit au volant de la Volvo. Elle n'aurait pu prononcer une parole. Dixon ramassa son chapeau sur le sol et le lui tendit.

— A demain ? dit-il.

De nouveau, elle acquiesça d'un signe de tête et il referma sa portière. Le vrombissement du moteur la rappela suffisamment à la réalité pour qu'elle se souvienne de l'endroit où elle était censée se rendre et pourquoi.

Ses pensées la ramenaient pourtant obstinément auprès de Dixon tandis qu'elle attendait les enfants sur le parking du lycée, et elle fit un bond quand Kelsey se laissa tomber sur le siège avant de la voiture.

— On met la radio ? dit Kelsey en se penchant vers l'appareil. Oh, non, encore de la country !

Elle s'apprêtait à changer de station, mais Kate, qui avait reconnu les premières notes de *My dream*, écarta la main de sa fille.

— Laisse, dit-elle.

Et elle augmenta le volume malgré les protestations de Kelsey. Etait-il possible de connaître un tel amour ? songeait-elle en se laissant porter par la mélodie. Dixon était-il l'homme qui comblerait tous ses espoirs ? Aurait-elle le courage de saisir sa chance d'être vraiment heureuse ?

C'est le bruit que faisaient les enfants dans le jardin qui tira Sal hors de sa chambre le jeudi soir. Lorsqu'il atteignit le porche, il vit son père, rentré sobre ce jour-là, semblait-il, jouer au chat avec les plus jeunes de ses frères et sœurs. Ceux-ci couraient en tous sens et riaient à perdre haleine.

— C'est bon de le voir s'amuser avec les petits, observa sa mère en rejoignant son fils sur le perron. Il ne se détend pas assez souvent.

— Il ne travaille pas assez pour avoir besoin de se détendre, répliqua Sal.

— Pourquoi es-tu si cynique ? dit Consuela d'un ton de reproche.

Puis elle soupira.

— Non, je sais. Tu as beaucoup enduré ces dernières années, et par la faute de quelqu'un sur qui tu devrais au contraire pouvoir te reposer. Je comprends. Mais ton père est un brave homme, Salvadore. Et il a souffert aussi, tu sais.

Mano embrassa le petit dernier qu'il venait d'attraper et le renvoya jouer avec les autres, puis il grimpa les marches du porche.

— Pas si mal, hein, pour un vieux bonhomme comme moi, dit-il en riant. Mais ils grandissent si vite, ce ne seront bientôt plus des petits, ajouta-t-il en prenant sa femme par la taille. C'est un peu triste, non ?

Sal les suivit dans la cuisine.

— Parle-moi de ton travail, demanda Consuela en tendant une canette de bière à son mari. Comment as-tu trouvé M. Dixon ?

— Il est réglo. Il m'a même donné une avance sur ma paye. Mais il y a du travail, dans cette maison, des mois de boulot selon moi. J'imagine qu'il a de l'argent, vu tout ce qu'il projette de faire.

Il but une longue gorgée de bière avant de reprendre :

— Il veut que je lui trouve deux autres gars.

Tandis que son père continuait de parler de son nouvel emploi, Sal retourna vers le porche. Quelque chose dans la situation le tracassait, bien qu'il ne sache pas précisément quoi. A sa connaissance, il n'existait pas de lien particulier entre la famille de Kelsey et Magnolia Cottage. Et aussi longtemps que chacun resterait dans son camp, tout irait bien.

Il franchit le seuil de la maison au moment même où Ricky Feliz, un gars qu'il n'avait aucune envie de voir, s'engageait dans l'allée.

— Salut. Qu'est-ce qui t'amène ? demanda-t-il sans entrain.

— On ne t'a pas vu depuis des siècles, c'est tout. On fait une petite fête ce soir, et on a pensé que tu daignerais peut-être nous honorer de ta présence.

— Je sais pas… Je suis fatigué.

— T'es toujours fatigué, mec, ou occupé. Ou bien t'as rendez-vous avec ta blonde.

Grimpant les marches deux par deux, il rejoignit Sal sur le perron et poursuivit d'une voix plus basse :

— Tu as oublié que tu étais le chef des Lobos, Sal ? Tu ne fais plus que donner tes ordres, tu ne fais plus rien avec nous. Les gars en ont vraiment marre.

— Ah oui ? Qu'est-ce qu'ils attendent pour se choisir un autre chef alors ? Ils n'en ont pas le cran, hein ?

D'autant moins qu'ils savaient que le prétendant au titre était Ricky lui-même, et que, s'ils devaient se battre, Sal aurait de toute façon le dessus. Néanmoins…

— C'est bon, je viendrai ce soir. Il y a un moment que je ne me suis pas défoulé. Où est-ce qu'on se retrouve ?

— Chez moi. On a l'intention de s'amuser un peu.

Des ennuis en perspective, sûrement. Et Sal en avait assez des ennuis.

— Super. A ce soir.

Mano surgit à côté de Sal comme la moto de Ricky disparaissait au coin de la rue.

— J'avais aussi des nouvelles pour toi, Sal. Dixon Bell a du débroussaillage à faire dans son jardin. Je lui ai dit que tu pourrais t'en charger.

— J'ai déjà un boulot. Plus les cours d'été, et mes devoirs.

Sans parler de Kelsey et de la bande.

— Oui, je sais, mais tu peux travailler pour Bell le week-end, dit Mano en pivotant vers la porte, apparemment très content de lui. Tu commences samedi matin.

104

7.

Le samedi suivant, une journée qui promettait d'être encore plus chaude et humide que la veille, Bell, Crawford et LaRue échouèrent contre DeVries, Mitchell et Warren.

Tommy Crawford secouait la tête en traversant la route face au Charlie's Diner.

— Ils nous ont battus cette fois, Trace.

— Nous les aurons la prochaine fois, répliqua celui-ci, que l'idée de perdre en si bonne compagnie ne dérangeait pas.

Puis il réalisa qu'il s'était peut-être avancé ; ses équipiers d'un jour l'inviteraient-ils de nouveau à jouer avec eux ?

— Je veux dire…

— Bien sûr que nous les battrons, l'interrompit Dixon passant un bras viril autour de ses épaules. On pourrait même s'entraîner un peu entre-temps.

— Pas question ! s'insurgea DeVries. On joue pour le plaisir. Organise des entraînements et bientôt nous aurons des arbitres !

Warren échangea une plaisanterie avec Pete et les hommes entrèrent chez Charlie en s'esclaffant.

Trace n'était pas tout à fait certain d'avoir compris, mais il riait aussi.

Jusqu'à ce qu'il voie son père assis seul dans l'un des box, et qui le regardait. Avant même que Trace ait pris place à une table entre

Dixon et Adam, son père s'était levé et se dirigeait vers eux. Ne saluant personne, il abattit son bras sur l'épaule de son fils.

— Qu'est-ce que tu fais ici ?

— Nous… Nous sommes allés faire un match de basket. Sur le terrain du lycée.

— Et maintenant, nous prenons un petit déjeuner, compléta Dixon aimablement. Si vous voulez bien nous excuser.

La poigne se resserra sur l'épaule de Trace et le tira vers le haut.

— Je te ramène à la maison.

Trace n'avait pas d'autre choix que de se lever. Les hommes autour de la table se levèrent en même temps. La température dans la salle semblait avoir soudain chuté de plusieurs degrés.

— Laissez-le rester, LaRue, dit Pete, adoptant son air d'officier de l'Etat. Il rentrera lorsqu'il aura mangé.

Comme s'il n'avait pas entendu, son père le fit pivoter dans la direction de la porte.

— Tu rentres avec moi. Maintenant.

Trace entendit quelqu'un bouger derrière lui et réalisa tout à coup que les clients s'étaient tus et observaient la scène. Il se retourna et, d'un regard adressé à Dixon, leur demanda à tous de ne pas intervenir. La situation était assez embarrassante comme ça, il était inutile de l'envenimer.

Une fois dans la voiture, son père, ayant passé un bref coup de fil à un certain Mickey à qui il fixa rendez-vous pour l'heure du déjeuner, se lança dans une tirade qui semblait ne jamais vouloir se terminer : « Mais qu'est-ce que tu crois faire avec ces gens-là ? Ils t'ôteraient le pain de la bouche sans le moindre scrupule s'ils pouvaient trouver le moyen de me ruiner. Je pensais que Kate avait plus de bon sens que ça ! Te laisser fréquenter mes pires ennemis ! Est-ce qu'elle ne voit pas qu'ils cherchent à se servir de toi ? Cette femme a de la sciure de bois à la place du cerveau… »

Trace était enfoncé dans son siège, dont il n'avait pas bouclé la ceinture, espérant confusément qu'un accident viendrait mettre un terme au flot d'inepties que débitait son père. Il aurait voulu défendre Kate. Elle s'était montrée gentille avec lui, plus qu'il ne l'avait mérité. En tout cas, elle était restée quand son vieux avait fichu le camp, ce qui était plus que ce que sa mère biologique avait jamais fait. Mais il se tut. Et se concentra sur le moment où il pourrait enfin bondir hors de la voiture et courir s'enfermer dans sa chambre.

Lorsque L.T. eut déversé son fiel et claqué la porte de la maison derrière lui, Kate grimpa à l'étage où Kelsey l'attendait devant la porte de sa chambre.

— Ça va ? s'enquit-elle.

Kate sourit et embrassa sa fille sur la joue.

— Oui, chérie, ça va. Les… reproches de ton père ne m'affectent plus autant que par le passé.

C'était la vérité, néanmoins elle appréhendait de se retrouver face à son fils. Elle ne savait jamais à quoi s'attendre de sa part ces derniers temps. Après sa rébellion du printemps, son comportement s'était amélioré, mais comment savoir si les changements d'humeur subits de son père ne l'avaient pas de nouveau bouleversé ?

Elle frappa et entra sur son invitation. Trace était assis devant son ordinateur.

— Salut, fit-il sans la regarder.

— Salut, toi.

Elle eut l'impression qu'il voulait lui faire croire que tout allait très bien, mais elle avait fait son lit un peu plus tôt et les couvertures étaient à présent toutes plissées et son oreiller marqué par un creux profond. Il ne faisait aucun doute qu'il s'était jeté sur son lit en rentrant.

— Tu as rencontré ton père chez Charlie ?

— Oui. Ça ne lui a pas plu de me voir avec Dixon, Pete et tous les autres, et il m'a forcé à rentrer.

Il haussa les épaules, sans quitter son écran des yeux, et ajouta, comme pour faire bonne mesure :

— Ça n'a pas d'importance. Je mangerai quelque chose plus tard.

— Bien sûr, fit-elle, se dirigeant d'un air presque désinvolte vers la fenêtre. Du moment que tu sais que ce que dit ton père lorsqu'il est en colère n'est pas nécessairement vrai.

— Quoi par exemple ? demanda-t-il après un silence.

— Eh bien, j'ai pensé qu'il avait peut-être suggéré que Dixon, Pete et leurs amis t'avaient invité à jouer au basket avec eux dans l'intention de se servir de toi pour lui nuire. Ce qui n'est évidemment pas le cas.

Elle fit une pause, mais Trace ne dit rien.

— Ils t'aiment bien, c'est tout. Dixon a remarqué que tu t'intéressais au basket et il a pensé que cela ferait plaisir à tout le monde que tu participes à leurs matchs, voilà tout. Il n'y a aucune arrière-pensée là-dessous. Je crois qu'ils sont contents de se mesurer à quelqu'un de plus jeune. Ça les motive, tu comprends…

Elle sourit et, la regardant enfin, il sourit en retour.

— Mmm.

Kate vit ses épaules se relâcher.

— Papa est capable de dire n'importe quoi quand il s'emporte, hein ?

— C'est ça.

Elle se dirigea vers la porte, et dit, sur le seuil :

— Je pensais te conduire chez Dixon vers 14 heures cet après-midi, pour travailler. Ça ira ?

— Oui. Je serai prêt.

Dans le couloir, Kate s'adossa un moment au mur. Elle se moquait de ce que L.T. pouvait raconter à son propos dorénavant, mais il fallait qu'elle trouve un moyen de l'empêcher de blesser ses propres enfants.

Quelques minutes après 14 heures, Kelsey coupait le moteur de la Volvo dans l'allée circulaire devant Magnolia Cottage. La vieille bâtisse blanche semblait assoupie dans la chaleur de l'après-midi, ses volets clos comme les paupières d'un dormeur.

Dixon avait dit qu'il serait dehors, et l'on entendait des voix dans les broussailles sur leur gauche, ainsi que des craquements de branches et des bruissements de feuilles.

— Allez le prévenir de votre arrivée, dit Kate à Kelsey et Trace. Je sors les outils du coffre et je vous les apporte.

Dixon aurait sûrement acheté du matériel, mais elle savait qu'il n'y avait jamais assez de cisailles, râteaux et autres bêches... Ayant rassemblé les outils dans un grand sac de toile, elle se dirigea vers l'endroit où les enfants avaient disparu. Les voix avaient cessé de résonner. On n'entendait plus que le pépiement des oiseaux, le frôlement des insectes et, au loin, la rumeur de la circulation.

Elle lâcha le sac en découvrant la scène qui s'offrait à elle. A l'orée d'une zone déjà partiellement débroussaillée, se tenait Trace, les mains sur les hanches, un air mauvais sur le visage ; Kelsey se trouvait de l'autre côté, non loin de Dixon qui, visiblement, avait été occupé à défricher cet endroit un instant plus tôt. En compagnie de Sal Torres.

Tous deux étaient torse nu. La peau brune de Sal, luisante de transpiration, zébrée de traces de terre, était égratignée par endroits. Ses cheveux noirs étaient plaqués sur son crâne, révélant la belle structure de ses os. Les conquistadors espagnols devaient avoir cet air-là, élégant, fier, volontaire.

Mais Dixon... ah. La silhouette longiligne de l'adolescence avait fait place à une musculature solide, subtilement soulignée par sa peau bronzée. Un léger duvet de poils frisés accentuait la puissance de son torse, laquelle mettait en valeur son ventre parfaitement plat. Le regard de Kate s'attarda sur la ceinture de son jean, un peu trop lâche, qui semblait ne tenir que sur la pointe de ses hanches. Sûrement, ses jambes étaient-elles aussi longues et musclées que ses bras. A cette pensée, quelque chose frissonna en elle...

— Qu'est-ce que tu fiches ici ?

La voix de Trace pouvait être aussi dure que celle de son père.

— Je bosse. Ça te pose un problème ? répliqua Sal.

Trace se tourna vers Kate.

— Tu ne m'avais pas dit qu'il serait là.

— Je ne le savais pas, répondit-elle en posant une main sur son bras. Ça n'a pas d'importance. Tu es ici pour aider Dixon, n'est-ce pas ?

— Je ne travaille pas avec un chicano.

Kelsey vint vers lui et lui donna un coup dans l'épaule.

— Retire ce mot tout de suite.

Trace croisa les bras et la regarda avec mépris.

— Je n'ai pas besoin de toi pour me défendre de ton frère, dit Sal, s'approchant à son tour et écartant Kelsey. Barre-toi, ajouta-t-il à l'adresse de Trace en le poussant en arrière.

Trace leva le poing. La bagarre était imminente. C'est alors que Dixon s'interposa. D'une main appliquée sur le torse de chacun des garçons, il les repoussa brutalement et tous deux se retrouvèrent à terre, les fesses dans la poussière.

— Ça suffit comme ça. Si vous tenez absolument à vous écorcher, vous le ferez ailleurs que chez moi.

— Ça me va, rétorqua Sal, les yeux fixés sur Trace.

— Moi aussi.

Trace se releva, suivi de Sal. Tous deux semblaient prêts à filer afin de régler leurs comptes sur-le-champ.

— Une seconde, les arrêta Dixon. J'ai un contrat avec vous, et je m'y tiens, mais vous êtes mineurs et cela signifie que vos parents sont légalement responsables de vous. Lequel d'entre vous est désireux d'expliquer à son père pour quelle raison il n'a finalement pas voulu travailler pour moi ?

L'argument porta. Sal ne serait probablement pas fier d'avouer à son père qu'il avait dédaigné un salaire, quelle qu'en fût la raison ; quant à Trace, l'idée seule d'avoir à expliquer à L.T. qu'il avait accepté de travailler pour Dixon avait dû le faire réfléchir.

— Bien, fit Dixon. Cela étant, le terrain est assez vaste pour que vous puissiez travailler chacun à une extrémité sans avoir besoin de vous côtoyer. Puisque Sal a commencé ici, Trace s'installera de l'autre côté de la maison. Suis-moi.

Trace suivit Dixon. Sal et Kelsey se regardèrent.

— Je vais travailler avec toi, dit-elle en passant ses longs cheveux blonds dans l'élastique à l'arrière de sa casquette rose. Que dois-je faire ?

Sal commença à lui expliquer quelles plantes arracher et lesquelles laisser en place, et Kate se dirigea vers sa voiture. L'invitation à jardiner ne l'incluait pas. Cela ne l'aurait pas dérangée de rester — elle avait même mis un jean et des baskets, au cas où…—, en fait, elle en avait terriblement envie ; elle aurait sûrement eu l'occasion d'échanger quelques mots avec Dixon, en tout cas, elle l'aurait aperçu de temps à autre…

Entendant ses pas sur le gravier, elle se retourna.

— Je suis vraiment désolée, dit-elle avec embarras. Trace n'est pas très… large d'esprit… ces temps-ci.

— C'est ma faute. Je n'ai pas pensé du tout qu'il pouvait exister un conflit entre eux.

— Il n'y avait aucune raison que tu l'imagines. Je ne crois pas avoir jamais mentionné que Sal et Kelsey sortaient ensemble. Et même si je l'avais fait, comment aurais-tu pu savoir que Trace réagissait de cette façon ?

Elle secoua la tête et soupira.

— Son père ne lui donne pas le meilleur exemple qui soit, bien entendu. A ce propos, je voulais m'excuser pour ce matin. De toute évidence, L.T...

— Non, je t'en prie.

A sa grande surprise, Dixon l'attrapa par le poignet et l'attira sous les hauts tulipiers à l'ombre desquels ils s'étaient reposés le mardi précédent.

— Je ne veux pas que tu exprimes le moindre regret à l'égard d'une attitude dont tu n'es pas responsable.

Il prit son visage entre ses mains.

— N'essaie même pas.

L'intensité de son regard la laissa sans voix. Elle sentait la délicieuse fraîcheur de ses mains sur ses joues. Ses yeux se posèrent sur le petit creux vulnérable à la base de son cou, luisant de sueur, et elle eut soudain une envie folle de l'embrasser, là, de laisser courir ses mains sur son torse, sur son ventre plat, sur les muscles lisses de son dos. Jamais elle n'avait ressenti pour quiconque cet élan physique, ce besoin précis, presque brutal. Tout son corps brûlait de désir.

Et elle en fut terrifiée. Refermant ses doigts avides sur eux-mêmes, elle recula.

— D'accord, je ne dirai rien. L.T. est adulte. Je ne suis pas responsable de ce qu'il peut faire ou dire.

Dixon avait senti sa peur, mais il n'était pas sûr de savoir à quoi l'attribuer. Etait-elle due à la colère qu'il avait eu du mal à contenir ? Avait-il réveillé en elle les craintes qu'elle éprouvait lorsque L.T. perdait le contrôle de lui-même ? Faisant un terrible effort sur lui-même, il se maîtrisa et, d'une voix presque égale — un véritable défi considérant la façon dont la simple vue de Kate Bowdrey le bouleversait —, dit :

— Exactement. Mais je crois que je ferais mieux de rejoindre les jeunes à présent.

112

Elle acquiesça et se dirigea vers l'allée, avant de se tourner vers lui de nouveau.

— Je ne pense pas… Crois-tu que je pourrais vous aider ?

Dominant la joie qui explosait en lui, Dixon réussit à se contenter de sourire.

— A quoi voudrais-tu t'attaquer ?

Trace, qui débroussaillait les alentours de l'ancienne écurie, maintenant reconvertie en garage, les vit ensemble. Il s'arrêta de travailler, surpris, puis se rendit compte qu'ils risquaient de s'apercevoir qu'il les observait s'il ne se remettait pas à l'ouvrage.

Dixon avait posé ses mains sur le visage de Kate. Elle se tenait devant lui, presque contre son torse, et il ne portait même pas de chemise. Mince. Que se passait-il entre eux ?

Pourquoi les adultes s'évertuaient-ils à tout gâcher ? D'abord, son père, qui était tombé amoureux de cette espèce de bimbo et les avait quittés. Puis sa tante Mary Rose qui, après être venue habiter avec eux, ce qui était plutôt sympa, avait épousé Pete Mitchell. Dès lors, tout avait été de mal en pis pour lui, il avait fini par passer en jugement et avait écopé d'un travail d'intérêt général doublé d'un suivi psychologique.

Kate allait-elle faire la même erreur ? Il avait toujours compté sur elle. Sa propre mère était partie lorsqu'il n'était qu'un bébé et n'avait jamais réapparu. Kate était tout ce qu'il avait. Dixon allait-il la lui enlever ?

L.T. rencontra le maire au Charlie's Diner, le samedi après-midi.

— Des ouvriers sont déjà à pied d'œuvre. Il faut que je l'arrête tout de suite, ou nous ne pourrons plus intervenir.

— Calmez-vous, L.T., dit Tate en se calant plus confortablement sur la banquette. Je m'en suis occupé. Un policier lui rendra visite au tout début de la semaine prochaine avec une injonction préliminaire.

— Ah, je suis content de l'apprendre.

Il se tut pendant qu'Abby Brannon posait devant eux deux thés glacés et deux tartes au citron.

— Merci, Abby.

Elle esquissa un sourire et s'éloigna.

L.T. prit le temps de savourer une bouchée de tarte, puis reprit :

— Et au cas où cela ne produirait pas l'effet escompté, je me suis arrangé pour que ses travaux ne soient pas conformes aux normes. La commission ne donnera jamais son agrément.

— Sabotage ? fit Tate en baissant la voix. Ne mêlez jamais mon nom à ce genre d'histoire surtout.

— Bien sûr que non, repartit L.T. en balayant la remarque d'un revers de la main. Alors, quel a été votre score ce matin ?

— Quatre-vingt-trois, bon sang. Pas moyen de descendre en dessous des quatre-vingt, même avec ces nouveaux clubs hors de prix que je viens d'acheter. Je vais peut-être aller à Palm Springs un de ces jours, le parcours…

L.T. feignait d'écouter. Le golf ne l'intéressait pas. Il n'avait pas de temps à consacrer au sport de toute façon. Mais il savait où se trouvait son intérêt. Si le maire avait envie de parler de golf, si le banquier voulait soliloquer pendant des heures, assis dans son bateau, en attendant que le poisson morde, L.T. était tout ouïe.

Tous les cinq travaillèrent jusqu'à ce que le soleil disparaisse derrière les grands magnolias qui bordaient la propriété. Une légère brise se leva vers 18 heures et l'air redevint respirable. Kate avait commencé à nettoyer les anciennes plates-bandes qui longeaient la façade de la maison tandis que Dixon se partageait entre les deux extrémités opposées du parc, entre Sal et Kelsey d'un côté et Trace de l'autre. A 19 heures, Dixon décréta que la journée était terminée.

— Ça suffit pour aujourd'hui, dit-il à Kate, agenouillée dans la terre au pied du perron. Il est temps de prendre du repos et de profiter tranquillement de la soirée.

Comme il passait une main sous son coude pour l'aider à se relever, le bras de Kate effleura son ventre nu et Dixon fut parcouru d'un frisson. Il était grand temps de passer une chemise.

— Tu as raison. Les garçons vont probablement être morts de faim.

— Je le suis aussi.

Miss Daisy leur avait apporté tout l'après-midi des en-cas et des boissons, mais le temps était venu d'un vrai repas.

— Je vais allumer le barbecue. Nous ferons griller des steaks, puis nous nous assoirons et nous regarderons virevolter les lucioles. Tu es d'accord ?

— Vraiment, Dixon, il n'est pas nécessaire que tu nous fasses à dîner.

— Je *fais* à dîner et je compte bien que vous restiez tous. Sal et Trace pourront se tenir chacun à un bout de la terrasse. Elle mesure au moins quinze mètres de long, ça devrait suffire, tu ne crois pas ?

Lorsqu'il redescendit, douché et changé, Kate et miss Daisy avaient mis une nappe sur la table en fer forgé et disposé des assiettes, des verres et tous les ingrédients nécessaires à la préparation de hamburgers supérieurs, et les braises du barbecue rougeoyaient déjà.

— Je vais prévenir les jeunes, dit-il.

Il trouva Trace, le dos courbé, les dents serrées, en train d'essayer d'arracher une racine récalcitrante.

— On s'arrête là pour aujourd'hui, Trace.

Comme le garçon ne répondait pas et continuait à s'escrimer, sans le moindre succès, Dixon s'approcha et l'attrapa par l'épaule.

— Hé, fiston, la journée est finie.

Trace se libéra d'un mouvement brusque.

— Laissez-moi tranquille ! Et d'abord, ne m'appelez pas « fiston ».

Que se passait-il ? Mystère. Dixon leva les mains en signe de reddition.

— O.K., comme tu voudras. Mais il est l'heure de s'arrêter, maintenant. Miss Daisy te dira où faire un brin de toilette. Nous avons des hamburgers pour le dîner.

— J'ai pas faim, rétorqua Trace.

— Ah non ?

Dixon passa ses pouces dans la ceinture de son jean et s'éloigna en sifflotant. Sûrement, le garçon n'allait pas tarder à se rendre compte qu'il était affamé.

De l'autre côté de la maison, on n'entendait pas un bruit. Dixon jugea prudent de signaler son arrivée et se mit à fredonner la première chanson qui lui vint à l'esprit : « *Deep in the night, dark as…* ». Mais il s'interrompit avant la fin du premier vers. Kate était là et il n'était pas prêt à parler de cette chanson. Pas avec elle. Pas encore. Aussi, enchaîna-t-il sur l'air, complètement innocent celui-là, de *Streets of Laredo*.

Lorsqu'il les rejoignit, Sal et Kelsey s'étaient séparés. Les cheveux de Kelsey étaient un peu en désordre, et la respiration de Sal encore légèrement haletante, mais tous deux étaient décents.

— Le barbecue est allumé, leur dit-il. Kelsey, miss Daisy, te dira où te débarbouiller. Sal, suis-moi, nous passerons par le devant.

Autant éviter la confrontation aussi longtemps que possible.

Comme on pouvait s'y attendre, cependant, les papilles alléchées des deux adolescents eurent raison de leurs instincts belliqueux. La nuit descendit peu à peu sur le petit groupe, apportant sa fraîcheur bienvenue et ses ballets de lucioles.

116

Quand Kate eut aidé miss Daisy — qui était incapable de rester en place —, à débarrasser et que tout le monde eut terminé sa coupe de glace à la lueur des bougies, cette dernière posa la main sur le bras de Dixon.

— Je ne t'ai pas entendu jouer une seule fois depuis que tu es rentré, dit-elle. Voudrais-tu aller chercher ta guitare ?

— Je ne veux pas ennuyer tout le monde.

Kate leva les yeux. Son visage dessinait une forme pâle entourée par une masse de cheveux sombres qui se confondaient avec la nuit. « *Deep in the night, dark as your hair…* »

— Tu joues toujours ? s'enquit-elle.

— Un peu.

— Oh, Dixon. Quelle modestie ! s'exclama miss Daisy en se redressant sur sa chaise. Il…

Dixon lui décocha un regard sévère.

— Il joue très bien, acheva-t-elle rapidement.

— J'aimerais beaucoup t'entendre jouer, dit Kate. J'ai gardé ce souvenir de toi, toujours assis dans un coin avec ta guitare…

Comment aurait-il pu lui refuser ce qui semblait lui faire tellement plaisir ? Aussi longtemps qu'il garderait son secret, il ne risquait rien.

— D'accord, dit-il en se levant pour aller chercher sa guitare dans sa chambre.

Il ne prit pas la plus récente faite à la main et signée par un luthier de Nashville, mais celle que, sur sa demande, miss Daisy lui avait offerte alors qu'il était encore au collège.

De retour sur la terrasse, il vérifia la tension de ses cordes en réfléchissant à ce qu'il allait jouer et se décida pour une chanson de James Taylor, *Goin' to Carolina*. Puis il enchaîna avec *Copperline*, un air plus récent, et se surprit ensuite à entonner *Mockingbird*. C'était s'exposer de façon hasardeuse, mais Kate joignit sa voix à la sienne et il considéra pour finir que cela valait la peine de prendre un risque.

— Formidable, dit-elle en applaudissant. Je ne savais pas que tu étais si doué. Est-ce que tu n'as jamais essayé de te frotter au milieu musical quand tu étais à Nashville ?

A côté de lui, miss Daisy se racla la gorge et se leva pour emporter les coupes à glace. Cette fois, elle refusa fermement toute aide de la part de Kate.

— Non, ma chère. Vous avez travaillé tout l'après-midi. Reposez-vous. Je peux très bien me débrouiller toute seule.

Elle pénétra dans la maison, le dos raide, l'image même de la fierté blessée. Kate comprenait. La vieille dame n'aimait pas qu'on lui impose quoi que ce soit, fût-ce de l'aide.

Dixon, qui avait profité du bref échange entre les deux femmes pour chercher des chansons anodines, joua plusieurs titres de Jim Croce et Gordon Lightfoot, des textes un peu humoristiques et en aucun cas romantiques.

Les enfants s'étaient rapprochés. Kelsey demanda :

— Vous connaissez des morceaux plus récents ?

Pour faire plaisir à la jeune fille, il joua deux airs de pop stars très médiatisées, dont un des textes, d'ailleurs, avait été écrit par lui, ce qui ne signifiait pas pour autant qu'il appréciait ce genre de musique.

— Vraiment super, commenta Kelsey lorsqu'il s'arrêta.

Kate se pencha en avant.

— Encore une ?

C'était tentant, très tentant de lui chanter sa chanson. Pendant un instant, Dixon fut incapable de penser, l'envie était trop forte. Puis il retrouva plus ou moins le contrôle de lui-même et chanta *You've Got a Friend*.

Il y eut un long moment de silence après que les dernières notes se furent égrenées. Dixon ne releva pas la tête avant que quelqu'un parle.

— Kelsey, tu as dix minutes pour dire au revoir à Sal, dit Kate en se levant. Trace, veux-tu démarrer la voiture ?

118

— Ouais, chouette !

Kate lui lança les clés et il disparut dans la nuit noire. Deux minutes plus tard, ils entendirent le moteur de la Volvo ronronner docilement.

Kate avait soufflé les bougies.

— Merci, dit-elle à Dixon. Tu as géré plusieurs situations épineuses aujourd'hui, et beaucoup mieux que je n'aurais su le faire.

Il haussa les épaules.

— Ce n'était rien. Ah, Sal revient demain après-midi, je le paierai à ce moment-là, mais je peux donner à Trace ce qui lui revient maintenant.

Elle posa sa main sur son avant-bras.

— Pourquoi est-ce que je ne le ramènerais pas aussi ? Je ne pourrai pas rester car j'ai une réunion à la Société historique, mais je peux le déposer. Et prendre miss Daisy par la même occasion, si elle désire se rendre à la réunion.

— Bonne idée.

Sa paume était légère et douce sur son bras. L'air sentait le chèvre-feuille, mais Dixon n'aurait pas su dire si le parfum suave émanait de la jeune femme ou des grappes de fleurs jaunes qui s'épanouissaient partout autour de la maison. Ce qu'il savait par contre, c'était que ce parfum le rendait fou de désir. Il n'avait pas réalisé combien ce serait difficile de voir Kate Bowdrey presque chaque jour, d'avoir besoin d'elle, envie d'elle, sans qu'elle lui appartienne.

Devant la maison, Kelsey lança alors un dernier au revoir à Sal, brisant le charme. Kate, une fois de plus, s'écarta, ôtant sa main de son bras.

— Bonsoir, Dixon, dit-elle. Dors bien.

« Oh, sûr… » songea-t-il, chagrin.

*
* *

119

Le samedi soir, Kate s'était endormie comme une masse tant elle était brisée de fatigue. Mais la journée du dimanche promettait d'être moins épuisante tant physiquement qu'émotionnellement.

Ses parents ayant fait des projets de leur côté, Kate et les enfants déjeunèrent au restaurant, après quoi, aux environs de 14 h 30, elle les déposa chez Dixon, et emmena miss Daisy à la Société historique où elles assistèrent à une conférence qui retraçait l'histoire des premiers colons écossais établis à New Skye. Durant le moment de détente qui suivit, Kate surprit à plusieurs reprises des regards furtifs lancés dans sa direction et des chuchotements peu discrets sur son passage. Elle était en butte à ces manières discourtoises depuis que L.T. l'avait quittée, et elle aurait dû à présent y être accoutumée.

Tandis qu'elle attendait miss Daisy dans le hall de la maison qui servait de quartier général au club, Jessica Hyde, la femme du procureur, la rejoignit.

— Quelle jolie robe, Kate ! s'exclama celle-ci un peu trop haut. Rien ne vaut le coton par cette chaleur, n'est-ce pas ?

— Merci, repartit Kate qui se demandait toujours si les paroles de Jessica n'avaient pas un double sens. Le coton se froisse, bien sûr, mais les tissus synthétiques ne sont jamais aussi confortables.

— Absolument, approuva Jessica tout en jetant un regard appuyé aux plis qui marquaient la robe fourreau verte de Kate. Je me suis laissé dire que tu allais travailler avec miss Daisy à la rénovation de cette vieille bâtisse délabrée qu'est Magnolia Cottage ?

Cette fois, l'attaque était évidente.

— Dire qu'elle est *délabrée* est très exagéré. Elle a seulement besoin de quelques travaux d'entretien.

— Et les bénéfices secondaires ne sont pas négligeables, continua Jessica, puisque tu auras l'occasion de voir ce cher Dixon presque quotidiennement, j'imagine.

— Dixon est un ami de toujours.

— Sans doute, mais maintenant… tu es disponible.

Kate vit miss Daisy s'approcher derrière Jessica.

— Non, je ne le suis pas en réalité et ne le serai pas avant un certain temps. Aussi Dixon et moi resterons… simplement amis. Vous êtes prête à partir, miss Daisy ?

— Oui. Au revoir, ma chère, ajouta-t-elle à l'adresse de Jessica.

Comme elles descendaient ensemble les marches du perron, miss Daisy se pencha vers Kate.

— Elle a toujours été sournoise. Je ne l'ai jamais beaucoup aimée, même enfant.

Néanmoins, les paroles de Jessica reflétaient fidèlement ce que la *société* de New Skye chuchotait dans le dos de Kate. Celle-ci en avait pleinement conscience. Le temps qu'elle avait passé avec Dixon Bell avait évidemment alimenté les conversations. Vous ne pouvez pas faire grand-chose dans une petite ville comme New Skye, ne serait-ce que déjeuner au restaurant, sans que tout le monde le sache.

Si elle cédait au désir qu'elle avait de Dixon, toute la ville le saurait. Y compris ses parents. Et tout le monde la regarderait entrer dans l'église comme… la femme adultère. Impossible.

La loi exigeait un an de séparation effective avant de prononcer le divorce et L.T. avait signé les papiers seulement deux mois plus tôt. Etait-elle en droit d'espérer de Dixon qu'il patiente pendant presque un an ? Non, certainement pas.

Mais elle avait accepté de travailler pour lui et, chaque fois qu'elle le voyait, son désir grandissait. La flamme dans les yeux de Dixon s'intensifiait.

Et Kate redoutait de plus en plus de ne pouvoir supporter cette tension insupportable.

8.

Il était arrivé quelque chose.

Lorsque Kate ramena miss Daisy de la Société historique, il semblait à Dixon que tous les progrès réalisés durant les quinze jours précédents avaient été réduits à néant. Elle paraissait éviter son regard et ne lui adressa ni un sourire ni un mot. Elle avait bavardé un moment dans le salon avec miss Daisy, à qui elle montrait des échantillons de papier peint et de tissu qu'elle avait apportés, quand il les rejoignit. Presque aussitôt, Kate décida qu'elle s'était assez attardée. Elle se répandit en excuses, regrettant d'avoir à enlever à Dixon deux de ses ouvriers, mais rien ne put la convaincre de boire un verre avec lui sur la terrasse pendant que Trace et Kelsey terminaient ce qu'ils étaient en train de faire.

Durant tout le dîner, et ensuite, tandis qu'il essuyait la vaisselle, Dixon rumina de sombres pensées. Puis il alla s'asseoir dans un fauteuil en face de miss Daisy qui s'était installée dans le petit salon, au milieu de ses chats, pour lire les cinquante dernières pages de son Tom Clancy.

— Tu voulais quelque chose ? demanda-t-elle, levant la tête de son ouvrage.

Dixon laissa échapper un profond soupir.

— Auriez-vous remarqué quelque chose de spécial cet après-midi à votre club ? Quelque chose qui aurait pu bouleverser Kate ?

Sa grand-mère mit son livre de côté et attira Audrey sur ses genoux. Immédiatement, le chat roula sur le dos, exposant son ventre blanc aux caresses de sa maîtresse.

— Des cancans. Pas très méchants, à vrai dire, mais une femme sensible comme Kate a très bien pu s'en trouver bouleversée.

— Des cancans ? A quel propos ?

— A ton propos, bien sûr.

— Que peuvent-ils donc raconter à propos de rien ? marmonna-t-il. Je l'ai à peine vue, et jamais seule. Enfin… presque jamais.

— C'est le propre des commérages de monter en épingle les événements les plus insignifiants.

— Donc, maintenant, Kate est convaincue que toute la ville la montre du doigt. Magnifique.

Il secoua la tête de droite et de gauche.

— C'est fichu, dit-il, sinistre.

— Non, tu devras simplement attendre qu'elle soit libre.

« Pour pousser plus loin leur relation », voilà ce que voulait dire miss Daisy, et elle avait raison.

— J'attendrai, dit-il, résolu. Mais il faut que je puisse la voir, lui parler. Je ne peux pas vivre à New Skye et ne pas voir Kate. Et je ne veux pas non plus repartir.

— Mon pauvre chéri.

Miss Daisy se leva et vint poser une main pleine de tendresse sur son épaule.

— Tout ce que je désire, c'est vivre avec la femme que j'aime, grand-maman. Croyez-vous que ce soit trop demander ?

— Je ne crois pas.

Puis il l'entendit murmurer comme pour elle même :

— J'espère que non.

Mano Torres arriva le lundi matin accompagné des deux gars qu'il avait promis qu'il amènerait : Danny Stark et Miguel Cruz, qu'ils appelaient Mickey. Dixon n'avait pas beaucoup dormi la nuit précédente, mais le café fort qu'il venait de boire et surtout la perspective de commencer les travaux le stimulaient. Ce premier jour, les quatre hommes travaillèrent presque douze heures d'affilée.

Tard, le même soir, lorsqu'il pensa que les enfants devaient être couchés, Dixon appela Kate pour la tenir au courant de l'avancée des travaux.

— Nous avons fait tomber tout l'enduit dans la montée d'escalier, expliqua-t-il, et nous avons eu la chance de trouver le lattis intact. Adam DeVries connaît un maçon qui pourra refaire les plâtres ; il vient faire un devis la semaine prochaine. En attendant, nous pourrons décaper la rampe et les marches. Que conseillerais-tu pour la finition ? Teinte et vernis, ou peinture ?

Kate ne pouvait s'empêcher de sourire en l'écoutant parler avec cet enthousiasme. Cette maison signifiait tant pour lui.

— Est-ce que tu comptes rénover aussi les sols ?

— Absolument.

— Qu'envisages-tu pour les parquets et les lambris ? demanda-t-elle en repoussant le roman qu'elle avait été en train de lire et en se renfonçant dans son oreiller.

— C'était la question suivante. Qu'en penses-tu ?

Le fait qu'il lui demande son avis, point par point, la flattait et l'effrayait en même temps. Jamais elle n'avait pris ce genre de décisions sans avoir à tenir compte de l'opinion d'une autre personne.

— Qu'en pense miss Daisy ?

— Elle a dit textuellement : « Kate saura exactement ce qu'il faut faire. Elle a du goût et du talent, et je lui fais entièrement confiance. »

— Elle n'a pas dit ça.

— Mais si. Mot pour mot.

— Dixon.

Elle secoua la tête, encore incrédule, mais déjà excitée à l'idée de la chance qui lui était offerte.

— Est-ce que tu voudrais que la maison redevienne ce qu'elle était à l'origine ou, plus simplement, qu'elle soit aussi belle que possible ?

— Ce n'est pas la même chose ?

— Certaines personnes ont envie de vivre dans un décor victorien, d'autres pas.

— Victorien… Tu veux dire, des canapés en crin de cheval, de lourdes tentures et des dentelles dans tous les coins ?

— C'est une des déclinaisons possibles.

— Alors, non. Je préfère que ma maison soit simplement belle. Comme la tienne.

Kate se sentit rougir sous le compliment.

— Bien. Dans ce cas, je pense que nous pourrions peindre les lambris et les balustres et teinter la rampe et les marches.

— L'idée me plaît. Tu as passé une bonne journée aujourd'hui ?

La question la prit au dépourvu.

— Pas aussi bonne que samedi, repartit-elle, réalisant trop tard qu'elle aurait préféré éviter d'aborder ce sujet.

— Tu as pris plaisir à arracher les mauvaises herbes ?

— Eh bien… oui. Et à dîner dehors, et à t'entendre jouer.

Elle espérait que son honnêteté serait récompensée et que Dixon s'en tiendrait là. Mais c'était mal le connaître.

— Moi aussi, dit-il. C'est le genre de soirées auxquelles j'ai beaucoup rêvé toutes ces années.

— Lorsque tu avais le mal du pays ?

— On pourrait dire ça. On ne retrouve pas la magie particulière des nuits du Sud au Texas.

— Tu as dit que tu travaillais dans les champs de pétrole là-bas. C'est un travail dangereux, non ?

— Parfois. Mais c'est bien payé.

— Mais tu n'es pas resté au Texas tout le temps ?

125

— Non. La compagnie s'est fait racheter et ils ont licencié un certain nombre de gens, alors j'ai continué ma route. J'ai travaillé quelque temps dans un ranch à Amarillo, puis je suis monté dans le Colorado.

— Tu avais quel âge alors ?

— Attends… vingt-cinq, je crois. Pourquoi ?

— Oh, comme ça.

A vingt-cinq ans, elle était déjà Mme LaRue. Kelsey avait neuf ans et Trace, sept ; L.T. démarrait sa société et ne rentrait pas avant 22 heures le soir.

— Donc tu étais dans le Colorado ?

— Tu es sûre que tout ça ne t'ennuie pas un peu ?

— Pas du tout.

Au téléphone, c'était plus facile de l'interroger.

— J'ai travaillé à Denver pendant trois ans, dans le bâtiment, mais la vie du ranch me manquait. Je me suis donc mis à la recherche d'un autre job et c'est ainsi que j'ai atterri dans une toute petite ville au milieu des montagnes. Dans un élevage de bétail et de chevaux. J'y serais encore si…

— Si… ?

— Si miss Daisy ne m'avait pas écrit pour me rappeler que j'appartenais à cet endroit. J'ai dû laisser mes chevaux à Boswell, mais j'espère pouvoir bientôt trouver un endroit ici où je pourrai les mettre en pension.

— Tu as tes propres chevaux ?

— Mmm. Un adorable poney qui s'appelle Brady et une jument quarter horse, Cristal. J'étais en train de la débourrer quand je suis parti. Je serai content de les revoir.

Etrange, ce départ précipité…

— Y avait-il une raison précise à ton retour ? s'enquit-elle. Je veux dire, après si longtemps… Miss Daisy était-elle malade ?

— Non, aucun motif de ce genre. C'était le moment pour moi de rentrer au pays, c'est tout.

— J'en suis vraiment contente. Te rappelles-tu Jacquie Lennon ? Elle a passé son diplôme la même année que nous.

— La fanatique d'équitation ? Celle qui voulait préparer les Jeux olympiques ?

— Oui. Elle est partie quelques années, mais elle est revenue, comme toi, et elle est maréchal-ferrant maintenant. Je suis presque sûre qu'elle pourrait t'aider à trouver une écurie pour tes chevaux.

— Ce serait formidable. Tu connais tout le monde dans cette ville, n'est-ce pas ?

— J'ai toujours vécu ici.

Sa vie ne rivalisait certes pas avec celle de Dixon. Qu'avait-elle à offrir à un homme qui avait vu tant de choses, vécu tant d'aventures à travers tout le pays ?

— Es-tu allé à l'étranger ?

— Quelquefois.

Comme il lui racontait ses voyages en Espagne et au Portugal, en Grèce, en Russie et en Italie, Kate se rallongea dans son lit et éteignit sa lampe de chevet. Elle l'écouta parler des gens qu'il avait rencontrés, des musées et des châteaux qu'il avait visités, des bazars et de la nourriture…

— Kate ?

Elle n'avait rien dit depuis un moment. Dixon écouta le silence à l'autre bout du fil. Sa respiration était profonde, régulière. Il avait parlé à une femme endormie.

Il posa le combiné sur sa poitrine avec un petit rire. Etait-ce un bon ou un mauvais présage ? Bon, décida-t-il. Elle avait été si parfaitement détendue qu'elle s'était endormie, bercée par sa voix. Et un jour, bientôt, elle s'endormirait dans ses bras.

A cette pensée, Dixon sentit sa gorge se serrer, sa poitrine suffoquer d'impatience. Dans quelques mois, Kate serait libre. Libre de sortir dans la lumière du matin, libre de voir le monde sans qu'aucun nuage ne vienne obscurcir son horizon. Et, comme il le faisait depuis treize ans, Dixon se jura d'être, le moment venu, l'homme qui marcherait à ses côtés.

Kate était encore rose d'embarras lorsqu'elle se gara dans l'allée devant Magnolia Cottage, quelques minutes après avoir déposé les enfants à l'école. Elle n'avait pas entendu Dixon raccrocher, et ne s'était réveillée au matin que lorsque Kelsey avait ouvert bruyamment la porte de sa chambre.

Dixon ne s'était sûrement pas formalisé, mais elle ressentait le besoin de lui présenter ses excuses.

A moins qu'elle n'ait tout simplement besoin de le voir.

Deux camionnettes et une moto étaient rangées au bout de l'allée. La porte d'entrée était ouverte, et un léger nuage de poussière s'élevait au-dessus du porche. Lorsqu'elle pénétra dans la maison, le nuage s'épaissit et elle éternua. Toutes les portes du hall étaient protégées par des feuilles de plastique. Dans l'escalier, le lattis des murs avait été complètement mis à nu. Elle grimpa à l'étage, d'où lui provenaient des bruits de coups frappés irrégulièrement, et les trouva occupés à abattre un mur dans une petite pièce à l'arrière de la maison. La poussière de plâtre saturait l'atmosphère. Les quatre hommes, blancs de la tête aux pieds, ahanaient sous l'effort. Kate les observa sans manifester sa présence. Ils finiraient bien par faire une pause.

Lorsqu'ils eurent finalement fait tomber tout le plâtre du mur, Dixon ôta son masque et dit à ses compagnons :

— Arrêtons-nous un moment. On ne peut plus respirer ici.

Puis il se tourna vers la porte.

— Kate ! Quel plaisir de te voir ! Je ne t'embrasse pas, je suis tout sale. Tu avais besoin de quelque chose ?

Elle jeta un regard derrière lui, vers les trois hommes qu'elle connaissait de vue pour les avoir aperçus quelquefois sur les chantiers de L.T. Mano Torres ressemblait d'ailleurs beaucoup à son fils.

— Euh… je voulais juste te parler une minute.

Dixon passa une main dans ses cheveux, secoua sa chemise et la rejoignit dans le couloir.

— Mano, si je ne suis pas là quand vous serez prêts à vous y remettre, commencez par enlever la porte et démonter le chambranle.

Il fit signe à Kate d'avancer vers l'escalier.

— Nous nous attaquons au futur dressing de miss Daisy et à la nouvelle salle de bains, expliqua-t-il en la conduisant à l'extérieur. Allons dans la cuisine. Je t'offre un café. Miss Daisy est à son club de lecture, mais elle a préparé une cafetière tout à l'heure.

Kate se laissa guider jusqu'à la terrasse où il la fit s'asseoir avant de disparaître dans la cuisine. Lorsqu'il revint quelques minutes plus tard, une tasse de porcelaine dans une main et un grand verre d'eau dans l'autre, il avait rincé ses cheveux et son visage et enfilé une chemise propre.

— Tu n'avais pas besoin de te changer. Je sais que tu as du travail et je n'ai pas l'intention de te retenir longtemps.

— Reste aussi longtemps que tu voudras. Je préfère de loin bavarder avec toi que respirer ce plâtre, dit-il en s'asseyant en face d'elle. De quoi voulais-tu me parler ?

Kate but une gorgée de café pour se donner du courage.

— Je voulais seulement m'excuser pour m'être endormie hier soir pendant que tu me parlais au téléphone. Je me conduis mieux que ça généralement.

— Oui, je m'en suis aperçu, dit-il en souriant. Tu t'évertues même à ne pas faire un geste de travers.

Cela ressemblait à une critique.

— J'essaie d'éviter de blesser les gens, c'est tout.

— Je voulais seulement dire que tu te soucies tellement des autres, de leurs besoins, de leurs projets, que tu oublies complètement de penser à toi et à ta propre vie.

— Je…

Protester était inutile. Oh, de quel esprit faible elle faisait preuve ! Dixon devait voir en elle une femme irrésolue, sans véritable caractère.

— Je suis désolée.

— Oh, pardonne-moi, dit-il, prenant ses mains sur la table et les serrant entre les siennes. Je n'aurais pas dû dire ça.

Il porta ses mains à ses lèvres, les embrassa l'une après l'autre et leva les yeux vers elle.

— Ne t'excuse plus, ne sois plus jamais désolée. Kate, je suis tombé amoureux de toi lorsque j'avais quatorze ans. Ce n'était peut-être qu'un béguin d'adolescent, mais je suis parti en pensant que tu étais la seule femme avec qui je voudrais jamais partager ma vie. Il y a treize ans de cela et je n'ai pas changé. Nous avons mûri tous les deux ; nous avons chacun une histoire ; tu as connu l'expérience cruelle d'un mauvais mariage, avec un homme qui ne t'a montré aucune considération et qui t'a fait douter de toi-même. Mais je t'aime toujours. Je veux toujours t'épouser. Que crois-tu donc que je sois en train de faire ? demanda-t-il en montrant d'une main la maison derrière lui.

Kate était tout simplement incapable de penser.

— Je…

Il reprit ses mains dans les siennes et continua :

— Ce que je désire par-dessus tout, c'est que tu sois toi-même. Je ne veux pas que tu te coules dans le rôle de la personne que tu imagines correspondre à la femme que j'attends. Tu es cette femme. Dis ce que tu penses. Fais ce que tu désires faire. Redeviens cette fille brillante et ambitieuse qui remporte tous les suffrages, si c'est ce que tu es. Dis-moi ce que tu veux faire de ta vie et nous ferons en sorte que tu puisses atteindre ton objectif, qu'il s'agisse d'obtenir un diplôme d'avocat, de faire une flopée d'enfants ou des safaris en Afrique. Ne te cache pas de moi, Kate. J'ai attendu si longtemps d'être celui avec qui tu partagerais tout. Je te veux telle que tu es, et je te promets que tu recevras toujours de moi tout le respect que tu mérites.

A court de mots, Dixon baissa la tête et appuya son front sur leurs mains liées. Il sentit les mains de Kate trembler dans les siennes et prit soudain conscience de ce qu'il avait fait. Mon Dieu, pourquoi avait-il tout lâché, là, maintenant, alors qu'il s'était promis d'attendre qu'elle soit prête ?

Il s'armait de courage pour relever la tête, cherchant les paroles qui la rassureraient, quand il entendit quelqu'un courir dans l'allée de gravier sur le côté de la maison. Kate sursauta, libéra ses mains et se leva presque dans un seul mouvement. Puis elle s'éloigna de la table.

— Attends. Ne pars pas.

Mano apparut à l'angle de la maison.

— Monsieur Bell, il y a un problème.

— Très bien. J'arrive dans quelques minutes.

— Non, non, vas-y. Je dois m'en aller, dit Kate.

Mano insista, presque en même temps :

— Ce serait mieux que vous veniez tout de suite.

— D'accord, d'accord, j'arrive, répondit Dixon, s'efforçant de ravaler sa frustration. S'il te plaît, reste, ajouta-t-il en s'adressant à Kate.

— Je ne peux pas.

Sur quoi, elle pivota et s'en fut d'un pas pressé. Dixon la suivit, mais lorsqu'il arriva devant l'entrée de la maison, la Volvo s'éloignait déjà. Les mots qui traversèrent l'esprit de Dixon à ce moment-là auraient horrifié miss Daisy.

— Monsieur Bell ?

Dixon, repoussant ses cheveux en arrière, rejoignit Mano au sommet des marches en trois enjambées.

— Qu'est-ce que… ?

Le problème était pour le moins évident. Du verre brisé et des morceaux de bois jonchaient le sol du hall. Levant les yeux, Dixon vit aussitôt l'origine de la catastrophe : le lustre à pendeloques qui éclairait la montée d'escalier depuis qu'un Crawford l'avait rapporté d'Irlande, en 1886. Du moins n'était-il pas tombé, et une partie des larmes de cristal, du côté opposé au mur, était encore intacte. Mickey se tenait bras ballants en haut des marches, l'image même de la culpabilité. Sur sa gauche, le mur de lattis était éventré.

— Que s'est-il passé ?

Mickey haussa les épaules.

— Je descendais des planches et j'ai raté une marche, les planches sont allées taper le mur… et quand je les ai tirées en arrière… elles ont heurté le lustre, acheva-t-il d'un air contrit.

— Il faut nettoyer tout ça, dit Dixon, s'efforçant de contenir sa fureur. On ne peut pas laisser tous ces débris dans le hall. Voyez si quelques-unes des pendeloques sont récupérables.

C'était peu probable. Le sol semblait comme saupoudré d'une poussière magique qui scintillait dans les rayons du soleil.

— Monsieur Dixon Bell ? l'interpella une voix inconnue.

Dixon se retourna et se retrouva face à un homme en uniforme.

— Oui, que puis-je pour vous ?

— On m'a demandé de vous remettre ces documents en mains propres, répondit l'officier en lui tendant une liasse de papiers pliée en deux.

Dixon déplia les papiers, et les parcourut rapidement.

— Injonction ? dit-il, fronçant les sourcils devant le jargon juridique. Ce document m'ordonnerait-il de cesser les travaux que j'ai entrepris dans ma propre maison ?

— Je ne l'ai pas lue, monsieur. On m'a seulement demandé de vous l'apporter.

— Bien sûr.

Dixon n'allait pas perdre son temps à discuter avec quelqu'un qui ne savait pas de quoi il retournait. Il garderait sa salive pour les salauds qui avaient monté ce coup tordu.

132

Congédiant l'officier d'un bref « bonne journée », il se tourna vers les trois ouvriers.

— Remettez de l'ordre en bas, puis passez un coup de balai dans la pièce du haut. Je vous préviendrai lorsque nous pourrons reprendre le travail. En attendant, voici vos salaires, dit-il en tirant de sa poche l'argent en liquide. Merci d'être venus.

Il alla ensuite droit à sa chambre et ouvrit son placard. La bataille qu'il allait livrer requérait une tenue appropriée.

Kate n'avait personne à qui parler. Mary Rose était à son travail, et elle ne s'était pas ouverte à ses amies des sentiments qu'elle avait pour Dixon. Quant à ce qu'il venait de dire… elle en était presque à se demander si elle n'avait pas rêvé. Il voulait l'*épouser* ?

Elle conduisit sans but, sachant qu'elle avait pourtant des courses à faire, mais ne se rappelant pas lesquelles. Aux alentours de 10 h 30, elle était déjà passée deux fois devant le lycée, et il s'écoulerait encore six heures avant que Trace et Kelsey ne sortent de cours. Le Charlie's Diner était ouvert cependant et l'endroit serait probablement très calme à cette heure. Elle pourrait y boire un thé en toute tranquillité et réfléchir.

On entendait du bruit dans la cuisine, mais la salle était vide. Kate s'installa dans un box, près d'une fenêtre, et laissa flotter ses pensées. Les myrtes, sur le terre-plein central de l'autoroute, étaient en pleine floraison. L'automne prochain, elle planterait des myrtes roses dans son jardin, décida-t-elle. Cela offrirait un joli contraste avec les blancs.

— Bonjour, Kate ! Cela fait plaisir de te revoir.

Kate sursauta.

— Oh ! Bonjour, Abby. Comment vas-tu ?

— Ça va. Je n'avais pas l'intention de te surprendre. Tu es venue prendre un petit déjeuner ? ou peut-être un brunch ? Il est presque 11 heures.

— Non, merci. Juste un thé glacé, s'il te plaît. Sans sucre.

— Je m'en souviens, dit Abby en s'éloignant.

Elle revint presque immédiatement avec deux verres et un pichet de thé et demanda à Kate si cela ne la dérangeait pas qu'elle s'asseye un moment avec elle.

— Au contraire, répondit Kate.

Elles restèrent silencieuses un moment, sirotant leur thé. Puis Abby remplit de nouveau leurs verres et leva la tête.

— J'ai entendu dire que Dixon et miss Daisy avaient entrepris de rénover leur vieille demeure et que tu les aidais.

— C'est vrai.

— Ce doit être excitant. Je me souviens d'une fête que Dixon avait donnée lorsque nous étions en première. C'est la seule fois où je suis entrée dans la maison. Qu'est-ce que j'avais été impressionnée ! Toutes ces boiseries, ces lustres… enfin, tout ça.

— Je n'ai aucun souvenir de cette fête. Est-ce que toute la classe y était allée ?

— Bien sûr. Tu sortais avec Trent Bishop à cette époque-là. Vous avez fait une apparition et puis vous vous êtes éclipsés.

Abby sourit.

— C'est dommage. Vous avez manqué une super soirée.

— Ce n'était pas très correct de notre part de partir comme ça, murmura Kate, soudain terriblement honteuse de son attitude.

— Non, mais tu étais différente de nous. Nous le savions et nous ne t'en voulions pas.

— Que veux-tu dire ?

— Eh bien… nous pensions que tu étais faite pour autre chose, une autre vie que celle que nous aurions. Tu étais jolie, élégante, pleine d'esprit. Et tu t'habillais autrement. Tout le monde t'aimait. Je crois que nous étions tous en admiration.

Kate posa sa tête entre ses mains.

— Et regarde où j'en suis aujourd'hui.

— Oh, Kate, fit Abby gentiment en effleurant les cheveux de Kate. Excuse-moi, je ne voulais pas t'attrister.

— Ce n'est rien. Un petit coup de fatigue sans doute.

Abby se glissa hors du box.

— Je crois que tu as besoin d'avaler quelque chose. Je vais t'apporter un sandwich au poulet et quelques frites. Et tu me feras le plaisir de tout manger jusqu'à la dernière miette.

A sa grande surprise, Kate termina son assiette sans difficulté. Elle se laissa même convaincre de prendre une tarte au citron comme dessert.

— Je n'avais pas autant mangé depuis des années, dit-elle à Abby comme celle-ci débarrassait. Je vais être obligée de sauter le dîner ce soir.

Lorsque Abby eut disparu dans la cuisine, Kate réalisa qu'elle était là depuis deux heures et qu'elle n'avait pas pensé une seconde à ce qui la tourmentait. Cela avait été un merveilleux répit. Peut-être serait-elle même capable d'affronter le reste de la journée avec sérénité. Ramassant son sac, elle s'extirpa du box juste au moment où une mince femme blonde en jean et T-shirt passait à côté d'elle.

— Jacquie ! Comment vas-tu ?

La jeune femme se retourna et sourit en la reconnaissant.

— Hé, Kate ! Ça va très bien, et toi ? Il y a des mois que nous ne nous sommes vues.

— Je suppose que je devrais davantage fréquenter les chevaux.

— Et moi les gens, repartit Jacquie en riant.

Depuis son plus jeune âge, Jacquie se passionnait pour les chevaux. A l'école, ses dessins, ses rédactions n'avaient qu'un seul thème : les chevaux, et dès qu'elle avait obtenu son diplôme, elle était partie pour se faire un nom dans le monde équestre.

— Ah tiens, j'aurais quelque chose à te demander, si tu as une minute, dit Kate, qui n'avait pas oublié avec quel cœur Dixon lui avait parlé de ses chevaux restés dans le Colorado.

135

— Bien sûr.

— Dixon Bell cherche une pension pour ses deux chevaux. Il a dû les laisser dans le Colorado pour venir, mais il aimerait beaucoup pouvoir les ramener ici. Je lui ai dit que tu pourrais peut-être lui recommander quelqu'un.

— Ah, Dixon ! Je savais qu'il était revenu au pays, mais je ne l'ai pas encore rencontré.

Jacquie rejeta sa longue tresse blonde dans son dos et réfléchit un instant.

— Il y a pas mal de possibilités dans la région, en fait. Mais je travaille depuis peu avec une dame qui a acheté une ferme à proximité, avec une écurie et de grandes pâtures. Elle ne possède elle-même que deux chevaux et elle me disait récemment qu'elle pensait prendre quelques animaux en pension. Dixon devrait lui téléphoner. Elle s'appelle Phœbe Moss. Je vais te donner son numéro.

Jacquie retourna à sa camionnette tandis que Kate payait son déjeuner et disait au revoir à Abby. Elles se retrouvèrent à la porte du petit restaurant.

— Voilà, je t'ai noté ses numéros personnel et professionnel, dit Jacquie en lui tendant une de ses cartes. C'est une femme vraiment charmante, les chevaux de Dixon seraient en de bonnes mains.

— Je le lui dirai. Merci, Jacquie.

— Et assure-toi qu'il voie mon numéro au recto. J'espère qu'il fera appel à moi lorsqu'il aura besoin de faire ferrer ses chevaux.

— Compte sur moi.

Evidemment, cela signifiait qu'elle devrait trouver le courage d'affronter de nouveau Dixon. Après tout ce qu'il lui avait dit. Il l'aimait, disait-il, depuis le lycée. Alors, pourquoi était-il parti si soudainement ? Pourquoi ne lui avait-il jamais dit un mot de ses sentiments ? Elle ne se souvenait même pas qu'il l'ait jamais invitée à boire un verre.

Avait-elle été si inaccessible ? si pleine de sa propre importance qu'elle n'avait jamais remarqué ce garçon timide qui avait envie de la connaître ? Le matin même, elle s'était vantée de se montrer attentive à ne pas offenser les autres, mais il semblait qu'elle avait repoussé Dixon sans le moindre état d'âme.

Il fallait absolument qu'elle découvre pour quelle raison Dixon avait quitté New Skye treize ans plus tôt.

Et plus important encore, ce qui l'avait décidé à revenir.

9.

Dixon s'appuya des deux mains sur le bureau du secrétaire et se pencha en avant jusqu'à ce que son visage se retrouve à quelques centimètres du sien.

— Il y a une heure maintenant que j'attends pour voir M. Hyde, dit-il. Et je ne vais pas attendre plus longtemps qu'il daigne sortir par cette porte ou qu'il s'échappe par la fenêtre. Vu que nous sommes au cinquième étage, je crois qu'il serait préférable qu'il choisisse la première solution. Pourquoi n'iriez-vous pas lui redire que je suis là ?

Le jeune homme, sans détourner son regard du visage de Dixon, pressa le bouton de l'Interphone.

— Monsieur Hyde ? Hu-hum… M. Dixon Bell est toujours là, monsieur…

Dixon crut entendre une grossièreté, puis :

— Je vous avais dit de… Oh, bon, faites-le entrer.

— Je trouverai le chemin, dit Dixon au secrétaire qui s'apprêtait à se lever pour le conduire.

Il traversa la pièce vers la porte de bois poli sur laquelle on pouvait lire l'inscription « Procureur James Hyde » et l'ouvrit en grand.

— Bonjour, Jimmy.

— Hé, Dixon !

Le sourire, la poignée de main enthousiaste étaient supposés témoigner de l'impatience avec laquelle le procureur avait attendu cette visite.

— Comment vas-tu ? Il y a des années que nous ne t'avions vu. Je crois que tu as croisé Jessica récemment. Elle est toujours magnifique, n'est-ce pas ? Entre, entre. Prends un fauteuil. Je vais te servir un verre. Il n'est jamais trop tôt pour un bon bourbon, hein ?

— Trop tôt pour moi, merci, répondit Dixon en s'asseyant cependant. Tu es devenu une véritable figure de New Skye. Procureur… représentant du ministère public, c'est très impressionnant.

— J'ai le sentiment de servir ma communauté. C'est ça le plus important. Mais j'espère que nous aurons le plaisir de t'avoir à dîner un de ces soirs. J'aimerais beaucoup que tu rencontres mes fils.

Il retourna une photographie sur son bureau afin que Dixon puisse voir sa famille.

— Ce seront de fantastiques joueurs de base-ball, tous les trois. Voici Jim junior, treize ans, Jeff, dix ans, et Alex, sept ans. On s'amuse comme des fous tous ensemble, bien que Jessica se sente parfois un peu exclue.

Il remit le cadre à sa place et reprit :

— Alors, qu'est-ce que je peux faire pour toi ? Tu n'es pas sur le point de te faire arrêter, je suppose ? Ah, ah !

Dixon sortit de la poche intérieure de sa veste l'injonction qu'on lui avait remise et la glissa sur le bureau.

— J'aimerais que tu m'expliques ceci.

Le procureur ramassa la feuille, mais il observait la veste de Dixon.

— Superbe coupe, remarqua-t-il.

— Merci. Rien ne vaut les vêtements italiens.

— Euh… oui, fit Jimmy dont les yeux s'étaient agrandis.

Il déplia le document et le parcourut.

— C'est un arrêt de la Cour qui t'interdit de poursuivre les travaux entrepris au 111 Magnolia Lane. C'est la maison de miss Daisy, n'est-ce pas ?

— Légalement, la propriété m'appartient.

— Oh ! Eh bien, tu n'es pas censé faire de travaux avant qu'une audience soit tenue.

— Oui, je sais lire. Ce que je ne comprends pas, c'est d'où sort cette décision, et comment il peut être légal d'empêcher quelqu'un de faire des travaux dans sa propre maison.

— Ta question est tout à fait légitime, dit Hyde en ouvrant un bloc-notes sur lequel il griffonna deux ou trois lignes. Laisse-moi passer quelques coups de fil pour savoir ce qu'il en est. Je devrais avoir des réponses dans un jour ou deux.

— Non. Je veux des réponses maintenant.

— Il est 14 heures passées, les gens du tribunal sont encore en train de déjeuner…

Dixon se carra dans son fauteuil.

— J'attendrai.

Des rides de contrariété se formèrent sur le front de Jimmy Hyde, cependant il s'exécuta. Après une demi-heure passée à s'entretenir avec des interlocuteurs dont Dixon ne pouvait que supposer la fonction, il se leva, alla se resservir un bourbon, et vida son verre d'un trait.

— Bien, fit-il en se rasseyant derrière son bureau. D'après ce que l'on me dit, cette injonction a été décidée suite à un litige concernant la disposition de la propriété.

— Je ne suis pas au courant.

— Il semble, continua le procureur sans lever les yeux de ses notes, que les services de l'urbanisme soient désireux d'acquérir ce terrain pour y construire des logements sociaux.

— Absurde !

— C'est ce que l'on me rapporte, dit Jimmy en haussant les épaules. Je sais que le conseil municipal cherche un site depuis un moment

140

déjà pour y construire des logements. Je suppose que quelqu'un a pensé que Magnolia Cottage serait un bon choix, et que ce quelqu'un aura convaincu le juge Harnett de signer l'injonction.

— Et ce quelqu'un serait… ?

Jimmy remua sur son siège.

— Pas moyen de savoir… Il existe des dizaines de documents, mais le nom de celui qui a initié la procédure n'apparaît nulle part.

— Je peux te donner le nom du principal responsable : L.T. LaRue.

— L.T., répéta Jimmy.

Il n'avait pas l'air surpris. Toutefois, il évita le regard de Dixon pour dire :

— Il a un projet pour ce terrain, c'est ça ?

— Je ne veux pas vendre, alors il tente une manœuvre bureau-cratique.

— Lorsque L.T. a quelque chose en tête, il obtient généralement gain de cause.

— Il y a un début à tout, même à l'échec, rétorqua Dixon en se levant. En tout cas, dis-lui bien quand tu le verras qu'il ne construira jamais chez moi.

Ramassant l'injonction, il la déchira en deux, puis encore une fois en deux, et laissa tomber les débris sur le bureau.

— Magnolia Cottage m'appartient. Je possède un acte de propriété daté de 1832 et tous les papiers relatifs aux successions des cent soixante-dix dernières années. Il devra déclarer — et gagner — une nouvelle guerre civile avant que je lui cède ce qui m'appartient.

Il marcha jusqu'à la porte, pivota et ajouta :

— Bon après-midi, Jimmy. Et bien le bonjour à Jessica.

Remontant dans sa Ford, la rage au ventre, il jeta un coup d'œil à l'horloge du tableau de bord. Il n'était pas encore 15 heures. Où pouvait-il bien aller dans un tel état de nerfs ? Pas à la maison en tout cas. Miss Daisy ne méritait pas qu'il lui fasse supporter ses humeurs, surtout après avoir découvert, en rentrant de son club de lecture, son lustre en pièces. Un instant, il avait craint qu'elle s'évanouisse, mais pas du tout. Elle était allée chercher un balai et s'était mise à nettoyer avec Mano, Mickey et Danny. Miss Daisy aurait fait face à toute une troupe de Nordistes avec un égal aplomb à une autre époque.

Mais il n'était pas question qu'elle ait à affronter la perte de sa maison.

Dixon s'arrêta au feu qui venait de passer au rouge et réalisa tout à coup qu'il avait pris la direction du quartier où vivait Kate. « Comme un pigeon voyageur qui retourne à son perchoir », songea-t-il, souriant intérieurement.

Mais, après sa confession du matin, Kate ne voudrait pas le voir. Il n'aurait jamais dû se laisser aller à tout lui dire de cette façon. Il s'en voulait encore. Et la seule chose raisonnable à faire à présent était de la laisser tranquille…

Seulement, Kate était la seule personne qu'il désirait voir à cet instant. Non pas pour déposer son fardeau à ses pieds, mais simplement pour goûter quelques minutes de paix en sa compagnie, grâce à quoi, sûrement, il serait capable de retrouver le contrôle de lui-même.

La Volvo était garée dans l'allée, à l'ombre des érables. En traversant la pelouse, Dixon hésitait encore : était-ce ou n'était-ce pas une bonne idée ? Si elle était mauvaise, il la regretterait peut-être amèrement plus tard…

Au milieu de l'après-midi, le mardi, Trace poussa la porte des toilettes des garçons et s'arrêta net. Sal Torres était devant un lavabo, en train de se laver les mains. Trace hésita à faire demi-tour, puis décida qu'il n'allait pas se laisser chasser des toilettes par un sale Hispano.

Torres était encore là lorsqu'il s'approcha à son tour des lavabos. Il lui lança un sourire narquois dans le miroir et railla :

142

— On dirait que ça ne pouvait pas attendre, hein ?

— Tu te trouves au même endroit, non ?

— Ouais, mais tu vois, la différence, c'est que certains ont des choses à faire après les cours. Vous, les gosses de Blancs, vous n'avez pas besoin de travailler pour avoir quelque chose dans votre assiette.

— Forcément, vous êtes pas fichus de garder un boulot plus de deux semaines ! C'est pour ça que mon père a viré le tien. Il peut pas se permettre de garder un type qui vient travailler un jour sur deux.

Torres se tourna vers lui.

— Qu'est-ce que tu veux dire ?

— Tu m'as très bien entendu. Ton père a été viré parce qu'il arrivait soûl au travail — quand il y allait, ajouta-t-il en haussant les épaules. Tel père, tel fils.

— Tu devrais m'expliquer quelque chose, reprit Torres en déchirant une serviette en papier pour se sécher les mains. Comment est-il possible que Kelsey et toi soyez de la même famille ? Ta sœur est un être humain, alors que toi…

Il laissa tomber la serviette dans la poubelle, se dirigea vers la porte, et acheva en se retournant :

— … tu es la fange au fond d'un marécage.

Trace regarda Torres partir, interloqué. « La fange ? » Qu'est-ce que c'était que cette insulte stupide ?

Kate sursauta en entendant retentir la sonnette. Elle n'attendait personne cet après-midi — du moins, elle ne pensait pas. Il est vrai que, depuis sa rencontre de la matinée avec Dixon, elle se sentait comme légèrement hébétée. En remontant du sous-sol, elle jeta un coup d'œil au calendrier scotché sur la porte du frigo. Rien aujourd'hui. Peut-être s'agissait-il d'un représentant ou d'un enfant qui vendait des billets de loterie.

— Dixon ?

Sa vue lui coupait toujours le souffle. Mais elle reconnut à peine le gentleman raffiné qui se tenait sur le seuil de sa porte, en costume sombre, parfaitement coupé, chemise blanche et cravate grise, les cheveux soigneusement lissés en arrière et chaussé de mocassins à pompons.

— Hello, Kate !

Ah, mais sa voix était la même, une voix de baryton, basse et profonde, au travers de laquelle on reconnaissait l'homme du Sud ; et son regard marron souriait, comme toujours, quoiqu'elle crût y discerner une sorte de dureté qui la surprit. Ses lèvres aussi étaient étonnamment figées…

— Que se passe-t-il ? s'enquit-elle, alarmée malgré elle.

— Je peux entrer ?

— Oh, bien sûr.

Elle recula pour le laisser passer.

— Viens t'asseoir. Je vais aller te chercher quelque chose à boire. Un thé glacé ?

— Ce serait merveilleux.

Il lui paraissait, bizarrement, à la fois à cran et très las.

Elle remplit deux grands verres et les apporta dans la grande pièce, avec une assiette de biscuits au citron.

— Assieds-toi près de la fenêtre. Je vais tirer un peu les rideaux. La lumière est presque trop vive en cette saison.

Une fois qu'elle fut à court de choses à faire, elle se tourna vers lui. Il ne buvait ni ne mangeait, était simplement assis là, dans le petit canapé en osier, et la regardait.

Déconcertée par son mutisme, elle s'assit près de lui et prit ses mains.

— Que se passe-t-il, Dixon ?

— Je suis désolé. Je n'aurais pas dû te déranger, mais…

Elle posa un doigt sur sa bouche.

144

— Quelqu'un m'a donné un conseil tout récemment : arrête de t'excuser. Dis-moi simplement ce qui ne va pas.

Dixon sourit contre le bout de son doigt, puis embrassa celui-ci.

— D'accord. Bon, après que le lustre en cristal a été cassé ce matin...

— Celui du hall ? Oh, non ! Mais comment ?

— Un des gars l'a heurté avec des planches.

— Oh ! C'est vraiment désolant. Est-ce que miss Daisy l'a vu ?

— Elle aidait les ouvriers à nettoyer quand je suis parti.

— Et où allais-tu, ainsi vêtu comme un prince ?

— Je me suis lancé sur la piste de celui qui est à l'origine d'une injonction que j'ai reçue ce matin et qui me défend de poursuivre mes travaux.

— Un ordre du juge ?

Kate, après tout, était fille de juriste. Et elle en conclut immédiatement :

— L.T.

— J'en ai bien peur.

— Probablement de mèche avec le maire, son acolyte.

— Probablement.

— Je hais cet homme, fit-elle, les poings serrés sur ses genoux, réalisant soudain à quel point c'était vrai — tout au moins, à cet instant. Je le hais. Il n'agit que dans son propre intérêt et n'a aucun scrupule à faire du tort aux autres.

— L.T. ?

Elle leva les yeux vers Dixon.

— Eh bien, le maire aussi. Mais, oui, mon ex-mari.

Même si la procédure devait traîner pendant toute une année, elle était certaine à présent que jamais elle ne laisserait L.T. revenir dans sa vie. Même pour les enfants.

— Tu as de bonnes raisons pour ça, commenta Dixon.

145

Il soupira avant d'ajouter :

— Moi aussi.

— Je te trouve étrangement calme cependant, remarqua-t-elle en lui tendant son verre.

— Détrompe-toi. J'étais encore hors de moi quand je suis arrivé. Ça va mieux maintenant.

Il but une longue gorgée de thé et ferma les yeux un instant, la tête renversée en arrière.

— Qu'est-ce que tu vas faire ?

— Ignorer l'injonction. Continuer les travaux. Réfléchir à la meilleure façon de détruire LaRue.

— Dixon…

— Façon de parler, dit-il en souriant, les yeux toujours clos. Je dois seulement lui montrer qu'il ne gagnera pas cette fois-ci.

Il soupira, rouvrit les yeux et se redressa avant d'ajouter :

— Mais cela peut attendre demain. Je crois qu'il faut que tu ailles chercher les enfants, non ? Je ferais mieux de te laisser.

— En fait…, commença-t-elle avant de s'interrompre.

Etait-elle prête à prendre ce risque ? Qui sait ce qui pouvait se passer si elle lui disait la vérité ?

— Euh… Trace et Kelsey assistent aux cours prévus dans le cadre du programme de rééducation des jeunes délinquants ce soir. C'est Pete qui dirige ce projet.

— Le programme de rééducation, dis-tu ? Les enfants ont donc eu des ennuis assez sérieux le printemps dernier ?

— Oui. Chaque mardi, ils dînent donc chez Mary Rose, puis ils retournent ensemble au lycée. Mary Rose donne un cours de gestion, et Pete un cours de mécanique, avec l'aide de Sal. Enfin, bref… ce soir, je suis toute seule. Jusqu'à 22 heures, précisa-t-elle pour se rassurer.

La plupart des hommes auraient probablement laissé éclater leur joie, mais Dixon se contenta de se renfoncer dans son fauteuil et de suggérer d'une voix égale :

— Dans ce cas, ça ne te dérange pas si je m'attarde encore un peu ?

Kate se détendit.

— Bois ton thé. Mange des cookies. Il faut que j'aille charger le sèche-linge, dit-elle, posant sa main sur son genou pour se lever. Je reviens dans un petit moment.

— Très bien.

Lorsqu'elle revint quelques minutes plus tard, Dixon était profondément endormi. Il avait desserré sa cravate, mais n'avait pas ôté sa veste. Elle l'observa un moment, puis le laissa au calme dans la demi-pénombre du séjour tandis qu'elle retournait à ses occupations, le cœur incroyablement léger. Sentir sa présence dans la maison l'apaisait, la rassérénait d'une manière tout à fait nouvelle ; c'était si différent de la présence d'un adolescent maussade ou revendicateur, ou d'un mari stressé, impatient, prêt à vous reprocher la moindre erreur. Grimper les marches ne lui coûtait aucun effort cet après-midi. Elle rangea le linge dans les armoires, mit un peu d'ordre ici et là, puis décongela deux steaks, prépara une salade et mit des pommes de terre au four pour le dîner — avec plus d'allant à faire la cuisine qu'elle n'en avait eu depuis longtemps.

Puis elle regrimpa à l'étage pour se recoiffer et enfiler un chemisier, et prit deux minutes pour appeler miss Daisy.

— Je voulais vous dire que Dixon était chez moi. J'espère qu'il restera dîner. A moins que vous n'ayez projeté quelque chose ?

— Oh, non, ma chère. Je serai très contente de dîner d'un sandwich et de me coucher tôt.

Sa voix était un peu lasse.

— Dixon m'a parlé du lustre du hall. C'est tellement dommage.

— Oui, c'était un de nos trésors, dit miss Daisy d'un ton de regret avant de marquer une longue pause. Mais ce n'était que du verre, après tout. L'important est que Dixon soit de retour. Vous voir tous les deux, regarder rire vos enfants lorsqu'ils passent un moment ici... voilà les vrais trésors de la vie.

— Miss Daisy, vous êtes vous-même un trésor. Je vous renvoie votre petit-fils avant 22 heures. Il a besoin d'une bonne nuit de repos.

— Bonsoir, ma chère.

Kate était dans la cuisine en train de faire des biscuits lorsque Dixon la rejoignit.

— Quel paresseux je fais, hein ? dit-il, adossé contre le chambranle.

Elle se retourna et lui sourit. Il était tout décoiffé et ses yeux étaient encore ensommeillés.

— Tu as bien le droit de t'arrêter de temps en temps. J'espérais que tu resterais dîner. Pour une fois, je serais contente que quelqu'un s'occupe des steaks à ma place. Un ancien cow-boy comme toi doit tout savoir sur la façon de les cuire.

— J'en sais davantage sur les bœufs lorsqu'ils ont encore leurs pattes, mais je crois que je me débrouillerai, répliqua-t-il en s'avançant dans la pièce. Est-ce que je peux t'aider à autre chose ? Tu fais des biscuits ? Moi qui croyais que seule miss Daisy refusait de manger des biscuits achetés.

— A vrai dire, j'en achète. Mais comme j'avais un peu de temps, et que c'est une occasion spéciale..., dit-elle en se sentant rosir.

— Une occasion spéciale ?

Il s'approcha, posa sa main sur son épaule et la fit pivoter vers lui.

— Parce que je suis ici ? demanda-t-il.

Les mains pleines de farine, Kate n'osait pas bouger de peur de salir le costume de Dixon.

— Pour quoi d'autre ? fut-elle forcée d'avouer.

— Ah, Kate.

Il inclina la tête et embrassa son front, ses paupières, ses joues, et lorsque ses lèvres atteignirent sa bouche, il lui prodigua des

148

petits baisers tendres, délicats. Il n'y eut pas d'assaut passionné, pas d'étreinte fougueuse.

Et pourtant… lorsqu'il s'écarta d'elle, elle défaillait presque de désir. Elle sentait son corps vibrer, sa peau frissonner du désir de le caresser, de le serrer contre elle, de l'aimer.

— Euh…, dit-il, passant une main dans ses cheveux embroussaillés. Où puis-je me laver les mains avant de t'aider ?

— Dans l'entrée. Sous l'escalier.

— D'accord.

Quand il revint, il avait enlevé sa veste et sa cravate et avait roulé les manches de sa chemise blanche.

— A vos ordres, madame ! Où est le bœuf ?

Ils rirent tous les deux, se remémorant l'acteur qui prononçait ces mots dans une publicité télévisée qui avait eu beaucoup de succès autrefois.

Toutefois, cet éclat de rire ne les libéra pas tout à fait. Il subsistait une sorte de gêne entre eux, songeait Kate. Ils étaient seuls dans la maison. Et tous deux en étaient par trop conscients.

Lorsque Sal rentra du supermarché où il avait accompagné sa mère, tous ses jeunes frères et sœurs étaient rassemblés sous le pin devant la maison. Ils étaient simplement assis là et ne jouaient pas. La camionnette de Mano était garée le long du trottoir.

— Il doit être ivre, dit Sal en coupant le moteur. Quatre jours qu'il travaille et il boit de nouveau.

— Ne dis pas ça, dit sa mère. Il a commencé tôt ce matin, peut-être a-t-il voulu faire une sieste en rentrant et demandé aux enfants de ne pas faire de bruit.

Elle laissa échapper une faible plainte en sortant de la voiture.

— Je vais aller le voir. Tu veux bien rentrer les courses ?

— Oui.

Sal transporta les sacs d'épicerie dans la cuisine. La voix de Mano résonnait dans la maison :

— Mais non, bon sang, je ne me suis pas fait licencier !

Son articulation n'était pas très distincte. « Six bières, pensa Sal. Peut-être huit. »

— Mais ça revient au même, continuait à fulminer Mano. Ils ont apporté un papier, un truc officiel. On doit arrêter les travaux. D'un coup, comme ça. Plus de boulot. Peut-être il appellera, peut-être pas. Maudits wasps. Ils te donnent le travail d'une main et te le reprennent de l'autre.

Sal l'entendit tituber et heurter la table basse en se levant du canapé dans la pièce contiguë. L'instant d'après, Mano entrait dans la cuisine.

— Alors, on espionne, fils ? dit-il en se dirigeant vers le réfrigérateur d'où il sortit deux nouvelles canettes. Je parie que t'as plus de boulot non plus ? J'espère que t'auras appris quelque chose. On peut pas faire confiance à ces riches. Dès que le vent tourne, y'a plus personne ! Ils ne pensent qu'à leurs propres intérêts. T'as compris, fiston ?

Il était inutile de discuter.

— Oui, p'pa.

— Ça vaut aussi pour la petite p… avec qui tu sors.

Sal serra les poings.

— Ne l'appelle pas comme ça.

— Parce que tu crois que tu es le seul à qui elle fait les yeux doux ?

— Je le sais, répliqua Sal qui contenait sa rage tant bien que mal.

— Je t'aurai prévenu. Dès qu'elle en aura trouvé un autre, elle te tournera le dos, déclara son père en levant sa canette comme s'il portait un toast. Je te le garantis.

Sal jugea préférable de ne pas répondre et sortit de la pièce, claquant la porte derrière lui. Sa mère était assise dehors avec les petits, s'efforçant de leur changer les idées. Elle leva la tête lorsqu'il descendit les marches du porche.

— Salvadore ?

Il s'arrêta net en réalisant une fois de plus que cette femme, qui était sa mère, endurait une vie difficile sans jamais se plaindre, ne s'enfuyait pas à la première occasion… comme il avait eu l'intention de le faire. Comme son père le faisait en buvant bière sur bière.

Sal décida qu'il pouvait être au moins aussi courageux, aussi fort que sa mère.

— Je vais rester avec eux, dit-il à sa mère en lui tendant les deux mains pour l'aider à se relever. Tu peux aller faire le dîner, nous jouerons un peu dehors.

Elle le remercia d'un grand sourire.

— Merci, chéri. Ce ne sera pas long, dit-elle en s'adressant aux petits. *Arroz con pollo* pour tout le monde ce soir.

Les enfants applaudirent et Consuela, s'appuyant lourdement sur la rampe, gravit les quelques marches qui menaient au perron.

— Alors, à quoi joue-t-on ? demanda Sal en se tournant vers les petits : Jacques a dit ? Feu rouge, feu vert ? Un, deux, trois, soleil ?

— Ah, je voulais te dire, commença Kate comme Dixon l'aidait à remplir le lave-vaisselle, j'ai peut-être trouvé l'endroit que tu cherches pour tes chevaux. J'ai rencontré Jacquie ce matin, et elle connaît quelqu'un qui serait prêt à recevoir quelques animaux en pension.

Elle alla chercher son sac et en sortit une carte qu'elle lui tendit.

— Tiens, il s'agit de Phœbe Moss. Tu peux la joindre à ces deux numéros. Et Jacquie a ajouté que le sien était au recto, au cas où tu aurais besoin de faire ferrer tes chevaux.

151

— Jacquie a toujours été une fille pragmatique, remarqua Dixon en empochant la carte. Je me ferai un plaisir de faire appel à ses services. Et je vais appeler Phœbe Moss le plus tôt possible. J'aimerais vraiment ramener Brady et Cristal ici avant la fin de l'été.

— L'été ne s'achève pas avant octobre ici, mais je suppose qu'il commence à faire froid bien plus tôt dans le Colorado.

— Ah oui. Il neige parfois avant Halloween.

— Est-ce que le froid ne te manquera pas ?

— Je crois que je me passerai assez bien de devoir pelleter la neige dans l'allée chaque matin d'hiver, répondit-il en s'appuyant contre le plan de travail pendant que Kate donnait un dernier coup d'éponge sur l'évier.

— J'ai du mal à m'imaginer vivre dans une région engloutie sous la neige pendant des mois entiers. Nous allons skier une semaine chaque année… enfin nous allions, je ne sais pas si nous irons cette année, puisque L.T.…

Elle secoua la tête, se reprit :

— Pardon. Je ne voulais pas reparler de lui.

— Oublie ça, repartit-il en passant un bras autour de sa taille pour la conduire dans le séjour. Allons nous asseoir et admirer le coucher du soleil.

Elle rouvrit les rideaux et ils s'assirent chacun à une extrémité du canapé, face aux portes-fenêtres qui donnaient sur le jardin. Dixon pouvait sentir la tension de Kate comme si c'était la sienne. Il se tourna légèrement vers elle.

— Ces buissons à fleurs blanches, ce sont des myrtes, n'est-ce pas ?

— Oui.

Elle se tenait toute droite, le cou raide. Dixon étendit le bras sur le dossier et laissa ses doigts repliés effleurer son épaule.

— Et ces grandes tiges mauves ?

— De la sauge.

— Et les fleurs roses ?

— Des géraniums. Et je suis persuadée que tu sais tout ça étant donné l'amour que miss Daisy a toujours eu pour les plantes, dit-elle en le regardant enfin.

— Je n'avais pas reconnu la sauge. Mais c'est surtout que parler du jardin semble te faire du bien.

— Je ne suis pas très bonne comédienne, hein ?

— Je ne veux pas te mettre mal à l'aise, Kate.

— Ce n'est pas toi. C'est… la situation.

— Le fait que nous soyons seuls ?

Elle détourna la tête et acquiesça du menton.

— Il ne va rien se passer, Kate.

Il marqua une légère pause.

— Rien que tu ne veuilles.

Le soleil disparut soudain derrière la cime des arbres. Kate inspira profondément, puis le regarda de nouveau.

— C'est bien ça le problème. Je crains de vouloir… beaucoup. Peut-être trop.

— Tu ne pourrais vouloir trop de moi, Kate Bowdrey. Il n'y a rien que je ne voudrais t'offrir.

Dixon se rapprocha légèrement d'elle et posa sa main sur sa nuque.

— Que dirais-tu d'aller doucement, de nous donner le temps de voir où nos sentiments nous conduisent ? Tu pourras dire stop à tout moment.

Il tiendrait sa promesse même si celle-ci devait le tuer — ce qui pourrait bien arriver. Mais la confiance qu'il lut dans le regard doré de Kate valait tous les sacrifices.

— Pourquoi n'ai-je jamais réalisé à quel point tu étais merveilleux ? dit-elle.

Et avant qu'il ait pu répondre, elle se pencha vers lui et posa ses lèvres sur les siennes.

Embrasser Dixon était l'expérience la plus sensuelle que Kate ait connue… arômes de café et de chocolat — le gâteau qu'elle lui

153

avait servi comme dessert —, auxquels se mêlait une saveur qui était la sienne, quelque chose de chaud, de mystérieux, d'enivrant. Il se renversa sur l'accoudoir du canapé, et elle suivit sans hésitation. Il l'avait enlacée et promenait ses mains sur ses épaules, ses omoplates, glissant le long de sa colonne vertébrale jusqu'à sa taille. Pourtant il ne resserrait pas son étreinte. Elle était parfaitement libre de se dégager si elle le souhaitait.

Mais elle n'en avait aucun désir, au contraire. Elle se laissa aller sur lui de tout son poids, sentant ses seins s'écraser contre son torse, ses hanches se presser sur les siennes tandis que leurs bouches se cherchaient, mordillaient, se mélangeaient. Lorsqu'ils reprirent leur souffle, elle continua d'explorer de ses lèvres la texture de sa peau, effleurant sa joue, sa tempe, les muscles puissants de son cou.

— Ah, Kate, gémit-il, les doigts emmêlés dans ses cheveux. Tu ne peux pas savoir combien de fois j'ai rêvé de cet instant.

Il sentait la lessive, le savon et le musc. C'était si bon… Kate en voulait encore plus. Elle déboutonna sa chemise et glissa les doigts sur sa poitrine. Qu'il était doux ! et beau ! Elle s'agenouilla entre ses jambes et caressa lentement son torse ses côtes, son ventre. Il respirait fort, et son cœur cognait. Lorsqu'elle releva la tête, elle le vit qui l'observait, ses yeux sombres pleins de passion, ses lèvres encore gonflées de leurs baisers.

Elle perdit ensuite un peu pied tandis que l'obscurité envahissait la pièce et que le désir montait en elle. Son chemisier vola, suivi de son soutien-gorge, elle voulait sentir sa peau contre la sienne, sans obstacle. C'était une sensation si délicieuse… Les mains de Dixon sur son dos, sur ses seins… puis sa bouche…

Les caresses de Dixon se faisaient plus pressantes et Kate y répondait avec la même passion, le même besoin. Son destin était là, elle était faite pour aimer Dixon Bell.

C'est alors qu'une pensée surgit dans son esprit, comme un éclair soudain traverse un ciel d'azur : « Je suis mariée. »

En un instant, la température de la pièce tomba, son corps se raidit, le feu qui courait dans son sang s'éteignit. Le fait était inéluctable, elle était mariée.

Dixon releva la tête, cherchant son regard.

— Kate ?

— Je ne peux pas faire ça, dit-elle les yeux fermés — ce qui n'empêchait pas ses larmes de couler. Je suis désolée, je ne peux pas.

10.

— Ce n'est rien, Kate. Mon cœur, je t'en prie, ne pleure plus.

Elle ne paraissait pas vouloir — ou pouvoir — s'empêcher de pleurer. Ses sanglots étaient entrecoupés de bribes de phrases, mais il ne comprenait pas la moitié des mots qu'elle prononçait. Il crut entendre « lâche », « tourmenter », et aussi « désolée », à maintes reprises celui-ci. Il semblait qu'il n'y ait rien qu'il puisse faire, aussi se contenta-t-il de la tenir contre lui, la berçant doucement dans ses bras.

Le séjour était plongé dans une obscurité presque totale lorsqu'elle se calma enfin. Elle renifla, s'essuya les joues, soupira et murmura encore une fois :

— Je suis tellement désolée.

— Cent une, dit-il en l'embrassant sur le sommet de la tête.

— Quoi ?

— C'est la cent unième fois que tu dis que tu es désolée.

— Oh.

Comme il l'avait espéré, elle eut un petit rire.

— Mais je ne pense pas que cela soit encore suffisant, ajouta-t-elle aussitôt.

— Pourquoi devrais-tu être désolée ?

— Pour t'avoir... donné de faux espoirs, balbutia-t-elle.

— Pour m'avoir conduit plus près des portes de paradis que je ne l'ai jamais été ? dit-il doucement.

156

Elle s'assit et il la laissa s'éloigner de lui à contrecœur.

— Dixon, tu es si gentil. Mais je sais que ce n'est pas bien d'aller aussi loin et de…

— L'important, Kate, c'est d'être toujours sincère. Je t'ai dit que tu pouvais dire stop quand tu voulais.

— Mais je ne voulais pas, murmura-t-elle. Je devais. Je suis encore… mariée.

Comme si le mot même la rappelait à l'ordre, elle regarda autour d'elle, ramassa son T-shirt et son soutien-gorge et les tint devant elle.

— Je vais m'habiller, déclara-t-elle en se levant.

Lorsqu'elle revint de la salle de bains, Dixon avait rajusté sa chemise, retapé les coussins du canapé et allumé deux lampes. Kate lui sourit d'un air reconnaissant.

— Veux-tu que j'aille te chercher quelque chose à boire ? proposa-t-elle.

— Non, merci. Viens t'asseoir près de moi.

— Dixon…

— Je ne ferai rien, promis. Je veux juste te sentir près de moi.

Elle hésita une seconde, pressant ses lèvres l'une contre l'autre, puis se décida à le rejoindre dans le canapé.

— Voilà, fit-il en passant un bras autour de ses épaules. Pas si mal, hein ?

— Merveilleux. C'est bien ça le problème.

Il ne répondit pas, ne dit rien pendant un petit moment. De l'autre côté des portes vitrées, les lucioles exécutaient leur ballet nocturne. Graduellement, l'atmosphère s'allégea.

— Je te l'ai déjà dit, et je suis prêt à te le redire aussi souvent qu'il le faudra, finit-il par dire. Il n'y a rien que tu puisses faire pour changer mes sentiments envers toi. N'importe quel gars raisonnable aurait laissé tomber le jour où tu m'as rejeté au lycée. Mais, apparemment, je ne suis pas un gars raisonnable.

— Quel jour ? De quoi parles-tu ?

Il haussa les épaules.

— Tu vois, tu ne t'en souviens même pas alors que tu as changé le cours de mon existence.

— Arrête ça ! dit-elle en lui donnant une petite bourrade dans le bras. Dis-moi plutôt à quoi tu fais allusion.

— A la fin de notre dernière année de lycée, tu as rompu avec ton petit ami, Ryan Kingman, je crois. C'était à peu près trois semaines avant les examens finaux. J'avais donc pensé que tu n'avais pas de cavalier pour le bal de fin d'études et que c'était peut-être le moment de tenter ma chance. Je t'ai trouvée à la bibliothèque ce jour-là. Tu étais toute seule. Tu cherchais des livres pour un compte rendu de biologie sur les vers de terre.

— Sujet palpitant s'il en est, remarqua-t-elle avec ironie.

— J'ai attrapé pour toi deux livres sur l'étagère la plus haute, continua-t-il, et te les ai tendus. Et dans la foulée, j'ai demandé : « Tu veux venir au bal avec moi ? » Peut-être ai-je parlé trop vite, ou trop bas, je ne sais pas. Toujours est-il que tu as coché les livres sur ta liste, puis tu m'as remercié pour mon aide en souriant, et tu es partie, me clouant là, avec ce que j'ai évidemment pris pour un refus.

— Je ne t'ai même pas remercié de ton invitation ?

Kate porta ses mains à son visage.

— J'ai tellement honte. Tu as dû être affreusement blessé !

— Assez pour enfermer ma mortification et mon cœur brisé dans un sac à dos et fuir New Skye pendant dix ans. Mais je ne t'ai jamais oubliée. Je n'ai jamais cessé de t'aimer.

Elle resta assise, le visage caché dans ses mains, sans rien dire. Dixon attendit un moment, mais elle n'était visiblement pas prête à partager ses pensées avec lui.

Libérant son bras de derrière ses épaules, il se leva. Elle releva la tête et esquissa un sourire.

— Il est presque 10 heures. Je crois que je vais partir avant que les enfants rentrent. Non, ne bouge pas. Reste assise et je continuerai d'être sage.

Un baiser aurait été agréable, mais risqué. Aussi se contenta-t-il de passer une main sur sa joue avant de se détourner.

Dixon referma silencieusement la porte derrière lui et rejoignit sa voiture en s'efforçant de se concentrer sur le parfum des chèvrefeuilles et le cricri des sauterelles pour éviter de penser à la tension de son corps, ou aux larmes de Kate. Ce qui aurait dû les rendre heureux semblait ne leur causer que de la peine. Un esprit résolu et un cœur plein d'amour suffiraient-ils à tout arranger ?

Trace sut que quelqu'un était venu à la minute même où il franchit la porte. Il y avait quelque chose dans l'air… pas un parfum, non, ni une odeur d'after-shave…

Puis il vit la veste et la cravate sur la chaise du hall.

Kelsey monta directement à sa chambre ; elle boudait parce que Torres n'était pas venu au cours ce soir-là, et ne lui serait donc d'aucune utilité. Kate vint embrasser Mary Rose, puis toutes les deux disparurent dans la cuisine pour bavarder : rien d'inhabituel à ça.

Seulement il y avait cette veste et cette cravate…

Lorsqu'il les souleva, la cravate grise glissa sur l'assise du siège. Le vêtement ne pesait rien, ce qui lui parut étrange, étant donné ses dimensions. La veste était trop grande pour appartenir à son père. Et son grand-père — enfin, le père de Kate — ne l'aurait jamais oubliée derrière lui. Quel autre homme avait pu rendre visite à Kate ?

Dixon Bell, évidemment.

Trace reposa la veste sur la chaise, pliée en deux, comme il l'avait trouvée. Il avait faim, mais il n'avait pas envie d'entrer dans la cuisine où Kate et Mary Rose feraient semblant de ne pas être dérangées alors qu'elles mourraient d'envie de reprendre la conversation qu'elles auraient interrompue, au sujet de Dixon, bien sûr. Il préférait encore se priver de nourriture. Et monter se coucher.

Mais comme il reposait, étendu sur son lit, les yeux fixés au plafond, il se reprit à penser à l'avenir. Certes, il aimait bien Dixon Bell. Kate allait-elle l'épouser ? Mais il fallait d'abord qu'elle divorce. Elle leur avait expliqué, à lui et à Kelsey, qu'en Caroline du Nord, la loi imposait un délai d'un an avant de prononcer officiellement le divorce. Ce qui leur laissait dix mois.

Dix mois, et ensuite ? Même si Dixon l'avait invité à jouer au basket avec ses amis, pourquoi irait-il s'encombrer de deux ados qui n'étaient pas les siens ? Qui n'étaient même pas les enfants de Kate ? Kate allait-elle quitter définitivement la maison et son père revenir avec sa bimbo ?

A cette évocation, Trace ferma les yeux. Il aimait son père, mais il s'était habitué à vivre sans lui. Plus de regard froid lorsqu'il rapportait un B en maths, plus d'explosion de colère au petit déjeuner ou au dîner parce que ses baskets traînaient sur le carrelage de la cuisine. La maison était toujours rangée, mais pas aussi parfaitement que lorsque son père était encore là ; et c'était beaucoup plus vivable.

Si Kate partait, ce n'était pas la nouvelle compagne de son père qui les protégerait, lui et Kelsey, des excès de celui-ci. Trace se demandait s'il ne préférerait pas encore aller en pension, dans une de ces écoles à la discipline militaire dont on menaçait les adolescents rebelles, plutôt que de revivre au quotidien avec son père.

— Merci d'avoir gardé les enfants à dîner, dit Kate à sa sœur en la raccompagnant à la porte. Et donne le bonsoir à Pete.

— Promis.

Mary Rose la regarda de nouveau avec insistance.

— Tu es sûre que tu vas tout à fait bien ?

— Certaine, répondit Kate, qui ne lui avait pas parlé de la visite de Dixon. Allez, va retrouver ton mari.

Elle la poussa légèrement en direction de l'escalier, puis la regarda s'éloigner dans sa petite Porsche rouge. Lorsqu'elle eut disparu au coin de la rue, elle referma la porte et éteignit la lampe du perron. Après quoi, comme de coutume, elle fit le tour du rez-de-chaussée, vérifiant les fenêtres, la porte de derrière, rangeant machinalement un livre, ramassant un magazine…

Parvenue dans le coin salon de la grande pièce, elle sentit ses genoux mollir et tomba assise dans le fauteuil qui faisait face au canapé. Cela semblait incroyable… ce qui s'était passé en une seule journée… Le matin, Dixon lui déclarait qu'il voulait l'épouser, et le même soir, ils faisaient l'amour — ou en tout cas, il s'en était fallu de peu — au beau milieu du séjour. Seul le fait de s'être souvenue, tardivement, et avec quelle amertume, qu'elle appartenait encore officiellement à un autre homme l'avait arrêtée.

« Appartenait »… Comme si elle était la propriété de quelqu'un, un bien que l'on pouvait acheter, vendre, troquer. Qu'était-il advenu de Kate Bowdrey en tant que personne ? Avait-elle jamais existé ?

Le « bébé de sa maman », la « petite fille de papa », puis la fille de l'avocat John Bowdrey, future juriste elle-même. La major de promo de New Skye House High School. La femme de L.T. LaRue, la mère de Trace et Kelsey.

Quand s'était-elle divertie, avait-elle travaillé, vécu pour elle-même ? Le mot « jamais » lui traversa l'esprit.

Kate ferma les yeux et laissa aller sa tête contre le dossier. Elle n'allait pas prétendre être une victime, non. Elle aimait l'idée de faire partie d'une communauté, d'appartenir à une famille, de savoir d'où elle était.

Au printemps dernier, Mary Rose l'avait soutenue lorsqu'elle s'était opposée à son père et à L.T. Mais elle ne pourrait pas se reposer toute sa vie sur sa sœur.

Ni sur Dixon. Oh, il n'y verrait aucun inconvénient bien sûr. Il était assez fort pour deux et la laisserait s'appuyer sur lui aussi souvent, ou aussi longtemps qu'elle le voudrait.

Mais ce n'était pas le genre de femme que Dixon méritait. Et, ce qui était peut-être plus important, ce n'était pas non plus le genre de femme que Kate désirait être. Aimer Dixon signifiait lui donner le meilleur d'elle-même.

Savoir cuisiner, avoir un petit talent pour choisir des tissus, ce n'était pas assez. Organiser des fêtes à l'école, des ventes de charité, était sans doute utile, estimable, mais était-ce ce qu'elle pouvait faire de mieux ?

« Dis-moi ce que tu veux faire de ta vie et nous ferons en sorte que tu puisses atteindre ton objectif », avait-il dit.

Que voulait-elle faire de sa vie ?

Le vrai problème, s'avoua-t-elle avec abattement, c'était qu'elle n'en avait pas la moindre idée.

L.T. attendit que la femme qui était couchée près de lui s'endorme pour se lever, se rhabiller et sortir. Mélanie était une gentille fille — pas vraiment intelligente, mais enthousiaste au lit —, et elle ne lui infligeait pas ces silences réprobateurs dont Kate était coutumière. Il ne savait jamais vraiment où il en était avec elle. Elle lui donnait toujours l'impression qu'il avait oublié de dire ou de faire quelque chose. Quelque chose d'important.

A 2 heures du matin, les rues de New Skye étaient désertes. Une fois dans son bureau, il s'assit devant son ordinateur et parcourut ses comptes. Les chiffres n'avaient pas changé depuis le matin bien sûr. LaRue Construction était au bord de la faillite. Tout ce pour quoi il avait travaillé serait bientôt vendu par le tribunal de commerce pour rembourser ses dettes, devant ses ennemis — et il en avait beaucoup —, qui se frotteraient les mains.

Et le premier d'entre eux serait Dixon Bell. Jimmy Hyde lui avait rapporté leur conversation au sujet de l'injonction. Ni le juge, ni le maire, ni L.T. ne s'étaient attendus à ce que Bell suspende ses travaux ; cela avait été plus un avertissement qu'autre chose. Et selon toute probabilité, Bell aurait gain de cause en appel. Mais d'une façon ou d'une autre, L.T. mettrait la main sur ce terrain. Le projet de construction de logements sociaux à Magnolia Cottage sauverait son entreprise de la ruine. Et ce n'était pas M. Dixon Bell qui l'en empêcherait.

Non, il n'aurait pas LaRue Construction, même s'il couchait avec sa femme. En passant devant la maison dans la soirée, il avait vu son 4x4 métallisé garé dans l'allée. Les enfants suivaient ce stupide programme de réhabilitation le mardi soir, par conséquent Kate devait être seule avec lui. Qui était-elle pour le critiquer *lui* ?

Et les enfants ? L.T. était conscient de s'être mal comporté vis-à-vis d'eux. Il ne pouvait pas leur expliquer qu'il avait eu besoin de se sentir libre une fois avant que la vie ne le broie comme une vulgaire canette d'aluminium. Il avait quarante ans, bon sang, et il travaillait depuis son adolescence, économisant pour payer ses études — Dieu savait combien ses parents se moquaient qu'il aille ou non à l'université —, et pour monter, plus tard, sa propre société. Il s'était marié trop vite, et sa première femme avait été plus déloyale qu'il ne le serait jamais. Elle avait disparu en emportant toutes ses économies, lui laissant deux bébés sur les bras. Kate au moins avait été une bonne mère pour eux. Trop souple certes, trop encline à excuser leurs fautes, mais elle s'était toujours occupée d'eux. Et sa famille l'avait aidé à démarrer son entreprise.

L.T. éteignit l'ordinateur et se frotta le visage. John Bowdrey ne serait pas ravi de perdre son investissement, et moins ravi encore d'être publiquement mis en cause si certaines tractations peu régulières étaient dévoilées.

Un verre de whisky à la main, L.T. alla à la fenêtre et regarda le jour poindre. Il devait absolument mettre la pression sur Bell et sa grand-mère.

Dixon Bell n'aurait qu'à se consoler en pensant qu'il faisait son devoir de citoyen en leur venant en aide à tous.

Dixon travailla seul toute la journée du mercredi à abattre le reste du mur dans la future salle de bains. Lorsque miss Daisy fut partie se coucher, Dixon s'assit sur une marche au bas du grand escalier et appela Kate.

— Comment vas-tu ?

— Ça va, répondit-elle un peu mollement, à la satisfaction de Dixon qui se dit qu'elle commençait à se rendre compte qu'elle pouvait se montrer sincère plutôt que courtoise. Tu as oublié ta veste et ta cravate.

— Ah, je ne m'en étais même pas rendu compte. Cela montre bien que je ne suis guère habitué à porter un costume.

Kate ne rit pas.

— C'est Trace qui les a trouvées dans le couloir et qui me l'a dit. Il semblait un peu perplexe.

— Il se demande probablement ce qui arriverait si tu avais une relation avec un autre homme que son père.

Elle ne répondit pas.

— Tu sais que cela ne pose aucun problème, hein ? Pour moi, Trace et Kelsey font partie intégrante de ta vie, de ce que tu es. Je n'envisagerai jamais les choses autrement.

— Je savais que tu dirais ça. Le problème est de les convaincre.

Elle soupira et Dixon, pensant que ce n'était pas le genre de conversation qu'on pouvait avoir au téléphone, préféra l'écourter.

— Ecoute, je voulais seulement savoir comment tu allais et te dire que je pensais à toi, mais il est tard et nous devrions peut-être tous les deux aller nous reposer.

— Peut-être.

Ils se dirent bonsoir, et Dixon raccrocha, moins sûr de lui, moins optimiste qu'il ne l'avait été depuis qu'il avait lu la lettre de miss Daisy en mars.

*
* *

Sal n'avait pas eu l'intention d'éviter Kelsey à l'école. Mais il semblait qu'ils ne faisaient que se croiser sans se rencontrer. C'était ce qu'il se disait en tout cas. Et ce qu'il lui dit lorsqu'elle l'intercepta finalement le vendredi après-midi, durant la dernière pause de la journée.

— Que se passe-t-il ? Je ne t'ai pas vu, ni même parlé depuis dimanche. Est-ce que j'ai fait quelque chose ?

— Non, *querida*. Pas du tout.

Il caressa son bras nu, puis jeta un coup d'œil alentour avant de l'embrasser rapidement.

— C'est… compliqué, ajouta-t-il.

— Quoi ?

— A la maison. C'est un peu dur en ce moment.

— Mais je croyais que ton père travaillait de nouveau. Pour M. Bell.

— Il s'est passé quelque chose mardi, et il a été débauché. Ils l'ont tous été en fait.

— Et, il…

— Oui.

Il était inutile d'expliquer que son père s'était remis à boire. Kelsey connaissait l'histoire, et elle savait pour quelle raison il ne l'invitait jamais chez lui.

— Je suis désolée, dit-elle en posant sa main sur son bras. Mais c'est notre dernier jour de cours aujourd'hui, nous allons pouvoir nous voir beaucoup plus, hein ?

La cloche sonnait déjà.

— Sûrement, répondit-il bien qu'il ne voulût rien promettre.

— Tu travailles chez M. Bell demain ?

— Je pense que oui.

— Alors je te verrai là-bas.

Sal retourna à sa classe, se sentant mieux qu'il ne s'était senti toute la semaine, quand Trace l'apostropha au détour d'un couloir :

— On dirait que tu cherches les ennuis.

— Je meurs de trouille, rétorqua-t-il.

— Mon père va te botter les fesses lorsqu'il va savoir que tu continues à tourner autour de ma sœur.

— Qu'il essaie.

— Pourquoi tu ne nous rends pas service à tous en restant avec tes copains hispanos ?

— Et toi en tombant raide mort ?

Trace attrapa le col de la chemise de Sal et leva son poing serré. Sal n'attendit pas le coup et lui envoya un crochet à l'estomac. Trace se plia en deux, puis passa un bras derrière les genoux de Sal. Tous deux roulèrent à terre.

Ils luttaient au sol depuis deux ou trois minutes, chacun essayant d'assurer sa prise pour frapper l'autre, quand le principal et le moniteur de sport intervinrent et les séparèrent.

— Ça suffit, fit le moniteur en plaquant Sal contre le mur. J'ai dit, ça suffit.

De l'autre côté, le principal tenait fermement Trace par le bras.

— Dans mon bureau, tous les deux ! rugit-il. Si ce n'était pas le dernier jour de cours, je vous assure que vous l'auriez payé cher. Est-ce que tu n'as pas eu assez de problèmes comme ça cette année, ajouta-t-il en secouant Trace par l'épaule. Est-ce qu'il t'arrive de réfléchir ?

Evidemment, Mme LaRue arriva au lycée dans le quart d'heure qui suivit, et évidemment ni l'un ni l'autre des parents de Sal n'étaient présents lorsque le principal les appela. Sal devait aller rechercher sa mère à son travail, et qui savait où se trouvait Mano ? Qui s'en souciait ?

Sal supporta patiemment le sermon que lui fit le principal sur les règles à respecter en société. Il affecta une mine contrite, prononça les excuses attendues — sans en penser un mot —, et approuva du chef aux moments opportuns.

166

Et lorsque, enfin, il put s'échapper, il appela Ricky Feliz. Les Lobos avaient un travail à faire.

Quand la sonnerie du téléphone retentit le vendredi soir, Kate forma le souhait d'entendre la voix chaleureuse de Dixon à l'autre bout du fil.

— Qu'est-ce qui se passe encore ? J'ai reçu un appel de Floyd qui dit que Trace s'est battu à l'école aujourd'hui.

C'était L.T., furieux. Kate s'assit à la table de la cuisine, et appuya sa tête sur son poignet.

— Oui. Avec Sal Torres.

— A quel propos ?

— Il n'a pas voulu en parler.

— Qu'est-ce qui lui a pris ? Je lui ai pourtant souvent dit de ne pas se battre au lycée.

— Il ne devrait pas se battre du tout, L.T. !

— Un homme doit parfois savoir s'imposer pour défendre ses idées. Enfin… je voulais aussi te dire que je passerai chercher les enfants de bonne heure demain. Nous passerons la journée ensemble, à la plage peut-être.

— Trace et Kelsey ont quelque chose de prévu l'après-midi.

— Eh bien, ils peuvent sûrement se décommander.

— Ils se sont engagés à travailler chez… un ami. Il les paye, L.T., et ne s'attend pas à ce qu'on lui fasse faux bond. Est-ce que tu ne pourrais pas les prendre dimanche ?

— Parce que je suis supposé réorganiser ma vie de façon à ce que mes enfants puissent gagner quelques malheureux dollars, tu plaisantes, sans doute ?

— Ils acquièrent le sens des responsabilités, tu ne peux rien objecter à ça.

Etant ce qu'il était, L.T. pouvait et il le fit. Il finit néanmoins par concéder :

167

— Bon, je viendrai les chercher dimanche. A moins que tu ne me dises qu'ils doivent aller à l'église.

Elle aurait préféré qu'ils l'accompagnent en effet, mais pensa que c'était maintenant à elle de faire une concession.

— Je m'assurerai qu'ils soient prêts à 9 heures. Ça ira ?

— Il le faudra bien, non ? fit-il avant de raccrocher brusquement.

Kate reposa le combiné et resta là à le fixer en se demandant si L.T. avait toujours été un tel mufle, ou si c'était leur vie commune qui l'avait radicalement transformé.

Le samedi promettait d'être une journée humide, comme les précédentes, mais lorsque, au début de l'après-midi, Sal et Trace se retrouvèrent face à face devant Magnolia Cottage, tout le monde eut l'impression que la température fraîchissait. Dixon regarda les garçons l'un après l'autre, mais aucun d'eux ne dit un mot. Puis il tourna les yeux vers Kate.

— Ils se sont battus à l'école hier, dit-elle d'une voix lasse.

Il était clair qu'elle ne restait pas. Elle portait une robe verte, près du corps, et des chaussures à talons hauts. Dixon eut soudain la vision d'un sorbet au citron vert dans lequel on croque avec délices par un jour de chaleur.

— Tout ira bien, assura-t-il. Sal travaille près de la route en ce moment. Trace, tu peux retourner où tu as commencé l'autre jour.

Haussant les épaules, Trace ramassa quelques outils et se dirigea vers le garage. Sal lui jeta un regard de mépris, secoua la tête, puis se tourna vers Kelsey en souriant.

— Tu viens ? lui dit-il.

Mais Kelsey, les bras croisés et le menton levé, déclara :

168

— Vous vous conduisez tous les deux comme des gamins et je ne veux rien avoir affaire avec vous. Y a-t-il un endroit où je puisse travailler toute seule ? ajouta-t-elle à l'adresse de Dixon.

Il réussit à garder son sérieux.

— Je pense que le parc est assez grand. Il y a tout un champ de mauvaises herbes derrière la maison, ça t'irait ?

— Parfait. A tout à l'heure, Kate.

Sal regarda Kelsey s'éloigner, visiblement désorienté, puis s'en fut à son tour.

— Si Trace te cause des ennuis…, commença Kate.

Elle ferma les yeux, soupira.

— Je ne sais pas… Pends-le par les pieds à l'arbre le plus haut et je le libérerai quand je reviendrai.

Dixon réussit à se planter devant elle avant qu'elle ait eu le temps d'ouvrir la portière de sa voiture et de s'échapper.

— On dirait que tu as une sortie ?

Elle fixait le trousseau de clés dans sa main.

— Je suis invitée à l'anniversiare d'une amie.

— Ce devrait être sympathique.

— Sûrement.

Dixon ne pouvait supporter ça plus longtemps. Il releva son menton pour la forcer à le regarder.

— Kate, je n'ai jamais eu l'intention de te rendre malheureuse. Si ma présence a cet effet sur toi, dis-le-moi. Je peux être parti dans une heure.

— Non, fit-elle en saisissant son poignet. Non, je ne veux pas que tu t'en ailles. S'il te plaît, non.

— Chut… Je suis là, je ne partirai pas.

Elle relâcha son bras.

— Je ne suis pas malheureuse, seulement troublée. Il y a tant de choses à prendre en compte, et puis… Trace. Je crois que j'ai besoin d'un peu de temps.

— Prends tout le temps que tu voudras.

Il se pencha et l'embrassa sur le nez en disant :

— Je ne vais pas gâcher ton maquillage… pas tout de suite.

— Bonne idée, repartit-elle, lui souriant enfin.

Rasséréné, Dixon recula d'un pas et la laissa partir. Longtemps après que la Volvo eut disparu, il regarda la poussière de l'allée retomber lentement dans l'air humide.

11.

La réception était donnée en l'honneur de l'anniversaire de Kellie Tate, la femme du maire, dans la spacieuse et élégante maison de son amie, Jessica Hyde. Kate aurait préféré être à peu près n'importe où ailleurs que là, mais elle avait accepté l'invitation des semaines auparavant. Et elle n'avait aucune excuse pour y échapper. Hormis la lâcheté.

Ses « amies » ne la déçurent pas. Lorsqu'elle entra dans le salon où toutes ces dames étaient réunies, il y eut un silence gêné, une sorte de flottement. Kate ne se départit pas de son sourire, mais elle tremblait à l'intérieur.

— Kate, comment vas-tu ? s'enquit Jessica en l'embrassant, dans un effluve de Chanel. Je commençais à me demander où tu étais. Laisse-moi te débarrasser, continua-t-elle en lui prenant son cadeau des mains. Kellie est dans la salle à manger, va donc lui dire bonjour et sers-toi à boire et à manger pendant que tu es là-bas.

Kate se retrouva bientôt au côté de Candie Scot, la mère d'un des amis de Trace, à l'extrémité d'une file de femmes plus ou moins jeunes qui attendaient leur tour pour complimenter Kellie.

— Bonjour, ma chère, dit Candie, précédée elle aussi par une fragrance capiteuse.

Chanel encore, le parfum de rigueur cette saison, semblait-il.

— N'est-ce pas merveilleux ? Jessica a vraiment le chic pour donner un air de fête à une pièce.

Elles contemplèrent un moment la sculpture de glace représentant un cheval cabré au centre de la table. Kellie Tate était un membre actif du club d'équitation.

— J'ai entendu dire que Trace avait eu quelques problèmes à l'école vendredi. Je suis si contente que Bo se soit calmé. J'ai vraiment cru mourir lorsque la police est venue nous avertir de cette alerte à la bombe le printemps dernier. Où les garçons peuvent-ils trouver des idées pareilles ?

Kate ne jugea pas utile de proposer les hypothèses de réponses qui lui traversèrent l'esprit ; Candie n'avait jamais eu besoin d'interlocuteur pour lui donner la réplique. D'ailleurs, elle poursuivait déjà :

— Et tu vas redécorer Magnolia Cottage pour miss Daisy et son petit-fils ? Tu es la plus entreprenante de nous toutes. Mais je crois qu'ils ont eu quelques problèmes, non ? L'administration est si tatillonne parfois. Dixon n'avait peut-être pas rempli les papiers avec toute la minutie nécessaire. Oh, Kellie ! s'exclama-t-elle comme elles avaient fini par se rapprocher du buffet à côté duquel se tenait Kellie Tate. Bon anniversaire, chérie. Tu n'as pas l'air d'avoir plus de vingt ans. N'est-ce pas, Kate ?

— Absolument. Heureux anniversaire, Kellie.

— Merci, merci beaucoup.

Le timbre de sa voix était chaleureux, mais l'expression de son visage l'était infiniment moins. Elle continuait cependant :

— Je suis contente que tu aies pu venir. Nous savons combien tu es occupée ces temps-ci avec la rénovation de Magnolia Cottage.

— Je ne fais que donner des conseils pour l'instant. C'est Dixon qui s'occupe des travaux. Mais il semble bien en effet qu'il doive attendre qu'une audience ait lieu pour savoir s'il pourra ou non poursuivre la rénovation. Merci, Jess, ajouta-t-elle en tournant la tête vers Jessica qui lui tendait une assiette garnie de sandwichs et de fraises enrobées de chocolat.

— Jimmy m'a dit que Dixon lui avait rendu visite et qu'il ne s'était pas montré très coopératif, reprit Jessica tout en servant un verre de punch à ses invités.

— Il n'envisage tout de même pas d'enfreindre la loi ? s'offusqua Kellie en observant Kate, les yeux écarquillés.

— Je crois que Dixon pense qu'il a le droit d'embellir une maison et un terrain qui appartiennent à sa famille depuis des générations.

— Il ne pense pas beaucoup au bien de la communauté, n'est-ce pas ? remarqua Candie, agitant un sandwich au concombre au bout de ses ongles vernis. C'est vrai, une seule famille vit dans cette maison, alors qu'on pourrait loger une centaine d'entre elles sur un terrain aussi vaste.

— Exactement, approuva Kellie. Notre ville manque de logements.

— D'appartements luxueux à cinq cent mille dollars ? dit Kate.

— Non, bien sûr que non, dit Candie, avant d'enfourner son sandwich, puis de reprendre. J'ai cru comprendre que L.T. avait proposé ses services à la mairie pour réaliser une ensemble de logements sociaux. Tu me surprends beaucoup, Kate. C'est ton mari qui mènerait ce projet et tu ne sembles pas le soutenir.

Jessica, nul doute, n'avait attendu que cette occasion.

— Ah, mais tu as oublié que Kate et L.T. sont en instance de divorce. Kate a d'autres horizons désormais, n'est-ce pas, Kate ?

— Je…

— Raconte, fit Kellie en se penchant vers elle. C'est quelqu'un que nous connaissons ?

— Kate est contre ce projet de construction à Magnolia Cottage parce que…

Jessica fit durer le suspense quelques secondes avant d'achever :

— … parce qu'elle a l'intention d'y vivre elle-même. Avec Dixon Bell.

Les derniers mots avaient été prononcés non sur le ton de la confidence, mais de la révélation, et tout le monde les entendit. L'annonce sembla couper le souffle à l'assemblée entière.

Après deux ou trois secondes, Kate comprit que le sol n'allait pas s'ouvrir sous ses pieds et qu'elle devait faire face.

Elle se tourna vers la table, chargea son assiette de petits-fours, consciente du regard de toutes dans son dos, fit de nouveau face au groupe, et avala une mini-quiche avant de se lancer.

— En réalité, j'aimerais beaucoup voir Magnolia Cottage rénovée dans le respect de ce qu'elle était autrefois parce que je pense que c'est une bâtisse remarquable à bien des égards. New Skye a perdu nombre de ses demeures historiques ces dernières années.

Elle leva les yeux vers le plafond moulure, et parfaitement préservé, de la salle à manger de Jessica et poursuivit :

— Je veux dire que, dans ce quartier où nous nous trouvons aujourd'hui, Hill Square, les maisons ont moins de cent ans, ce qui ne représente qu'une ancienneté toute relative au regard de l'histoire.

Elle réprima un sourire en entendant le reniflement outragé de Jessica.

— Alors que la construction de Magnolia Cottage remonte aux années 1830…, continua-t-elle, presque deux siècles dans la même famille, un héritage dont on peut être fier, assurément. Les Crawford et les Bell ont fait énormément pour cette ville, se sont battus durant les guerres, et du bon côté. Pourquoi ne préserverions-nous pas une demeure de cette importance ?

Lorsqu'elle se tut finalement, les protestations fusèrent de toutes parts, et la conversation de bon ton appropriée à un thé entre amies se mua bientôt en une discussion houleuse sur les droits de la communauté. Jessica, atterrée, regardait sa réunion distinguée se désintégrer. Au bout d'un moment cependant, elle

174

reprit possession d'elle-même et attira l'attention de l'assemblée d'un geste de la main.

— Je vous propose de rejoindre à présent le salon, Kellie n'a pas encore ouvert ses cadeaux. Ce devrait être amusant, non ? ajouta-t-elle d'un ton faussement enjoué.

De retour à Magnolia Cottage aux alentours de 17 heures, Kate trouva les travailleurs écroulés dans des chaises longues sur la terrasse, autour de verres de soda et de thé. Dixon se leva à son arrivée.

— Comment s'est passé ton après-midi ?

— Hum… bien.

Dixon lui jeta un coup d'œil interrogateur, mais il n'y avait pas lieu de lui raconter ce qui s'était passé, du moins pas maintenant.

— Les travaux avancent bien à l'intérieur ? s'enquit-elle.

— Lentement mais sûrement. Un électricien doit venir lundi. Je trouve qu'avoir un seul téléphone est insuffisant.

— Il n'y a qu'un téléphone dans la maison ! s'exclama Kelsey. Comment faites-vous ?

— Ce n'est pas très pratique. Je n'ose pas imaginer ce qui se passerait s'il y avait des adolescents ici, dit-il en adressant un clin d'œil à la jeune fille.

Kelsey ouvrit de grands yeux.

— Des adolescents ici ?

— C'est une possibilité que j'envisage.

Le regard de Kelsey passa de Dixon à Kate, puis de nouveau à Dixon.

— Je retourne travailler, annonça Trace en se levant.

Il reposa son verre sur la table et se dirigea vers le côté de la maison. Kelsey soupira.

— Je suis désolée, dit-elle, mais je crois que j'ai eu mon content de mauvaises herbes, de grenouilles et d'insectes pour aujourd'hui.

— Très compréhensible, acquiesça Dixon.

— Veux-tu que je te ramène ? proposa Kate. Je viendrai rechercher Trace plus tard.

— Oh oui, j'aimerais bien. Ça ne t'ennuie pas, Sal ?

— Non.

Il l'embrassa sur la joue et ajouta :

— Je pourrai peut-être venir te voir demain.

— J'ai bien peur que Kelsey et Trace ne passent la journée avec leur père demain, objecta Kate en se levant.

— Quoi ? fit Kelsey.

— Vous pourrez vous voir lundi tous les deux. Retrouve-moi à la voiture dans cinq minutes, Kelsey.

Dixon fit le tour de la maison avec elle. Lorsqu'ils en eurent passé le coin, Kate sentit son énergie décliner rapidement. Dixon avait dû percevoir sa soudaine faiblesse car il passa un bras autour de ses épaules.

— Personne ne vous dit jamais combien il est difficile d'être parent. On croit que le plus dur, c'est quand ils sont bébés, mais ce n'est rien comparé à l'adolescence.

— J'aimerais beaucoup découvrir les deux phases du processus… avec toi.

— Oh, Dixon…, gémit-elle en se laissant aller contre lui. Je ne sais pas ce qui va se passer.

Ils avaient rejoint la voiture et il se tourna vers elle.

— Moi si. Je vais commencer par arranger cette maison, quoi qu'il arrive. L'an prochain, tu seras une femme libre, et quelque temps plus tard, tu réaliseras que tu m'aimes assez pour passer le reste de tes jours avec moi. C'est simple.

— J'espère que tu as raison.

— Tu peux compter là-dessus.

Il se pencha et elle entrouvrit les lèvres, dans l'attente de son baiser, mais les voix de Kelsey et de Sal résonnèrent non loin d'eux et Dixon se redressa.

176

— La prochaine fois, promit-il. Oh, et… je ramènerai Trace tout à l'heure, tu n'auras pas besoin de ressortir.

— Je serai contente de rester à la maison, disait-elle à sa fille quelques minutes plus tard, dans la voiture. Je crois qu'une soirée passée à somnoler devant une vidéo me fera le plus grand bien.

— Mmm.

Il y eut un silence, puis Kelsey demanda :

— Alors, tu sors avec M. Bell ?

— Pas exactement.

— Il s'est montré plutôt clair tout à l'heure. Il espère que nous allons emménager chez lui.

— Pas dans un futur proche en tout cas.

— Mais plus tard.

— Je ne sais vraiment pas.

— Tu ne crois pas que tu aurais dû nous dire que tu sortais avec lui ?

— Je ne sors pas avec lui.

— J'aurais cru pourtant.

Comme si la scène de l'après-midi ne lui avait pas suffi ! Kate crispa ses doigts autour du volant.

— Ecoute, Kelsey, j'aime beaucoup Dixon, mais je suis encore mariée à ton père, et le serai jusqu'au printemps prochain. Et je n'ai pas l'intention d'avoir une relation avec un homme avant que le divorce ait été officiellement prononcé. Je travaille avec Dixon, c'est un ami, et ce ne sera pas autre chose pour moi avant que je sois libre. Ce qui arrivera ensuite, je ne peux pas le prévoir. Et je voudrais que tu ne t'inquiètes pas à ce sujet.

Kelsey se tourna vers elle.

— Vous ne vous embrassez pas ?

— Je l'ai déjà embrassé, si.

— Mais vous n'êtes qu'amis ?

— Il m'arrive de faire des erreurs, comme tout le monde. Mais je m'efforce de faire ce qu'il y a de mieux pour toi et pour Trace.

Je pense qu'après toutes ces années, tu peux me faire confiance à ce sujet.

— Je… Je suis surprise, c'est tout. Je ne savais pas que vous étiez plus l'un pour l'autre que des camarades de lycée.

« Moi non plus, songea Kate, moi non plus. »

Un déjeuner de travail, avait suggéré Dixon lorsqu'il avait demandé à Kate de se joindre à lui et à miss Daisy le lendemain après l'église. Et il le pensait.

Puis miss Daisy s'était excusée :

— Lu Ann Taylor m'a invitée à déjeuner avec elle, chéri. Je suis sûre que tu te débrouilleras très bien sans moi.

C'est ainsi que Dixon se retrouva assis seul à une table lorsque Kate pénétra dans le restaurant — un restaurant sympathique réputé pour sa cuisine italienne, mais pas spécialement romantique, ce qui était en soi plutôt rassurant.

Il se leva à son approche et écarta une chaise pour elle.

— Quel plaisir de te voir. Tu es magnifique, comme toujours.

— Et toi adorablement courtois, comme toujours, repartit-elle en souriant. Miss Daisy n'est pas là ?

Dixon lui en expliqua la raison et vit son sourire s'évanouir.

— Remarque bien que je ne peux rien tenter ici, il y a trop de regards innocents autour de nous, tenta-t-il de plaisanter.

— Ce n'est pas ça…, commença-t-elle, puis elle secoua la tête. Oh, c'est ridicule. Je peux bien déjeuner avec qui je veux, non ? Qu'allons-nous prendre ? ajouta-t-elle en ouvrant la carte.

Au bout d'un moment Kate se détendit et ils parlèrent de la maison, des peintures, du style de meubles qu'il pourrait mettre dans la cuisine et la salle de bains. Et aussi des mauvaises herbes, des insectes et des grenouilles, contre lesquelles Kelsey avait maugréé durant tout le trajet de retour la veille.

Ils riaient à quelque plaisanterie de Dixon quand une famille de trois personnes entra dans le restaurant. La femme jeta un coup d'œil par-dessus son épaule, s'arrêta et pivota.

— Re-bonjour Kate ! C'est incroyable, on ne s'était pas vues depuis des semaines et voilà que je te rencontre deux jours de suite.

Elle s'approcha de leur table et embrassa Kate, puis regarda Dixon.

— Dixon Bell ! Il y a longtemps, mais je suis sûre que je t'aurais reconnu n'importe où.

Il s'était levé et, avant qu'il ait le temps de réagir, il avait lui aussi reçu une accolade enthousiaste.

— Bienvenue à la maison ! s'entendit-il dire tandis qu'il cherchait désespérément à se rappeler qui elle pouvait être.

— Tu te souviens de Candie Lawrence, Dixon, dit Kate, venant fort à propos à son secours. Elle a épousé Reese Scot qui était dans notre classe.

Bien qu'il fût un peu dégarni, l'homme lui sembla plus familier.

— Bien sûr. Heureux de vous revoir tous les deux.

— Voici notre fils, Bo. Trace, le fils de Kate, et lui sont très bons amis.

— Bonjour, Bo.

— Candie était à la petite fête d'hier, expliqua Kate. Reese fait partie du conseil municipal et possède aussi plusieurs télévisions et radios locales.

— Tu as bien réussi, dis donc.

L'homme se rengorgea comme un paon.

— Je suis reconnaissant à la vie de m'avoir donné une famille et de pouvoir me rendre utile.

— Toi et Kate avez été notre principal sujet de conversation hier, déclara Candie en posant familièrement une main sur le bras de Dixon et en battant des cils. Je comprends à présent pourquoi elle a mis tant de cœur à te défendre.

— Avais-je besoin que l'on me défende ?

Reese, les mains enfoncées dans ses poches, se balança sur ses talons.

— Beaucoup de gens en ville soutiennent le projet de LaRue de construire des logements sociaux sur ton terrain, et ils ne comprennent pas pourquoi tu es revenu, après tant d'années, juste pour lui mettre des bâtons dans les roues.

— Des logements sociaux ? Pour ma part, j'ai entendu parler de luxueux condos.

— Non, non. C'était le projet initial, mais L.T. a rencontré le maire et quelques membres du conseil municipal et nous… enfin, l'idée a émergé d'un ensemble de logements destinés aux familles ayant de faibles ressources.

— Je fais donc obstacle au bien communautaire.

— Tu l'as dit. Ce n'est pas moi.

Reese se tourna vers sa femme et passa un bras autour de sa taille.

— Allons, ma chérie, je crois que notre table nous attend.

Ils s'éloignèrent et Dixon s'assit lourdement, en état de choc.

— Je croyais que tu avais passé un bon moment hier après-midi.

— J'ai menti.

Il baissa les yeux vers ses lasagnes à peine entamées, mais la nourriture ne lui disait plus rien.

— Il a changé de tactique apparemment, observa-t-il.

— Et il te place en position de devoir te défendre.

— Mmm… le confort d'une seule famille contre les besoins de je ne sais combien.

— L.T. ne manque pas d'intelligence.

— Non.

Il hocha la tête, songeur. Il pensait à sa grand-mère, à la famille qu'il espérait construire avec Kate et qui vivrait dans la maison qui lui appartenait.

— Mais il t'a laissée partir, observa-t-il, ce qui prouve qu'il est moins intelligent que moi.

Il sourit en voyant la joie dilater les pupilles de Kate.

— Et je gagnerai.

Trace n'était pas un fanatique de plage. Il n'y avait pas grand-chose à faire, hormis regarder les filles en Bikini, ce qui n'était pas désagréable, bien sûr, mais il y en avait finalement moins que d'hommes vieillissants, ventrus et ridicules avec leurs tennis noires et leurs socquettes blanches.

La journée ne se passait pas trop mal cependant. Ils n'étaient que tous les trois : son père, Kelsey et lui. La copine de son père était restée à New Skye. Il n'y avait pas eu de disputes, de sermons, ou de bouderies de la part de Kelsey. Quand les choses se passaient comme ça, il aurait presque souhaité que son père revienne vivre avec eux.

Presque. Parce qu'il avait assez de bon sens et de mémoire pour savoir que tout recommencerait comme avant s'il revenait.

Et puis maintenant, il y avait Dixon. Quoi que Kate puisse dire — Kelsey lui avait rapporté ce que Kate lui avait dit la veille dans la voiture —, Trace les avait vus ensemble. Et à côté d'eux, Sal et Kelsey étaient des camarades de classe. Les sentiments qu'ils éprouvaient l'un pour l'autre étaient évidents.

— Trace ? fit son père en lui frottant le sommet du crâne de ses doigts repliés, habitude que Trace détestait. Pendant que tu rêvassais en reluquant les filles, ta sœur et moi avons décidé de nous arrêter sur le chemin du retour pour dîner. On y va ?

L'interrogatoire commença tandis qu'ils attendaient leurs boissons au restaurant.

— Alors comme ça, Kate m'a dit que vous vous faisiez un peu d'argent de poche en travaillant chez un ami à elle ?

Trace jeta un coup d'œil à sa sœur, mais celle-ci jouait avec sa serviette.

— Oui.

— Un voisin ?

— Euh… Non.

— Ce doit être une vieille maison s'il y a tant de choses à faire dans le jardin. Du côté de Hill Square peut-être ?

— Non, un peu plus loin, presque à la limite de la ville.

Kelsey lui donna un coup de pied sous la table.

La serveuse arriva à ce moment-là avec leurs verres, et prit leur commande. Mais dès qu'elle fut repartie, son père revint à la charge :

— Je suppose qu'il s'agit d'une personne âgée qui a besoin d'aide ?

— Oui, c'est ça, répondit vivement Trace, soulagé de s'en sortir aussi bien.

C'est alors seulement qu'il surprit l'expression horrifiée de Kelsey.

— Vous travaillez tous les deux pour miss Daisy, hein ?

La voix de son père était aussi douce que du velours. Trace s'alarma. Toutefois, il n'avait pas d'autre choix que de répondre.

— Oui, p'pa. Et pour son petit-fils, M. Bell.

Autant dire toute la vérité d'un seul coup.

— Et vous y êtes allés souvent ?

— Deux fois.

La serveuse avait apporté leurs salades et Trace se rendit compte qu'il n'avait plus faim du tout.

— Et j'imagine qu'il a passé pas mal de temps à la maison ?

— Non, papa, répondit Kelsey, levant enfin le nez de son assiette. Seulement pour venir chercher Trace ou le déposer. Oh, et aussi le jour où il a emmené Kate déjeuner. Il était là quand nous sommes rentrés.

Trace se sentit rougir et sut que son père l'avait remarqué.

— Trace ?

— Oh, peut-être une ou deux autres fois. Kate travaille avec lui et miss Daisy sur la décoration de la maison.

— Splendide ! La maison qui se trouve sur le terrain dont j'ai besoin pour construire des logements pour les honnêtes citoyens de cette ville. Je m'engage personnellement auprès des services publics, et vous deux faites tout ce que vous pouvez pour me démolir. Quelle sorte d'enfants êtes-vous donc pour délibérément porter tort à votre père ? N'avez-vous donc aucun respect pour moi, pour l'entreprise que j'ai créée ?

Le sermon se poursuivit pendant les deux heures que dura le trajet de retour, entrecoupé de longs silences. Trace, assis à l'arrière de la Yukon, essaya de ne pas écouter, mais la seule fois où il faillit s'endormir, un sévère « Tu m'écoutes, Trace ? » le ramena sur terre.

Ils atteignirent New Skye juste avant la nuit. Leur père resta assis au volant tandis qu'ils descendaient de la voiture. Kelsey tenta un timide : « Bonne nuit, papa. Merci pour la journée », mais il se contenta de secouer la tête d'un air écœuré. Et ils avaient à peine posé un pied dans l'allée que la Yukon redémarrait en trombe.

Kate était sur le pas de la porte comme si elle les guettait depuis un moment.

— Vous avez passé une bonne journée à la plage ? s'enquit-elle en souriant.

— Super, marmonna Trace entre ses dents avant de se faufiler à l'intérieur de la maison en évitant de croiser le regard de Kate.

Une fois arrêté, le plan ne pouvait être annulé sans une raison gravissime. Et aussi longtemps que Kelsey n'était pas concernée, Sal ne pouvait imaginer la moindre raison d'hésiter. Son honneur était en jeu et, de toute façon, Trace LaRue et son père méritaient ce qui les attendait.

LaRue Construction Inc. avait six chantiers dans différents quartiers de la ville. Ricky et lui avaient exploré chacun d'eux et décidé de frapper le plus éloigné des commerces et des bureaux de la police. L'opération était programmée pour la nuit du samedi au dimanche, à une heure où la plupart des gens seraient tranquillement en train de dormir.

Sal apportait la bière et fixait les règles. Aussi peu de bruit que possible. Aucune signature du gang nulle part. Aucune discussion lorsqu'il déciderait que le travail était terminé.

Il s'agissait de villas haut de gamme, du genre de celles dans lesquelles sa mère s'escrimait du matin au soir. Il y en avait quatre, à des stades de construction plus ou moins avancés, toutes signalées par une pancarte « A vendre », ce qui signifiait qu'elles appartenaient à L.T. LaRue. Sal appréciait cet aspect de la chose. Il ne voulait se venger que de lui.

Casser des parpaings et des tuyaux n'étant pas très amusant, ils se concentrèrent sur les deux maisons dont la couverture était déjà posée. Bombages orange sur les murs, portes éventrées, fenêtres brisées, isolation arrachée, cailloux et morceaux de bois lâchés dans les tuyaux. La routine.

Lorsqu'ils eurent terminé, Sal ne ramena pas ses « frères » chez lui comme il l'aurait fait à une autre époque. Ils s'attardèrent un moment chez Ricky à boire de la bière et à passer en revue leurs exploits, mais Sal ne s'amusait pas autant que les autres. Il avait marqué un point contre L.T. LaRue et son fils — lui et « ceux de son espèce » avaient fait la preuve de leur pouvoir. Pourtant, pour une raison qu'il ne tenait pas à élucider, il n'éprouvait pas le frisson de la victoire.

Il partit donc le premier malgré les protestations du reste de la bande. Le lendemain, il passerait voir Kelsey à l'heure de la pause déjeuner, et lui tiendrait la main quelques minutes, si c'était tout ce à quoi il pouvait prétendre. Si seulement il avait pu la voir maintenant...

Sa maison était plongée dans l'obscurité lorsqu'il y arriva, excepté la cuisine où il trouva sa mère devant un verre de lait, occupée à lire la Bible.

— Salvadore, tu es parti toute la journée. Est-ce que tu as dîné ?

Elle s'interrompit, fronçant le nez.

— Tu as bu ?

— J'ai mangé, répondit-il en s'asseyant. Pourquoi es-tu encore debout ?

— J'étais trop énervée pour dormir, je suppose.

— Pourquoi énervée ?

— M. Bell a appelé ton père ce soir. Il reprend le travail demain matin.

— Ça, c'est une surprise. Papa était là ? Il était sobre ?

Elle se leva pour laver son verre.

— Il est au courant.

— Et il cuve son vin pour avoir une chance de se lever assez tôt demain ?

— Pourquoi dois-tu te montrer aussi méchant ?

Sal reposa sa tête entre ses paumes ouvertes.

— Je ne sais pas, maman. Excuse-moi. Je ne voulais pas te faire de peine.

« Que ressentirait-elle si elle savait ce qu'il avait fait cette nuit ? songeait-il tristement. Qu'avait-il fait ? »

— Je sais, mon chéri.

Elle vint vers lui et le serra dans ses bras.

— Ton père ne t'a pas toujours bien traité. Je comprends. Mais ce que je lisais à l'instant est important : l'amour est patient, l'amour n'abandonne jamais. Dors bien, mon fils.

— Toi aussi, maman.

12.

Le téléphone sonna pendant que Kate prenait son petit déjeuner le lundi matin. Trace et Kelsey faisaient la grasse matinée pour célébrer la fin des cours d'été.

— Bonjour, Katherine Ann.

— Bonjour, maman. Vous avez passé un bon week-end ?

— Je dirais plutôt pénible, répondit sa mère d'une voix inhabituellement tendue. Ton père et moi aimerions te parler. Nous t'attendrons pour déjeuner vers 12 h 30.

— Qu'est-ce qui ne va pas ?

Elle posa la question, mais connaissait déjà la réponse. Le fâcheux éclat qui avait eu lieu chez Jessica avait bien entendu fait le tour de la ville.

— Nous en parlerons tantôt. 12 h 30, ne sois pas en retard. Ton père ne peut pas prendre tout son après-midi.

— Oui, maman, acquiesça-t-elle alors qu'elle aurait volontiers répondu : « Désolée, je ne peux pas. J'ai des choses plus importantes à faire. »

Mais la règle voulait que l'on ne parle pas de cette façon à ses parents, même à trente et un ans, même quand ceux-ci se montraient offensants et complètement déraisonnables. Aussi se contenta-t-elle de reposer brusquement le combiné sur son support.

Elle dut résister à l'envie d'appeler Dixon. Quel droit avait-elle de déverser sur lui son sentiment de frustration ? Il écouterait bien

186

sûr, compatirait, lui donnerait même probablement un bon conseil. Et cela les rapprocherait encore, les attacherait un peu plus étroitement l'un à l'autre.

En d'autres termes, cela ne ferait qu'exacerber le dilemme dans lequel elle se trouvait déjà.

L'aimait-elle ? La question ne se posait pas. Etait-elle amoureuse de lui ? Passionnément. Désirait-elle avoir une relation avec lui, vivre avec lui… ? Oui, et encore oui.

Mais était-elle prête à défier ses parents, ses enfants, ses voisins et ses amis, son église et sa communauté ? sans parler de son odieux « futur ex-mari » ?

Kate ne pouvait pas dire qu'elle l'était. Et parce qu'elle était lâche, voir Dixon aussi souvent, laisser leurs sentiments s'approfondir, revenait à donner de faux espoirs à Dixon et à se torturer elle-même. Mais ne pas le voir, c'était vivre un interminable jour de pluie.

John et Frances Bowdrey habitaient toujours la maison dans laquelle ils avaient élevé leurs filles. L'une des plus anciennes de Hill Square, et, sinon la plus grande, en tout cas la plus remarquée par les visiteurs qui admiraient ses proportions élégantes, typiques du style colonial, et son opulent jardin. Kate tenait de sa mère son goût pour le jardinage et avait hérité de son attention aux détails en matière de décoration intérieure.

Elle se gara dans la rue afin de ne pas gêner son père s'il désirait partir avant elle, et se dirigea vers l'entrée principale. Sa mère l'accueillit sur le seuil avec un sourire contraint et un baiser rapide.

— Entre, chérie. Tu es très jolie ce matin.

— Merci.

Kate avait pris beaucoup de soin à sa toilette, choisissant une robe droite rose dont elle savait que sa mère l'aimait, et relevé ses cheveux en chignon, coiffure qui plaisait beaucoup à son père. Si le déjeuner se déroulait comme elle s'y attendait, moins elle s'exposerait aux critiques, mieux cela vaudrait.

— Tes hortensias sont superbes, remarqua-t-elle en s'approchant du bow-window de la salle à manger. Mais je peux peut-être t'aider à faire quelque chose ?

— Non, merci. Tout est prêt.

— Kate, tu es là ! fit son père en entrant dans la pièce.

Elle se retourna pour l'embrasser.

— Bonjour, papa. Comment vas-tu ?

— Bien, comme toujours. Mais j'irais encore mieux si tu ne faisais pas état d'opinions aussi tranchées…

— John, s'il te plaît. Déjeunons d'abord, intervint sa mère en posant un pichet de thé froid sur la table.

Kate s'assit à sa place habituelle et inspira profondément deux fois pendant que son père disait le bénédicité. Puis elle prit sa fourchette et la reposa.

— Si papa n'a pas beaucoup de temps, peut-être devrions-nous aborder tout de suite ce qui vous a fâchés ?

Son père avala posément une bouchée de sa salade au poulet et but une gorgée de thé, puis il s'éclaircit la gorge.

— Tu t'es, semble-t-il, élevée contre le projet de L.T. concernant la propriété Crawford.

— Tu collabores même avec Dixon Bell en t'occupant de la décoration de sa maison, ajouta sa mère.

— En tant que membre du conseil municipal, je trouve embarrassant, extrêmement embarrassant, insista-t-il, que ma fille se déclare ouvertement opposée à un projet qui serait si profitable à notre ville.

— Et as-tu seulement idée de ce que les gens disent de toi, une femme mariée, travaillant aussi étroitement avec un homme qui, lui, ne l'est pas ? renchérit sa mère. Miss Daisy elle-même doit être consternée. Elle a une très haute moralité.

Kate regarda ses parents l'un après l'autre.

— Autre chose ? demanda-t-elle.

Ce fut une erreur. Sa mère reprit aussitôt :

— Après tout, ce n'est pas comme si tu étais effectivement architecte d'intérieur ou décoratrice, avec un carnet d'adresses et les compétences qu'il faut pour agencer et décorer une maison dans les règles de l'art. Nous avons d'excellents professionnels à New Skye qui seraient ravis de conseiller miss Daisy.

— Je croyais que le problème était la destruction de Magnolia Cottage.

John Bowdrey se racla la gorge, mais Frances n'écoutait pas.

— Il a même embauché cet homme que L.T. avait licencié il y a des années parce qu'il buvait. Vraiment, Kate, dans quelle histoire t'es-tu laissé embarquer ?

— Comme tu le dis toi-même, intervint son père de son ton de juriste, le vrai problème est la disposition d'un bien privé. Je ne suis pas sûr que le projet de L.T. prévoie la démolition de la maison ; il s'agit somme toute d'une demeure historique. Mais le terrain est au centre du projet conçu par L.T., et sans ce terrain, on ne peut rien faire. Ce qui revient à dire que Bell refuse à New Skye une formidable opportunité de développement.

Kate repoussa son assiette. Elle ne pouvait rien avaler.

— Dixon Bell défend sa propriété. Depuis quand ce comportement est-il anti-américain ?

— Il y a des gens qui ont besoin de ces logements.

— Le projet initial prévoyait de luxueux appartements.

— Mais il a changé.

— Parce que L.T. pense qu'il peut tirer plus d'argent de la commune que de quelques dizaines de particuliers.

Son père posa ses deux mains à plat sur la table si brutalement que les verres tremblèrent sur leurs pieds.

— Cette accusation est tout à fait injustifiée. N'oublie pas que je traite des affaires avec cet homme.

— Dois-je te rappeler que j'étais mariée avec lui ? Que je l'ai vu, dix ans durant, jubiler à la veille de signer de fructueux contrats ? Je n'entretiens aucune illusion au sujet de L.T. Et franchement, papa, je doute que tu en aies davantage.

— Katherine Ann LaRue, serais-tu en train d'accuser ton père de malhonnêteté ? s'indigna sa mère.

Kate prit le temps de choisir ses mots avec soin.

— Je pense que papa ne sait pas tout ce que L.T. fait pour gagner de l'argent.

— Ainsi, je ne suis pas malhonnête, seulement stupide ?

— Non, je pense au contraire qu'il faut mettre en œuvre une brillante stratégie pour éviter d'avoir connaissance des fraudes et des escroqueries de L.T.

Un silence de mort s'abattit sur la salle à manger. Finalement, sans un mot, son père quitta la table. La porte d'entrée claqua derrière lui et l'on entendit presque aussitôt démarrer sa Cadillac.

— Est-ce que tu as une liaison avec Dixon Bell ?

Kate regarda sa mère, stupéfaite.

— Cela ne te regarde pas.

— J'essaie seulement de trouver une explication à ton attitude choquante, irrespectueuse et, franchement, tout à fait incroyable. Si tu étais amoureuse de cet homme, du moins aurais-tu un semblant d'excuse.

— Dans ce cas, laisse-moi te réconforter. Oui, je suis amoureuse de Dixon.

— Tu es une femme mariée.

— S'il te plaît, maman, essaie de réaliser enfin que tout est fini entre L.T. et moi. Il m'a quittée pour une autre femme — avec laquelle il vit au vu et au su de tout le monde. Notre mariage est mort le jour où il est parti ; nous n'attendons plus que ses funérailles.

— Si tu te montrais plus accommodante…, commença sa mère.

Kate se leva.

— Il reviendrait ? Merci du conseil, maman, mais je ne veux plus de lui chez moi. Même s'il était millionnaire, s'il laissait tomber sa

190

ravissante petite chose et venait se traîner à mes pieds pour que je le reprenne, je l'enverrais promener !

— Mais… les enfants…

— Les enfants ? Demande-leur à l'occasion s'ils auraient envie de vivre de nouveau avec leur père.

Rassemblant tout ce qui lui restait de son sens du devoir, elle fit le tour de la table, mit un bras autour des épaules de sa mère, et l'embrassa. Avec une sincère affection.

— Prends soin de toi, maman. Je te rappellerai dans la semaine.

Puis elle rejoignit précipitamment sa voiture, avant que ses jambes tremblantes ne l'abandonnent complètement.

Dixon n'avait pas dit à miss Daisy, ni à Kate, que l'audience au sujet de l'injonction avait lieu le lundi après-midi. Ni l'une ni l'autre n'avaient besoin d'être impliquées dans un simulacre de jugement.

Le palais de justice, récemment classé monument historique, étant en travaux, la Cour siégeait dans les locaux de l'hôtel de ville, un bâtiment construit six ou sept ans plus tôt. La salle d'audience était donc moderne et fonctionnelle, mais le bureau du juge était encadré de lambris sombres supposés renforcer le formalisme inhérent à la fonction et impressionner le public.

— Monsieur le juge Archibald Gillespie, annonça l'huissier.

L'homme qui chancela jusqu'à l'estrade était l'homme de loi le moins imposant que Dixon ait jamais rencontré. Petit, fluet au point de paraître inexistant dans sa robe noire, il avait quelques cheveux filasse au-dessus de chaque oreille et portait des lunettes à verres épais qui voilaient son regard.

Il s'assit derrière le long bureau et leva les yeux sur la salle presque vide.

— De quoi s'agit-il ?

— Une audience d'injonction, Votre Honneur, répondit Jimmy Hyde avant d'exposer brièvement le contentieux.

A son côté, L.T. LaRue affichait une expression de bonne volonté attentive qui irrita Dixon d'emblée. Il lui aurait volontiers mis son poing dans la figure, mais ce n'était évidemment pas le lieu.

— Hmmph, fit le juge en se plongeant dans ses papiers.

Et durant les vingt minutes qui suivirent, il produisit toute une variété de sons étranges : mots marmonnés, reniflements, raclements de gorge, et autres borborygmes. Enfin, il releva la tête et dit :

— Eh bien ?

Dixon n'attendit pas d'autres encouragements pour s'exprimer.

— Votre Honneur, commença-t-il d'une voix parfaitement distincte, la propriété dont nous parlons appartient à ma famille depuis près de deux cents ans. Ma grand-mère m'y a élevé. Elle a aujourd'hui plus de quatre-vingts ans…

— Elle ne serait sûrement pas enchantée que vous le criiez sur les toits, gloussa le juge.

Ainsi, il connaissait miss Daisy. Dixon sourit.

— Non, monsieur, en effet. J'aimerais rénover cette maison afin de la rendre plus confortable et plus sûre pour elle et pour la famille que j'espère y fonder un jour. Je sais que la ville a ses propres besoins, mais je ne suis pas convaincu que saisir les biens de ma famille soit le moyen de les satisfaire.

— Hmmph…, fit de nouveau Gillespie. Une seconde, s'il vous plaît. Je reviens.

L'huissier dut l'aider à s'extirper de sa chaise et à descendre de l'estrade.

Dixon grinça des dents à l'idée d'être piégé dans cette salle sans fenêtre avec Jimmy Hyde et L.T. LaRue. Le maire n'assistait pas à l'audience — il avait probablement réalisé qu'il fallait sauvegarder un semblant d'objectivité.

L.T. s'avança vers lui et posa nonchalamment une cuisse sur la table derrière laquelle Dixon était assis.

192

— Ainsi vous songez à élever une famille dans cette demeure délabrée ? Comme c'est charmant, dit-il avec un sourire carnassier. Avec ma femme, je suppose ?

— Non. Je n'épouse pas les femmes des autres, répliqua froidement Dixon bien qu'il se sentît bouillir de rage.

Les sourcils de L.T. s'abaissèrent. Il semblait perplexe.

— Lorsque Kate et moi serons ensemble, précisa Dixon, elle ne sera plus votre femme, dans quelque sens que ce soit.

LaRue s'empourpra de colère. Il se leva, proféra quelques mots hautement inappropriés au lieu et retourna s'asseoir. Personne ne prononça plus une parole avant le retour du juge Gillespie, dix minutes plus tard.

— Bien, chevrota celui-ci lorsqu'il se fut rassis. Je pense que cette injonction est d'une complète absurdité ; comment pourrait-on interdire à un homme de peindre ses murs quand ils lui appartiennent tout à fait légalement ? Celui qui a signé cette injonction devrait être rayé du tribunal.

Il jeta un coup d'œil à ses papiers.

— Juge Harnett ! Je vois… J'annule donc cette décision. Et si vous voulez ce terrain, ajouta-t-il d'une voix plus forte en se tournant vers LaRue, trouvez un moyen légal de l'obtenir. Ne venez plus m'ennuyer avec des âneries pareilles.

Le marteau s'étant abattu par trois fois sur le bureau, Dixon put enfin se détendre.

Jimmy Hyde dit un mot à L.T. et s'en alla sans regarder Dixon. Mais L.T., lui, n'en avait pas fini.

— Ne croyez pas que ce soit terminé, lança-t-il en frappant la table de son poing. J'aurai ce terrain. Et je vais vous dire autre chose. Un de mes chantiers a été vandalisé cette nuit et, bizarrement, il se trouve n'être pas très éloigné de Magnolia Cottage. Peut-être n'était-ce pas un acte totalement gratuit ? Peut-être même quelqu'un a-t-il été payé pour saccager mes maisons ? dit-il avec un sourire mauvais.

La police enquête en ce moment même. Et vous pouvez compter sur moi pour vous faire savoir ce qu'ils auront trouvé.

Dixon laissa largement le temps à L.T. de partir avant de quitter les lieux lui-même. Cette histoire de vandalisme l'inquiétait. Vu les circonstances, quelle chance y avait-il pour qu'il s'agisse d'un événement fortuit ? Trace avait été mêlé à des faits délictueux au printemps précédent. Etait-il possible qu'il s'attaque maintenant directement à son père ?

Deux autres personnes au moins avaient des raisons d'en vouloir à L.T. LaRue. Mano Torres ne lui paraissait cependant pas un bon suspect, à présent qu'il avait un travail. Mais son fils ? Le jeune homme, disait-on, était, ou avait été, le chef d'une bande appelée Los Lobos, à laquelle New Skye pouvait reprocher pas mal de choses. De plus, Sal détestait Trace, le fils de LaRue, bien qu'il fût amoureux de sa sœur.

Est-ce que Trace savait quelque chose qu'eux ne savaient pas ? Comment L.T. réagirait-il face à Kelsey et Kate s'il découvrait que Sal était responsable des déprédations ?

Que pourrait faire Dixon pour protéger ces enfants et la femme qu'il aimait de la colère de cet homme stupide ?

Kate était dans la cuisine avec miss Daisy lorsqu'elles entendirent la Ford de Dixon remonter l'allée.

— Le voilà, dit la vieille dame en sortant un verre supplémentaire qu'elle remplit de thé. Nous allons enfin savoir où Dixon est allé cet après-midi, vêtu de son beau costume.

— Quelle surprise, dit-il en entrant dans la pièce. Je n'ai pas vu ta voiture dehors.

Il embrassa miss Daisy sur la joue, puis avant que Kate ait eu le temps de réagir, se pencha sur elle et déposa un baiser rapide sur ses lèvres.

Elle sentit le rouge lui monter aux joues.

— Il… Il faisait si chaud que j'ai préféré me garer sous les arbres.

— Excellente idée. « Torride » est encore trop faible pour décrire une journée comme celle-là.

Il accepta son verre de thé des mains de miss Daisy et en but une longue gorgée.

— Merci, je me sens presque redevenu humain.

De l'avis de Kate, il avait l'air beaucoup plus que simplement humain. Avec son léger bronzage, sa chemise bleu pâle, il semblait être la quintessence du gentleman du Sud. Il avait ôté sa cravate et ouvert légèrement son col. Kate ne put s'empêcher de fixer la colonne brune de sa gorge pendant qu'il buvait. Une brusque sensation de chaleur parcourut ses membres. Elle saisit son verre et but d'un trait la moitié de son thé glacé.

— Assieds-toi et dis-nous où tu étais, dit miss Daisy en resservant tout le monde. Tes ouvriers ne se sont pas attardés après ton départ.

— Je leur avais dit de prendre leur après-midi. Je n'aime pas vous laisser seule avec eux dans la maison, même si je sais que ce sont des gars bien.

— Tu étais parti où ? redemanda miss Daisy.

— A la Cour.

— L'audience avait lieu aujourd'hui ? fit Kate en se redressant sur sa chaise.

— Oui.

— Dixon Crawford Bell ! s'exclama miss Daisy, d'un ton qui passa rapidement de la profonde surprise au mécontentement. Tu ne nous as rien dit ? Tu ne nous as pas emmenées avec toi ?

— J'ai pensé qu'il n'était pas utile de vous exposer à une situation qui aurait pu s'avérer très désagréable.

— Tu pensais à nous ?

— Oui, grand-maman. J'ai essayé en tout cas.

Kate se leva et alla poser son verre dans l'évier. Elle n'avait jamais éprouvé de colère envers Dixon. C'était une sensation... étrange.

— Merci pour le thé, miss Daisy. Je vous appelle dès que j'ai d'autres tissus à vous montrer.

— Entendu, ma chère. A bientôt.

— Tu pars ?

Dixon s'était levé. Il posa une main sur son bras.

— Je viens juste de rentrer. Tu ne sais même pas comment s'est déroulée l'audience, protesta-t-il.

— Je suppose que si je ne méritais pas de savoir quand elle avait lieu, je ne mérite pas davantage d'apprendre comment elle s'est passée.

Elle regarda fixement la main de Dixon sur son bras et dit, fraîchement :

— Excuse-moi.

— Kate, c'est stupide. J'ai seulement voulu t'épargner un moment déplaisant. Aurais-tu aimé être assise dans cette salle avec L.T. en train de te dévisager ? J'essayais d'éviter que mes problèmes personnels ne te compliquent la vie.

— Oh, vraiment ? Eh bien laisse-moi te dire quelque chose. Tu as déjà compliqué ma vie. Mes enfants son inquiets, mes amis se moquent de moi, et mes parents sont furieux parce que je me suis rangée de ton côté contre leur avis. Si ça, ce n'est pas compliqué, je ne sais pas ce que c'est ! Maintenant, s'il te plaît, laisse-moi partir.

Elle le repoussa de sa main libre et Dixon la lâcha immédiatement.

— Désolé, je...

Sans le regarder, elle ramassa son sac et sortit de la pièce.

Une fois dans sa voiture, elle tourna la clé de contact, mit la climatisation en route, puis resta simplement assise au volant à essayer de recouvrer son calme. Jamais elle n'aurait cru pouvoir se mettre dans une telle colère contre Dixon.

196

Il pensait avoir seulement voulu la protéger, mais cela signifiait en réalité qu'il ne la croyait pas assez forte pour affronter les difficultés de l'existence à ses côtés. Et s'il la percevait ainsi, leur relation était vouée à l'échec.

Lorsqu'elle se sentit assez calme, elle démarra, allumant machinalement la radio. Mais sitôt passés les messages publicitaires, comme par hasard, les premières notes de *My dream* se firent entendre : « *Me lovin' you — that's all I would ask. You're the dream I won't let slip away…* » Elle éteignit aussitôt la radio. Dixon l'aimait de cette façon. L'aimait-il uniquement comme ça ? Comme un rêve, comme une poupée fragile qu'il fallait protéger à tout prix ? Certaines femmes auraient été heureuses d'inspirer ce sentiment d'adoration, elle-même peut-être, dans un passé pas si lointain.

Pour L.T., elle avait été une épouse que l'on exhibe comme un symbole de réussite, et une gouvernante qui s'occupait de sa maison et de ses enfants. Elle n'avait jamais réellement fait partie de son univers.

Mais beaucoup de choses avaient changé depuis sa séparation et le retour de Dixon. Désormais, elle se refusait à n'être qu'un ornement, elle voulait être une partenaire. Et il allait falloir que Dixon le comprenne, ou alors…

Non, il n'y avait pas de « ou alors… », Dixon devrait s'adapter à ses nouveaux objectifs car elle ne le laisserait pas partir.

Quel idiot il avait été ! Une foule d'adjectifs, moins châtiés les uns que les autres, traversèrent l'esprit de Dixon, tous dirigés contre lui-même. Il fallait qu'il tape dans quelque chose… Un des murs de la cuisine, pourquoi pas ? Le plâtre était déjà tout effrité…

— Ça ne s'est pas très bien passé, observa alors miss Daisy.

Il avait complètement oublié sa présence. Presque à regret, il desserra ses poings. Miss Daisy n'apprécierait pas de le voir se défouler sur les murs de sa cuisine.

— Non, dit-il, sombre.

— Tu as demandé à Kate de s'investir dans ton projet de réno-vation, mais tu refuses qu'elle soit impliquée dans les problèmes qui y sont associés.

— Merci, miss Daisy. J'avais compris.

— Quant à moi, continua-t-elle en pinçant légèrement les lèvres, j'aurais pensé qu'avoir vécu toute ma vie à Magnolia Cottage était une raison suffisante pour être tenue au courant des événements.

Etre chapitré par miss Daisy n'améliora pas son humeur.

— Oui, je comprends, grand-maman. Cela ne se reproduira plus. Je m'assurerai à l'avenir que Kate et vous ayez toutes les occasions de constater quel imbécile L.T. LaRue peut être, à quel point il me met hors de moi, et combien de gens dans cette ville, que vous appelez vos amis, seraient heureux de vous voir chassée de votre maison parce qu'ils en tireraient un bénéfice financier. Oui, je mettrai un point d'honneur à ce que vous soyez aux premières loges.

Ce fut tout ce qu'il put dire sans élever la voix. S'il avait continué, il aurait probablement dépassé les bornes, et regretté ensuite ce qu'il avait dit. Aussi préféra-t-il quitter la pièce. Il sortit par la porte qui donnait sur le jardin, traversa la cour et alla droit au sous-bois que Kelsey avait commencé à nettoyer à l'arrière de la propriété. Avec un peu de chance, il rencontrerait un serpent, ou peut-être même un alligator, et c'est lui qui frapperait le premier.

L.T. passa l'après-midi à mettre les derniers détails de sa stratégie au point. Il appela ses amis du service du logement, le département du plan d'occupation des sols, et enfin Curtis Tate pour s'assurer que sa requête était inscrite à l'ordre du jour du prochain conseil municipal.

— Pas de problème, assura Curtis. Tu penses que ça suffira ?

— Tout ce dont nous avons besoin maintenant, c'est de l'aval du conseil. Si tu peux l'obtenir, c'est dans la poche.

— Ça devrait aller. Reese et moi voterons pour toi évidemment. Je m'engage à ce que le révérend Brinkman et Robin Burke fassent de même. Et John Bowdrey sera de notre côté. Cela nous donne la majorité, même si les autres se prononcent pour Dixon.

— Essaie tout de même de les convaincre. On ne sait jamais.

— N'aie pas d'inquiétude, L.T., tout marchera comme tu le souhaites.

Rempochant son téléphone, L.T. sortit de sa Yukon et considéra les deux maisons qui avaient été saccagées la nuit précédente. Cela coûterait des milliers de dollars pour tout remettre en état, des dollars qu'il n'avait pas. Et qu'il n'aurait pas avant d'avoir mis la main sur Magnolia Cottage.

C'était de cette affaire qu'il devait s'occuper en priorité. Mais les vandales se trompaient s'ils croyaient que L.T. LaRue en resterait là. Tôt ou tard, ils paieraient.

Le vendredi, Dixon, Mano et Mickey avaient fait tomber tout le plâtre des murs du hall et du palier du premier étage. Mais l'électricien que Dixon avait contacté, et qui s'était décommandé une première fois le lundi, semblait ne jamais trouver le temps de passer le voir. Adam DeVries s'en montra surpris.

— Bizarre, il a toujours été réglo. Mais bien sûr, il travaille parfois pour L.T.

— Ce qui veut probablement dire que L.T. le paie pour ne pas se montrer. Tu peux me recommander quelqu'un d'autre ?

Adam lui donna deux ou trois noms, mais tous étaient débordés.

Dixon serra les dents et s'acheta un livre qui traitait des circuits électriques. Au moins, il comprendrait quelque chose lorsque quelqu'un viendrait enfin étudier son installation.

Miss Daisy et lui s'étaient réconciliés, c'est-à-dire qu'ils évitaient de parler de l'audience qui avait eu lieu. Ou de l'avis qu'ils avaient reçu notifiant que leur propriété se trouvait à présent incluse dans une zone de développement d'habitat social, ou de celui émanant du service du logement au sujet des propriétés privées frappées de mesure d'expropriation au titre de l'intérêt général, ou encore de la réunion du conseil municipal qui devait débattre cette question.

Kate ne savait rien d'aucun de ces problèmes car il ne lui avait pas parlé depuis le jour où elle était partie, fâchée. Il aurait pu l'appeler, mais c'était elle qui avait choisi de rompre le dialogue. La logique voulait que ce soit elle qui fasse le premier pas pour le renouer.

La logique… ou plutôt, il devait bien l'avouer, sa fierté blessée. N'avait-il pas tout donné depuis son retour ? N'avait-il pas attendu treize ans pour la retrouver ? N'était-ce pas à elle de faire un compromis cette fois ?

Mais elle n'avait pas appelé ; et chaque jour, il avait travaillé de l'aube à la nuit tombée et s'était couché trop épuisé pour réfléchir. Qu'il était loin à présent du principe de modération censé régler sa vie ! Quelque chose à New Skye — ou plus exactement quelqu'un — paraissait le pousser d'un extrême à l'autre.

Dans la nuit du vendredi, une effroyable quinte de toux réveilla Dixon. Il ouvrit les yeux, mais ne vit qu'un brouillard indistinct à travers ses larmes. Puis il reconnut l'odeur. Celle de la fumée.

Bon sang, il y avait le feu quelque part !

Il sauta de son lit, se protégea la bouche d'un T-shirt roulé en boule et rampa vers la porte. Dans le couloir, la fumée était encore plus dense. La chambre de miss Daisy était plus loin, sur l'arrière de la maison. Il progressa le plus vite possible jusqu'au seuil de sa chambre et trouva avec soulagement sa porte fermée. La fumée n'avait peut-être pas pénétré dans la pièce.

Hélas ! C'est à l'aveuglette et en continuant de tousser comme un perdu qu'il dut traverser la vaste pièce. Le lit était sur sa gauche, de cela, il était presque certain.

— Miss Daisy ! Réveillez-vous, miss Daisy !

Sa progression lui paraissait interminable. Ses yeux, sa gorge le brûlaient atrocement. Se serait-il trompé de chambre ? Pourvu qu'il ne perde pas connaissance… S'il s'évanouissait, ils mourraient tous les deux.

Enfin, sa tête heurta l'un des montants du lit. Il se redressa et chercha à tâtons la jambe de miss Daisy.

— Réveillez-vous, grand-maman !

Elle ne bougea pas. Dixon se releva, passa ses bras autour du corps frêle de sa grand-mère et l'emporta sur le palier. Où était l'escalier ? A droite ? à gauche ? Il prit à gauche. Il était là. Ses genoux faiblissaient et il dut prendre appui contre le mur, le mur de lattis mis à nu qui n'offrait qu'un support fragile. Il ne voyait pas le bas de l'escalier. Enfant, il avait su combien de marches il y avait. Etait-ce quinze ? dix-huit ?

— Une, deux… sept… onze, compta-t-il.

A mesure qu'il descendait, l'atmosphère devenait plus respirable. La source de l'incendie devait se trouver au premier étage.

— Dix-huit.

Il avait atteint la dernière marche. Respirant un peu plus librement, il se dirigea vers la porte d'entrée, tira le verrou et chancela jusqu'au porche. Enfin, après avoir failli trébucher plusieurs fois contre les briques descellées des marches du perron, il s'agenouilla et déposa doucement miss Daisy dans l'herbe.

— S'il vous plaît, miss Daisy, réveillez-vous, dit-il en lui tapotant les joues. Respirez, nous sommes à l'air à présent. Allons, grand-maman, dites-moi quelque chose.

— Ne m'appelle pas comme ça, dit-elle d'une voix rauque.

Il sourit.

— Alors, ouvrez les yeux.

Elle toussa, battit des cils, et le regarda enfin.

— Que s'est-il passé ?

— Il y a le feu quelque part en haut. Larvé, je crois, vu la quantité de fumée. Je vais chercher mon portable dans la voiture. Vous pouvez rester seule quelques minutes ?

— Oui, je…

Soudain, elle s'agrippa à son bras.

— Dixon, les chats… ils sont à l'intérieur, dit-elle en se mettant assise, prête à se lever. Nous devons aller les chercher.

— J'irai. Je vous le promets, répondit-il en l'empêchant de se lever. Mais vous devez m'assurer que vous ne bougerez pas d'ici. Je vais chercher le téléphone. Vous appellerez le 911. Et Kate. Appelez Kate. D'accord ?

— C'est promis. Je ne bouge pas d'ici. J'appelle les pompiers et Kate. Va, Dixon, dépêche-toi.

Il partit en courant et revint moins de deux minutes plus tard.

— Le numéro de Kate est mémorisé, lança-t-il avant de courir de nouveau vers la maison.

13.

Lorsque Kate arriva à Magnolia Cottage, des voitures de police et un camion de pompier bloquaient l'allée. Pendant un instant, elle craignit qu'ils ne la laissent pas passer.

Puis elle reconnut Tim Cromertie, un ancien camarade de lycée, parmi les pompiers. Elle courut vers lui et agrippa la manche de sa veste.

— Tim, peux-tu me conduire près de miss Daisy ? Elle m'a demandé de venir.

— Oh, c'est toi, Kate ! fit-il en relevant son masque. Oui, j'ai entendu le capitaine dire qu'elle t'avait appelée. Suis-moi.

Il la conduisit à une ambulance dans laquelle miss Daisy était assise, enveloppée dans une couverture, un masque à oxygène sur le visage et Audrey, le persan blanc, sur ses genoux. Clark somnolait dans les bras d'une auxiliaire médicale et Cary s'était réfugiée dans les plis de la couverture aux pieds de la vieille dame.

— Ils n'ont pas encore trouvé Marlon, dit miss Daisy d'une voix inquiète. Et il est tellement gros, j'ai peur qu'il ne survive pas.

Kate s'assit sur la civière à son côté et passa un bras autour des épaules de son amie.

— Les pompiers vont le trouver, ne vous inquiétez pas.

— Il n'y a que Dixon qui puisse le trouver. Marlon aime dormir à l'écart. Il pourrait être à l'office, à la cave, ou même dans le placard à linge…

— Dixon est encore à l'intérieur ? s'exclama Kate, saisie d'effroi. Vous l'avez vu ?

— Il a ramené ces trois-là, mais il y a un petit moment qu'il est reparti maintenant.

— Et le feu est éteint ?

— Je crois, oui, répondit l'auxiliaire. Apparemment, des débris de matière isolante, des chiffons humides et du bois vert ont été jetés à l'intérieur d'une cloison creuse en même temps qu'une cigarette. Ça a produit beaucoup de fumée, mais la combustion était très lente.

— Vous voulez dire que le feu a été mis intentionnellement ?

— Difficile à dire, semble-t-il. Quelqu'un a pu fourrer tous ces débris là en nettoyant, pensant que personne ne remarquerait rien. La cigarette était tout au fond. Les ouvriers du bâtiment font ça tout le temps, il paraît.

— Pas s'ils sont consciencieux.

Dixon, le visage plein de suie, les yeux rougis, se tenait à l'arrière de l'ambulance, le dernier rescapé dans les bras.

— Je l'ai trouvé endormi à la cave. Il n'avait pas très envie d'être dérangé à vrai dire, mais je ne lui ai pas demandé son avis.

— Oh, merci, merci, dit miss Daisy en recevant le chat des mains de Kate qui avait aussitôt tendu les bras pour débarrasser Dixon de façon à ce qu'il puisse monter dans l'ambulance. A présent, Dixon, viens t'asseoir à côté de moi et laisse cette ravissante jeune femme s'occuper de toi.

Mais Dixon ressortait déjà.

— Je vais très bien, dit-il. Honnêtem...

Une horrible quinte de toux l'empêcha d'achever.

— Allons, monsieur Bell, dit l'infirmière en attrapant son bras. Venez vous asseoir. Le temps de nettoyer vos poumons en respirant calmement. Il n'y a plus rien que vous puissiez faire à l'intérieur. Les pompiers vont ventiler la maison, vous pourrez y retourner demain matin.

Dixon cessa de résister. Il se laissa tomber sur le banc, mit ses coudes sur ses genoux et laissa aller sa tête dans ses mains.

— Puisque vous le dites.

Pour Kate, c'était presque aussi alarmant de le voir soudain aussi abattu que de le savoir à l'intérieur de la maison.

— Nous allions repeindre de toute façon, dit-elle doucement. S'il devait y avoir un feu, mieux valait que ce soit aujourd'hui.

— Oui.

Il accepta de mettre un masque à oxygène et se redressa sans protester lorsqu'on le lui demanda. Puis il ferma les yeux. Kate ne l'avait jamais vu aussi découragé.

Elle ne savait pas combien de temps il s'était écoulé quand le capitaine Mabry vint les trouver.

— Miss Crawford, si vous vous sentez mieux, vous devriez vous trouver un lit et aller vous reposer. Vous aussi, monsieur Bell.

Dixon rouvrit les yeux et retira son masque.

— Vous n'avez rien découvert d'autre ?

— Non, monsieur. Nous allons refaire un tour pour nous assurer qu'il n'y a pas d'autre foyer, et évacuer le maximum de fumée. La police laissera une voiture cette nuit pour garder un œil sur la propriété. Vous pouvez partir tranquille. Miss Daisy a besoin de repos, ajouta-t-il en jetant un regard de connivence à Kate, sachant que c'était l'argument décisif. Je vous verrai demain, ainsi que le policier chargé de l'enquête.

Quand Mabry fut reparti, miss Daisy regarda Dixon.

— Où irons-nous avec quatre chats ? demanda-t-elle. Je suppose que Lu Ann nous hébergerait volontiers, mais elle a un chien. Peut-être…

Kate se leva.

— Vous venez chez moi, bien sûr. Tous les six. Trace et Kelsey ont réclamé un animal pendant des années, ils seront trop heureux d'en accueillir quatre à la fois.

La proposition fut acceptée sans hésitation et miss Daisy s'installa à l'arrière de la Volvo avec ses chers chats. Dixon avait insisté pour prendre son 4x4, alléguant qu'il n'aurait pas, ainsi, à la déranger le lendemain matin.

Tout le long du trajet, Kate jeta des coups d'œil dans son rétroviseur. De toute évidence, Dixon était plus ébranlé qu'il ne voulait l'admettre. Ils arrivèrent cependant sans encombre. Trace et Kelsey étaient tous les deux debout car elle avait dû les réveiller pour leur dire où elle allait et pourquoi. Tous s'affairèrent aussitôt autour de miss Daisy, qui la pressant de prendre une douche relaxante, qui préparant la chambre d'amis, qui lui apportant une tasse de thé sucré au miel alors qu'elle était finalement installée dans son lit avec tous ses chats.

Alors seulement, Dixon accepta de prendre une douche à son tour. Trace lui prêta un pantalon de jogging et un T-shirt qui, somme toute, ne lui allaient pas trop mal, et c'est dans cette tenue qu'il redescendit dans la cuisine une demi-heure plus tard, ayant presque retrouvé son visage habituel.

— J'ai passé la tête dans la chambre de miss Daisy. Elle dort, avec Clark et Marlon enroulés à côté d'elle. Je crois que Cary est chez Kelsey, et Trace semble avoir convaincu Audrey que sa place était avec lui.

Il s'appuya contre le comptoir, prit le grand verre de thé que Kate lui offrait et le but d'un trait.

— Mmm… ça fait du bien, dit-il d'une voix enrouée.

Kate lui versa un autre verre.

— Tu vas sans doute avoir du mal à trouver le sommeil. Voudrais-tu un lait chaud ? ou… un toast beurré ? Qu'est-ce qui t'aiderait à te détendre ?

— Sincèrement ?

— Bien sûr.

— Puis-je te tenir un instant contre moi ?

— Oh, Dixon.

Depuis le lundi précédent, elle avait eu peur de lui offrir son réconfort, peur de l'appeler, peur de ce qu'elle avait détruit entre eux.

— S'il te plaît.

Il posa son verre sur le comptoir et elle s'approcha de lui, passant ses bras autour de sa taille.

Dixon qui, jusqu'à cet instant, avait appréhendé sa réaction, réussit à ne pas la serrer contre lui de toutes ses forces, comme il était tenté de le faire, et à simplement l'accepter, l'accueillir. Il laissa échapper un soupir. Dieu, que c'était bon ! Après les événements des dernières heures, il avait besoin de la sentir entre ses bras autant que ses poumons avaient besoin d'oxygène.

Ses cheveux étaient doux et sentaient bon. Elle portait un T-shirt de coton aussi léger que le sien, et ses seins se pressaient contre sa poitrine, écrasant leurs douces rondeurs contre ses côtes.

Elle remua entre ses bras, releva la tête, et, un instant, il crut qu'elle allait s'écarter, mais ses mains glissèrent vers ses épaules, puis elle prit son visage entre ses paumes et attira sa bouche à ses lèvres.

— Compassion ? murmura-t-il contre sa joue.

Elle secoua la tête.

— Convoitise, repartit-elle, avant d'ajouter, tout bas : J'ai envie de toi.

Résister était impossible. Il s'empara de ses lèvres et prit tout ce qu'elle avait à lui donner. Elle avait un goût de melon, sucré et rafraîchissant comme un torrent des montagnes Rocheuses. Ses doigts caressaient doucement ses cheveux, ses oreilles, son cou, faisant monter en lui un désir irrésistible de la faire sienne.

Il glissa ses mains sous son T-shirt et celles-ci suivirent lentement la ligne de ses côtes, s'attardèrent sur la pointe de ses seins, s'égarèrent vers son ventre. Avec un grognement plaintif, il resserra son étreinte et la hissa sur le comptoir — il ne lui demanda pas la permission, il savait qu'il n'en avait pas besoin —, et elle l'enlaça avec toute la force dont elle était capable, de ses bras, de ses jambes et de ses genoux.

— Oh, Kate…, fit-il avant d'enfouir ses lèvres dans son cou.

Elle laissa aller sa tête en arrière, contre la porte du placard, et il l'embrassa sans plus de retenue. Ses lèvres coururent de ses lèvres à son cou, de son cou à sa gorge.

— Je t'aime tant.

Ses mains se faufilèrent sous son T-shirt, s'arrondirent autour de ses seins, puis en agacèrent longuement les pointes déjà tendues. Elle frissonnait de tout son être contre lui quand il saisit sa bouche de nouveau, la dévorant de ses lèvres devenues avides, pressées, exigeantes.

Mais Dixon connaissait ses limites. Et il savait pertinemment que s'il ne se refrénait pas maintenant, il ne serait bientôt plus en mesure de se contrôler. Oh, il désirait Kate, ardemment et tout de suite, mais il ne voulait pas la prendre sur le comptoir ou sur la table de la cuisine, en tout cas pas la première fois. Il se souvenait de ce qu'il avait dit à L.T. quelques jours auparavant : lorsque Kate et lui seraient ensemble, elle ne serait plus la femme d'un autre, mais la sienne.

Aussi Dixon modéra-t-il ses baisers, puis il retira ses mains de dessous ses vêtements. Le plus dur fut de s'arracher à l'étreinte passionnée de Kate, mais il y parvint.

— Dixon ?

Elle levait les yeux vers lui, une expression inquiète, confuse sur le visage.

— Chut… Tout va bien.

Elle laissa retomber sa tête contre son épaule avec un petit soupir.

— Tu as raison. Merci.

Ils restèrent un long moment, doucement enlacés, attendant que leur peau brûlante, leur sang tumultueux s'apaisent.

Kate insista pour qu'il prenne sa chambre tandis qu'elle dormirait avec Kelsey, qui avait un grand lit, et, vaincu par ses arguments — il dormirait mal sur le canapé, Kelsey pourrait descendre le matin en pyjama avant qu'il ne soit réveillé, miss Daisy pourrait avoir besoin de lui durant la nuit —, il finit par accepter.

Et sa récompense fut de se coucher dans les draps les plus doux qu'il ait jamais connus, imprégnés de l'odeur de rose et d'épice de Kate. L'oreiller portait encore la marque de sa tête et il y posa sa joue presque religieusement, feignant de croire qu'elle était allongée auprès de lui, priant pour qu'elle le soit un jour.

Il entendit une porte se fermer à l'étage, le grincement d'un bois de lit. Puis, dans le silence de la nuit, il réalisa qu'une radio était allumée quelque part, jouant *My dream* en sourdine. Ramenant le drap sous son menton, il ferma les yeux.

« Je devrais lui parler de cette chanson, songea-t-il à moitié endormi. Elle serait peut-être contente de savoir que je l'ai écrite en pensant à elle. Oui… peut-être lorsqu'elle me dira enfin qu'elle m'aime.

» Si elle me le dit un jour. »

Trace se frottait le visage en ouvrant la porte de sa chambre, quand il se trouva presque nez à nez avec Dixon, aussi mal réveillé que lui, qui sortait de celle de Kate.

Dixon le regarda en souriant.

— Bonjour, Trace. Eh bien, ils devront jouer sans nous aujourd'hui. Je n'en croyais pas mes yeux lorsque j'ai vu qu'il était 9 heures.

— Qu'est-ce que vous faites là ?

Dixon jeta un coup d'œil par-dessus son épaule.

— J'ai dormi dans la chambre de Kate.

Il observa Trace plus attentivement et constata que celui-ci semblait contrarié.

— Seul, précisa-t-il. Kate a dormi chez Kelsey. Non que cela te regarde vraiment, ajouta-t-il en s'engageant dans l'escalier.

Ce qui n'était pas tout à fait vrai, corrigeait-il intérieurement en rejoignant la cuisine. Il était naturel que Trace se sente concerné puisqu'il dépendait de Kate. Ce gamin avait traversé une mauvaise période cette année, seul un imbécile fini aggraverait encore la situation.

« Tiens-le toi pour dit », s'admonesta-t-il.

Kate et miss Daisy étaient installées à la table du petit déjeuner. Elles s'arrêtèrent de bavarder lorsqu'il arriva.

— Comment vas-tu ? s'enquit miss Daisy. Ta gorge ?

— Ça va, je crois, commença-t-il avant d'être pris par une quinte de toux. Enfin… presque, acheva-t-il quand il put parler de nouveau.

Kate lui avait déjà servi une tasse de thé.

— Que voudrais-tu d'autre ? des œufs ? des toasts ? un jus de fruit ? proposa-t-elle.

Dixon secoua la tête.

— Je crois que je devrai me contenter de liquides pour le moment.

Il but son thé et Kate lui en servit une autre tasse immédiatement. Il l'observait en souriant et s'aperçut qu'elle rougissait. Ce matin, elle portait un chemisier bleu sur un jean qui lui allait particulièrement bien. Il se demanda fugitivement si elle était entrée dans sa chambre pendant qu'il dormait pour y chercher ses affaires et se changer. Non, non, sûrement pas.

Ce qui lui remit à la mémoire le visage inquiet de Trace un instant plus tôt sur le palier.

— Je crois qu'il serait peut-être bien que tu parles à Trace. Il m'a vu sortir de ta chambre et je ne suis pas sûr que mon visage innocent l'ait complètement rassuré.

Elle soupira.

— Merci de me l'avoir dit. Je lui parlerai.

Confus d'être la cause d'un souci supplémentaire pour elle, il dit en posant sa tasse dans l'évier :

— Je pense que je vais aller voir la maison.

— Je viens avec toi, déclara miss Daisy en se levant.

Kate se tourna vers elle et dit la même chose que Dixon, exactement en même temps :

— Non, vous n'irez pas.

— Et pourquoi pas ? se défendit miss Daisy.

— Parce qu'il fait déjà horriblement chaud ce matin, répondit Kate en passant un bras autour de ses épaules. Et qu'il n'y a pas d'électricité à Magnolia Cottage pour l'instant, et donc pas de climatisation.

Dixon approuva du chef.

— Tes poumons ont été mis à rude épreuve la nuit dernière, tu sais. Mieux vaut te reposer encore un peu dans une atmosphère saine, dit-il.

— Et vos chats non plus n'apprécieraient pas, renchérit Kate.

Miss Daisy se pencha vers Kate pour l'embrasser.

— Vous êtes si attentionnée, dit-elle. Mais nous ne pouvons tout de même pas nous installer cher vous.

— Vous pouvez rester quelque temps. J'aurais d'ailleurs dû vous le proposer avant. Vous n'auriez pas eu à supporter tous les désagréments des travaux.

Dixon respirait soudain beaucoup plus librement. Au moins, Kate aimait sa grand-mère.

— Donc, c'est décidé, dit-il. Je vous appellerai un peu plus tard. Passez une bonne journée.

Il posa un baiser rapide sur la joue de miss Daisy et Kate l'accompagna jusqu'à la porte.

— Pourquoi ai-je comme l'impression que tu ne reviendras pas ?

Las tout à coup, il sentit ses épaules s'affaisser, puis il se redressa et regarda Kate.

— Bien sûr que si, je reviendrai. Je ne peux pas passer une journée sans voir le doux visage de miss Daisy. Et le tien, ajouta-t-il en caressant sa joue de son index.

— Mais…

— Il n'y a pas de « mais ». Tu me reverras certainement bien avant que tu n'en aies réellement envie.

Avant qu'elle ne puisse l'arrêter, il ouvrit la porte et sortit sur le perron.

— Merci de bien vouloir prendre soin de miss Daisy pour moi.

Dixon grimpa dans son 4x4, furieux contre lui-même. Il maîtrisait de moins en moins ses émotions et se conduisait de plus en plus bizarrement. Bientôt, il invectiverait les inconnus qui croiseraient sa route, provoquerait des bagarres dans les bars, et qui sait… finirait peut-être même par tuer quelqu'un.

Comme son père l'avait fait.

La famille Torres ne mangeait pas souvent à l'extérieur. Ils étaient trop nombreux, et l'argent manquait. Mais ce samedi-là, après une semaine entière de travail, Mano décida de faire un effort et de les emmener tous déjeuner chez Charlie.

Sal ne fut guère ému par la proposition.

— Pourquoi pas chez Pedro ? dit-il. C'est un ami, il ne se formalisera pas si les enfants renversent un verre ou s'ils sont un peu trop bruyants.

Les Lobos avaient graffité le Charlie's Diner au printemps ; ce n'était pas bien méchant, mais Trace LaRue et ses amis avaient ajouté des bombages vraiment répugnants en signant du nom de sa bande. Une autre raison de détester le frère de Kate.

Cependant, Mano, vraisemblablement transporté par sa propre générosité, balaya sa suggestion.

— Charlie et Abby Brannon sont des gens très bien. Ils seront gentils avec les enfants, et avec ta mère. Pas de tacos aujourd'hui. Nous mangerons de la bonne nourriture américaine.

« Et devrons supporter le mépris de ces bons petits américains sectaires », songea Sal à part lui. Il sentait qu'ils allaient avoir des ennuis. Mais il n'avait pas d'autre choix que de faire bonne figure, pour Consuela et pour ses frères et sœurs.

Ils arrivèrent au beau milieu du rush du déjeuner et durent patienter une demi-heure avant qu'une table se libère, ou plutôt deux tables car ils étaient neuf. Mano et Consuela attendirent à l'intérieur tandis que Sal jouait aux charades, dehors, avec les enfants. Enfin, Mano leur fit signe depuis la porte. Abby avait rapproché plusieurs tables au milieu de la salle pour n'en former qu'une, à laquelle leurs parents étaient installés lorsque Sal fit son entrée, suivi par ses six frères et sœurs. Tout ce petit monde s'attabla dans un joyeux brouhaha qui n'était pas du goût de tous les clients. Quelques-uns souriaient, mais la plupart paraissaient importunés, voire franchement mécontents.

Abby Brannon, toutefois, réussit à prendre la commande sans s'embrouiller ni s'énerver, et les boissons arrivèrent rapidement, accompagnées d'amuse-gueules, prévenant toute manifestation d'impatience. Les enfants, satisfaits, se comportaient plutôt bien. Sal commença à se détendre. Puis son petit frère Alex le tira par la manche.

— J'ai besoin d'aller aux toilettes.

Alors qu'ils regagnaient leur table, le carillon de la porte tinta. Deux hommes entrèrent. Le premier était Mickey, le gars qui travaillait avec Mano à Magnolia Cottage. Mano le vit et lui fit un signe de la main. Curieusement, Mickey hocha à peine la tête dans sa direction avant d'aller s'installer dans un box vide à l'autre extrémité de la salle. Mano haussa les épaules et prit un biscuit salé.

Le deuxième homme était L.T. LaRue. Il parcourut la salle du regard, vit la grande tablée au milieu du restaurant et se figea. Puis il alla droit vers Mickey, fit un brusque mouvement de tête et dit quelque chose qui précipita ce dernier hors du restaurant.

— Viens, Sal, disait Alex en le tirant par le bras. On va s'asseoir.

Mais Sal regardait LaRue qui revenait vers le milieu de la salle.

— On va apporter nos assiettes. Viens, répéta Alex.

Ils atteignirent leurs chaises au moment où LaRue apostrophait Mano.

— Alors, Torres, la vie est belle pour vous ces jours-ci, railla-t-il sans même un regard pour Consuela.

Mano s'était déjà levé.

— Oui, j'ai un bon travail. Chez un bon patron.

— Et c'est pour ça que vous venez crâner en ville avec tous vos petits rejetons, je suppose.

Consuela le regardait, effarée. Les enfants observaient l'homme qui n'avait pas l'air méchant, mais qui avait dit quelque chose… ils n'avaient pas très bien compris, mais leur père était tout rouge, comme quand il était très en colère.

Pour une fois, pourtant, Mano se maîtrisait.

— Fichez le camp, dit-il en se rasseyant.

Mais il n'était pas dans les intentions de L.T. de se faire congédier par un Hispano. Il regarda de nouveau les deux rangées d'enfants de chaque côté de la table. Des garçons, des filles… et, à l'autre bout, un visage qu'il avait déjà vu. Il eut un instant d'hésitation, puis se rappela.

— Toi ? Tu es le fils de Mano Torres ?

L'adolescent se leva.

— Salvadore Torres, dit-il avec arrogance.

Mano était de nouveau sur ses pieds.

— Qu'y a-t-il ?

Il se tourna vers son fils.

— Tu connais cet homme ?

L.T. répondit à la place de Sal.

— J'ai eu le plaisir de le corriger, il y a quelques mois. Il avait posé ses sales pattes sur ma fille et il avait besoin d'une bonne leçon. Je suis sûr que vous serez d'accord avec moi.

Mano et Consuela regardèrent tous les deux leur fils.

— Cette fille que tu vois… c'est la fille de LaRue ?

La voix de Mano tremblait et il avait les poings serrés.

— Oui. Kelsey LaRue, dit Sal sans fuir le regard de son père.

— Que tu *vois* ? rugit L.T. Je t'ai dit de ne plus tourner autour de ma fille et tu es en train de dire que tu sors avec elle ?

Sal haussa les épaules.

— La mère de Kelsey n'y voit pas d'inconvénient.

« Ah oui ? C'est ce qu'on allait voir. Et pas plus tard qu'aujourd'hui », songea L.T. en serrant les poings.

— Je te l'ai déjà dit et je te le dis une dernière fois : tu laisses ma fille tranquille ! Si j'apprends qu'on t'a vu… ne serait-ce que lui dire bonjour, je te promets que je te flanque une raclée dont tu te souviendras un bout de temps, sale petit imbécile !

Sur quoi, il tourna les talons pour partir… et se retrouva face à Mano Torres.

— Touchez à un cheveu de mon fils et c'est à moi que vous aurez affaire.

Avant qu'il ait pu lui envoyer son poing dans la figure, comme il était prêt à le faire, une large main s'abattit sur son épaule. Une autre main saisit celle de Torres, et L.T. réalisa que Charlie Brannon se tenait entre eux deux.

— Excusez-moi, messieurs, mais vous êtes ici chez moi et je n'aime pas les bagarres. Monsieur LaRue, vous pouvez vous asseoir à cette table libre là-bas, et boire quelque chose qui vous permettra de retrouver votre sang-froid. Monsieur Torres, votre déjeuner vous attend.

Malgré son âge et l'attaque qu'il avait eue l'année précédente, il émanait de Charlie une stupéfiante autorité, et c'est d'une poigne solide qu'il les sépara, s'assurant d'un regard de la fin des hostilités avant de les relâcher tous les deux.

L.T. quitta le restaurant, furieux. Que Torres l'ait vu en compagnie de Mickey était déjà ennuyeux — quoique l'altercation qu'ils venaient d'avoir lui avait probablement fait oublier ce détail —, mais il ne pouvait pas croire que Kelsey fréquentait encore ce morveux au teint basané, contre son ordre exprès. Et Kate n'avait pas le droit de s'interposer entre ses enfants et lui. Elle n'était même pas leur vraie mère. Et si elle croyait pouvoir refaire sa vie avec ce maudit arrière-petit-fils de planteur, elle se trompait.

Car il ferait tout pour que cela n'arrive pas.

La moitié de l'après-midi du samedi était passée et Dixon n'avait pas appelé. Kate se demandait ce que cela signifiait. Miss Daisy s'était retirée avec ses chats dans la chambre d'amis pour se reposer ; Trace et Kelsey regardaient un film, et Kate pensa qu'une petite sieste lui ferait du bien. Au moins cesserait-elle de cogiter pendant un moment.

Elle s'apprêtait à monter lorsqu'un couinement de freins, suivi du bruit d'une portière qu'on claque, la firent se retourner vers la fenêtre. L.T. traversait la pelouse.

Moins de trois secondes plus tard, il entrait dans la grande pièce en tonitruant :

— Je veux vous parler. A vous tous.

Il éteignit le téléviseur et saisit le bras de Kelsey, l'obligeant à se lever du fauteuil où elle était confortablement installée.

— Dis-moi un peu ce que tu cherches à faire en continuant à voir cet Hispano derrière mon dos ? cria-t-il.

Elle chancela quand il relâcha son poignet, puis retrouva son équilibre et se redressa pour affronter son père.

— Je tiens à lui. Et Kate a dit que je pouvais le voir.

— Kate a dit que je pouvais le voir », répéta-t-il, singeant une horrible voix de petite fille plaintive.

Il se tourna vers Kate.

— Tu savais ce que j'en pensais, dit-il d'un ton accusateur. Tu m'as trompé.

Curieusement, maintenant que l'affrontement avait lieu, Kate se sentait plutôt calme.

— Tu n'as rien demandé, L.T. Tu as seulement supposé que nous nous conformerions à tes ordres. Et comme tu n'en as jamais reparlé, je n'ai vu aucune raison de soulever la question.

— Ce garçon est un délinquant, bon Dieu ! Est-ce que tu veux la voir traîner avec une bande de voyous ? Ce sont probablement eux qui ont saccagé mon chantier le week-end dernier.

— Es-tu certain de ça ?

Elle avait appris l'acte de vandalisme par le journal ; la police n'avait aucun suspect. Cependant, elle savait que Sal était plus ou moins lié avec une bande de jeunes peu fréquentables et l'idée qu'il puisse être impliqué lui avait traversé l'esprit. Mais elle n'allait pas le dire à L.T.

— Ça paraît évident, non ? Son père a gardé une dent contre moi depuis que je l'ai licencié.

— Beaucoup de gens ont une dent contre toi, L.T., répliqua-t-elle.

— Parmi lesquels ton petit ami, hein ? Et le vieux Mano travaille pour lui justement. Le rapport n'est pas bien difficile à établir entre Bell, Torres et mes maisons saccagées.

— Dixon Bell ne s'abaisserait pas à faire ce genre de choses. Il réglera cette affaire face à face.

— J'y croirai quand je le verrai.

— Alors, ouvrez les yeux.

Dixon se tenait dans l'encadrement de la porte, Sal à son côté.

L.T. pivota vers eux.

— Qu'est-ce qu'il fait ici ? dit-il, désignant Sal d'un mouvement du menton.

— Sal a jugé utile de me prévenir que vous viendriez probablement ici pour tourmenter Kate et les enfants. Vu le caractère que vous avez, nous craignions tous les deux que vous vous en preniez à plus faible que vous. Comme d'habitude.

— C'est une affaire de famille. Vous n'êtes pas à votre place ici.

Kate ne pouvait pas laisser passer ça.

— C'est toi qui n'as pas ta place ici, L.T., et par ton propre choix.

Il fit volte-face, visiblement hors de lui.

— Toi, espèce de garce…

— Assez ! fit Dixon.

Il passa son bras autour de la gorge de L.T. et le tira en arrière, l'entraînant vers la porte. Après un instant de surprise, Kate les suivit et atteignit le perron à temps pour voir Dixon jeter L.T. en bas des marches.

— Fichez le camp et ne revenez pas. Il y a trop longtemps que vous les harcelez.

L.T. se releva. Kate retenait sa respiration, priant pour que son ex-mari s'en tienne là et parte.

Au lieu de quoi, il chargea.

Dixon le rencontra au pied des marches. Les deux hommes se percutèrent avec la force de deux trains circulant en sens inverse. Grognant, jurant, tous deux cherchaient une prise qui leur permettrait de prendre l'avantage et de frapper de toutes leurs forces. Une seconde plus tard, ils roulaient sur le sol, agrippés l'un à l'autre, luttant corps à corps avec rage.

— Qu'est-ce que tu vas faire ? demanda Kelsey d'une voix tremblante. Comment peut-on les arrêter ?

— Je ne sais pas.

218

Elle songea au tuyau d'arrosage, doutant qu'un jet d'eau suffise à les calmer.

— J'y vais, dit Sal, passant devant elle.

— Non, tu n'iras pas. Ni toi ni Trace n'êtes assez forts pour les arrêter.

Elle le retint par le bras et demanda, en le regardant droit dans les yeux :

— Est-ce que c'est ta bande qui a fait ces dégâts sur son chantier ?

Il ne cilla pas, mais une expression de regret traversa son visage.

— Oui, madame.

— Rentre chez toi, Sal. Ne reviens pas. Et n'appelle pas non plus.

— Kate ! s'écria Kelsey. Tu ne peux pas faire ça !

— Si, je peux. Va-t'en, répéta-t-elle au garçon.

Il partit, sans un regard pour Kelsey, et décrivant une large courbe pour éviter les deux hommes qui continuaient à se battre.

Les voisins étaient sortis de chez eux, attirés par le bruit. Deux hommes firent mine d'aller séparer les adversaires, mais leurs femmes les retinrent. L.T. était sur Dixon à présent, un genou dans son dos, une main sur sa cuisse, et s'apprêtait à lui asséner un coup de poing, tandis que Dixon, un bras replié en arrière, tentait de saisir L.T. à la gorge.

Aucun des deux n'entendit Kate approcher. Elle donna un violent coup de pied dans l'épaule de L.T., qui lâcha sa prise, puis elle attrapa à deux mains celle de Dixon et le tira vers elle de toutes ses forces.

— Arrêtez ! Arrêtez immédiatement. Trace est en train d'appeler la police. Si vous ne voulez pas qu'ils vous emmènent tous les deux au poste, vous avez intérêt à partir tout de suite.

Dixon la dévisagea comme s'il ne la reconnaissait pas. Puis son expression changea et il s'écarta de L.T. D'elle. Et se dirigea, chancelant, vers sa voiture, et démarra presque aussitôt.

L.T. se releva à son tour. Il regarda Kate, ouvrit la bouche pour dire quelque chose, quand une sirène retentit dans le lointain.

— Si tu es encore là lorsqu'ils arrivent, le prévint-elle, je te jure que je dépose une plainte contre toi.

Il hésita, jeta un coup d'œil à Trace et Kelsey, debout sur le perron, et, d'une démarche peu sûre, rejoignit sa Yukon, laquelle disparaissait quelques secondes plus tard au coin de la rue au moment où les voitures de police arrivaient.

Un officier vint vers Kate.

— On nous a rapporté un problème à cette adresse, dit-il en observant l'herbe piétinée alentour. Vous allez bien, madame ?

— Oui, merci. Il y a eu une altercation, mais tout est terminé maintenant, expliqua-t-elle en s'efforçant de sourire.

14.

Il y avait bien sûr un prix à payer. La porte à peine refermée, Trace et Kelsey s'exclamèrent en même temps :

— Tu l'as laissé partir alors que tu sais que c'est lui qui a saccagé ces maisons !

— Comment as-tu pu lui dire de partir comme ça ? Je n'aurais jamais cru que tu puisses être aussi méchante !

Kate les laissa protester tandis qu'elle se versait un grand verre de thé glacé, l'emportait sur la table et s'asseyait. Ses mains tremblaient tellement qu'elle dut les utiliser toutes les deux pour porter le verre à sa bouche. Pendant ce temps, les enfants continuaient de vitupérer.

— Tu aurais dû laisser la police les emmener tous les deux.

— Tu savais qu'il appartenait à une bande, alors pourquoi t'es-tu mise hors de toi de cette façon ? Il n'a peut-être même pas participé. Les autres ont peut-être décidé d'aller tout casser là-bas, mais ce n'est pas parce que Sal le savait qu'il était de la partie.

Trace se tourna vers sa sœur.

— Bien sûr ! Parce que tu crois qu'il n'en veut pas à notre père d'avoir licencié le sien ?

— De quoi parles-tu ?

— Son père a travaillé pour LaRue Construction. Papa l'a renvoyé il y a quelques années, et, depuis, il n'a jamais eu un travail stable.

221

onscience de me conduire comme un mufle en revenant
...nande en mariage. J'espère que tu me pardonneras, car
...pour te protéger.

...n'avait rien à répondre à cela. Quels arguments opposer à
...un qui se retranchait dans une inflexible défiance ?

Dixon quitta la pièce. Elle l'entendit monter l'escalier, le pas plus
...plus lourd qu'à l'ordinaire, puis ouvrir et refermer la porte de
chambre d'amis. Miss Daisy devait être endormie.

Quelques instants plus tard, elle reconnut le craquement caractéristique de son propre lit sur lequel il avait dû s'asseoir — peut-
être était-il en train de retirer sa chemise tachée ? Puis les ressorts
grincèrent à leur tour.

S'endormirait-il immédiatement ou resterait-il longtemps éveillé,
les yeux au plafond, à songer à ce qu'il venait de faire ? Et si elle
le rejoignait maintenant et s'offrait à lui, résisterait-il ? Sa volonté
serait-elle plus forte que son désir pour elle ?

Si elle faisait taire ses principes, elle le convaincrait peut-être
qu'ils étaient faits l'un pour l'autre. Mais s'ils n'étaient pas honnêtes
avec eux-mêmes, comment pourraient-ils l'être l'un vis-à-vis de
l'autre ?

La réponse étant par trop évidente, et craignant d'être tentée
d'entrer dans sa chambre si elle montait au premier, Kate passa une
nuit d'insomnie dans un fauteuil du salon, à penser à Dixon, qui,
étendu là-haut, attendait peut-être qu'elle fasse le premier pas.

Miss Daisy et les chats restèrent chez Kate, mais Dixon repartit
à Magnolia Cottage le dimanche matin après un rapide, très rapide,
petit déjeuner. Jamais il n'avait imaginé qu'il tournerait un jour
le dos à cette femme, mais c'était pourtant ce qu'il faisait. Il se
sentait vide à l'intérieur, comme si quelqu'un, avec un couteau,
avait retiré son cœur et tous ses organes de son torse. Et ce n'était
pas une sensation agréable.

Lorsqu'il arriva chez lui, il vit la Taurus de Sal garée dans l'allée. Guidé par le bruit des cisailles, il le rejoignit sur le côté de la maison où l'adolescent était en plein travail.

Trop las, après sa nuit blanche, pour tendre la main, il s'appuya contre le tronc d'un pin.

— Il fait drôlement chaud pour travailler, non ?

Sal ralentit à peine sa cadence.

— Ça fait du bien.

— Comment cela s'est-il passé chez toi ? Pas trop de cris ?

Sal lui avait raconté la scène du restaurant, la veille, alors qu'ils allaient chez Kate.

— Non. Ils… Ils ont compris.

Il secoua la tête comme si lui, par contre, ne comprenait pas leur réaction.

— Je suppose qu'avoir un boulot change beaucoup de choses pour mon père. Il est plus détendu ces jours-ci.

Dixon prit mentalement note de demander à DeVries de trouver un emploi à Mano. Dans quelque direction qu'il se tourne, il semblait se trouver des gens qui dépendaient de lui et qui l'empêchaient de simplement prendre ses affaires et partir. Même Sal comptait sur l'argent qu'il gagnait chez lui.

— Est-ce que Mme LaRue a dit quelque chose à mon propos ? interrogea ce dernier.

— Comme quoi ?

Cette fois, le garçon s'arrêta de travailler pour considérer Dixon.

— Elle m'a demandé hier si les Lobos avaient saccagé les maisons de LaRue. Je lui ai dit que oui.

— C'est toi qui as organisé ça ?

— Oui.

— C'était vraiment stupide, remarqua Dixon, avant d'ajouter, après un court moment de réflexion : Quoiqu'il l'ait mérité. Et bien plus encore.

— Vous lui avez donné le « plus encore », hier.

— Ouais… tout aussi stupide, marmonna-t-il, refusant d'y penser de nouveau. Alors tu te demandais si elle avait prévenu la police ?

— Elle pourrait.

— Je pense que si telle avait été son l'intention, elle l'aurait déjà fait.

Sal parut tout à coup un peu moins crispé.

— Je ne participerai plus à ce genre de choses, dit-il.

— J'espère que non.

Dixon se redressa.

— Je serai à l'intérieur. Viens boire quelque chose avant de partir.

— D'accord.

L'odeur âcre de la fumée imprégnait les murs de la maison. Et pas seulement l'odeur. Il y aurait un grand nettoyage à faire avant de reprendre les travaux. Dixon décida de se mettre à l'ouvrage sur-le-champ. DeVries prendrait la suite mais, en attendant, autant s'occuper utilement.

L'électricité n'était pas encore rétablie, aussi faisait-il aussi chaud dedans que dehors. Dixon était occupé à nettoyer les murs de la salle de bains lorsqu'il entendit des portières claquer à l'extérieur.

Trace et Kelsey s'apprêtaient à gravir l'escalier du perron lorsqu'il ouvrit la porte d'entrée.

— Nous nous sommes dit que vous auriez encore besoin de nous pour le jardin, dit Trace en évitant de le regarder dans les yeux. Kate nous a déposés. Elle reviendra nous rechercher vers 18 heures si cela vous convient.

— Pas de problème.

A dire vrai, Dixon n'y comprenait rien. Ne s'était-il pas montré assez clair la veille ?

— Sal est de ce côté. Vous pouvez travailler où vous voulez.

Trace ramassa des outils et se dirigea du côté opposé à celui que Dixon venait d'indiquer. Kelsey hésita une minute, tentée, semblait-il, de rejoindre Sal, puis elle secoua la tête.

— Je vais derrière la maison, c'est plus ombragé, dit-elle avec un sourire incertain.

— Bonne idée.

Dixon la regarda s'éloigner à pas lents. L'amour n'était pas quelque chose de simple. Pas plus pour les adolescents que pour les adultes.

— A l'aide !

Concentré sur sa tâche, Trace ne fut d'abord pas sûr d'avoir bien entendu. Mais l'appel retentit de nouveau, plus fort :

— Au secours ! A l'aide !

— Kelsey ?

Il courut au bord de la pelouse, sur le côté de la maison, et chercha sa sœur des yeux.

— Kelsey ! Où es-tu ?

Torres arrivait de la direction opposée.

— Où est-elle ?

— Je suis là... près du... ruisseau.

Ils se précipitèrent tous les deux vers l'arrière de la maison. Trace n'était jamais allé au-delà du petit pont de brique, mais il repéra aussitôt le tas de mauvaises herbes fraîchement coupées. Suivi de Torres, il s'engagea dans le chemin que sa sœur avait dégagé.

— Stop ! dit Kelsey d'une voix bizarre — on aurait dit qu'elle voulait crier mais qu'elle ne le pouvait pas. Des serpents.

Trace s'arrêta si brusquement que Torres faillit le faire tomber en arrivant derrière lui.

— Va chercher une ou deux pioches, dit Trace au Mexicain. Des pelles, quelque chose de coupant. Dépêche.

Tandis que Sal repartait en courant, Trace continua à s'approcher *de l'endroit où se tenait* sa sœur. Prudemment.

— *Quelle sorte de* serpents, Kelse ?

— *Comment veux-tu* que je le sache ? Ils sont bruns, avec une *tête pointue. Ils ont l'air* mauvais.

« *Des mocassins d'eau* », pensa Trace.

— *Combien y en a-t-il* ?

— *Plein... Tout un nid.*

Il était tout près à présent. Kelsey était debout dans de hautes *herbes au bord du ruisseau.* A à peine cinquante centimètres d'elle *se trouvait une large pierre plate* sur laquelle paressaient au soleil *plusieurs serpents aux écailles cuivrées.*

— *Ils semblent endormis,* dit-il doucement. Est-ce que tu peux essayer *de reculer ? lentement* ?

— Non.

Elle était *en short* bien sûr, parce qu'il faisait si chaud, et portait des tennis *basses. Rien* ne protégeait ses jambes.

— Pourquoi ?

— Parce qu'il y en a un juste à côté de mon pied.

— Mince, grommela-t-il.

Torres arriva *derrière* lui.

— Où sont-ils ? demanda-t-il en lui tendant une pioche. Ah, oui, je les vois.

— Le vrai problème est celui qui est près de son pied, dans l'herbe. Si on lui fait peur, il attaquera.

Sal parut réfléchir, puis il posa une main sur l'épaule de Trace.

— Tu as déjà vu ce type à la télé, celui qui attrape les crocodiles et parle aux serpents et aux lézards ?

— Oui, et alors ?

— Il fait s'enrouler les serpents autour d'un bâton sans que ceux-ci attaquent. Si on y arrivait, Kelsey aurait le temps de s'enfuir.

Trace le dévisagea.

235

— Tu es fou ?

— T'as une meilleure idée ? Tu l'as dit toi-même, si on l'effraie, il attaquera.

— Quel est ton plan ?

— Tu essaies d'occuper celui qui est près d'elle avec le manche de la pioche. Je fais le tour par-derrière, et si tu réussis à le distraire assez longtemps, je pourrai éloigner Kelsey du danger.

— Et moi, je me serai fait mordre.

Sal lui adressa un large sourire.

— On te conduira à l'hôpital.

— Génial. Bon, j'y vais, fit-il en retournant la pioche de façon à positionner le manche devant lui.

Il fit un pas précautionneux vers Kelsey et toucha légèrement le serpent. La tête triangulaire s'éleva au milieu des herbes, sa langue fourchue sortant de sa gueule ouverte.

Kelsey laissa échapper un cri.

— Chut, fit Torres. Tout va bien.

Il se trouvait déjà derrière elle. Trace présenta le manche à l'animal d'un mouvement aussi lent que possible, comme il l'avait vu faire à la télévision, puis effleura sa gorge et vit avec surprise que le serpent commençait à s'enrouler autour du bâton, progressant lentement vers lui.

Il attendit encore vingt secondes, puis dit, entre ses dents :

— Maintenant.

En un éclair, Torres souleva Kelsey dans ses bras et s'enfuit en courant. Le serpent réagit instantanément au bruit. Il sembla couler le long du manche, retrouvant sa position initiale, corps enroulé, tête dressée dans la direction des fuyards.

Trace n'eut pas besoin de réfléchir pour saisir l'occasion. Il jeta la pioche sur le mocassin et prit ses jambes à son cou, empruntant en sens inverse le chemin qui l'avait conduit jusqu'au ruisseau.

236

Lorsqu'il rouvrit les yeux, les premiers rayons du soleil filtraient à travers les rideaux annonçant une nouvelle, et meilleure, journée.

Dixon avait appris sa leçon. Le lundi matin, il appela miss Daisy pour l'informer de la date du conseil municipal qui devait statuer sur le sort de Magnolia Cottage.

— Cela nous laisse une semaine, dit celle-ci à Kate cinq minutes plus tard. Nous avons sept jours pour renverser la situation en notre faveur.

— Ce ne sera pas facile. L.T. a le maire et au moins quatre membres du conseil de son côté. Restent quatre membres encore indécis. Le maire vote en cas d'égalité des voix. Comment pouvons-nous gagner ?

— Il nous faut convaincre l'un des membres acquis à L.T. Auprès de qui avons-nous le plus de chances ?

— Reese Scot passe les publicités de L.T. sur ses stations, Ray Calhoun, le banquier, lui a accordé de gros prêts. Ni l'un ni l'autre ne voteront contre leurs intérêts. Quant au révérend Brinkman, il pense sincèrement que la communauté a besoin de ces logements. Reste… mon père, conclut-elle en soupirant.

— Lui avez-vous parlé ?

— Oui, une fois. Il a investi de l'argent dans l'entreprise de L.T. Je voudrais pouvoir penser que cela n'influe pas sur sa façon de voir les choses, mais je ne peux m'empêcher de douter.

— Dans ce cas, je crois qu'il va nous falloir frapper un grand coup.

— A quoi pensez-vous ?

— Aux urnes, bien sûr.

C'est ainsi que commencèrent les coups de fil : à tous les membres de la Société historique, à ceux du Club des femmes, ceux du club de lecture, à toutes les connaissances de leur paroisse. Elles insistèrent sur l'importance de préserver Magnolia Cottage en tant qu'élément du patrimoine architectural de la ville ; parlèrent de subventions, d'histoire commune, de fierté partagée. Puis elles répandirent dans toute la ville les affichettes, réalisées par Trace sur son ordinateur, qui annonçaient une grande réunion à la Société historique le samedi suivant.

A leur grande surprise, l'initiative eut un succès retentissant. La salle était comble au point qu'on dut replier les chaises et les aligner contre les murs. Kate avait invité son père afin qu'il puisse juger du soutien que les gens de son district lui apporteraient pour conserver Magnolia Cottage. Elle l'aperçut, au fond de la salle, tandis que Lu Ann parlait de l'histoire de la ville et de la part qu'y avaient prise les Crawford et les Bell. Miss Daisy retraça l'historique de la maison elle-même, et un conservateur de musée vint expliquer en quoi la propriété de M. Bell présentait un intérêt particulier par rapport à d'autres maisons de plantation de la région.

Pendant ce temps, une pétition circula dans l'assemblée, et les signatures remplirent deux fois plus de pages qu'ils ne l'avaient espéré. Si la moitié des gens qui avaient promis d'assister à la réunion du conseil s'y rendaient vraiment, il n'y aurait plus de place dans la salle pour les membres eux-mêmes.

— Qu'en penses-tu, papa ? demanda Kate en rejoignant son père. Je dirais qu'une grande partie de tes électeurs aimeraient voir Magnolia Cottage préservé.

John Bowdrey se redressa.

— Ce que les administrés pensent vouloir et ce qui est bénéfique à la commune peuvent être deux choses fort différentes.

— Tu te prononcerais contre l'opinion des gens qui t'ont élu ? Tu es pourtant supposé les représenter.

— C'est ce que je m'efforce de faire, le mieux possible.

Il effleura son épaule et ajouta :

— Je vais réfléchir à cette question, Kate. C'est tout ce que je peux te dire pour l'instant. Ah, je vois que ta mère m'attend. Je ferais mieux d'y aller, nous dînons au club et nous devons encore passer nous changer.

Kate avait peu d'espoir que son père change d'avis, à moins que sa mère ne se soit laissé gagner par l'excitation qui s'était emparée de l'assemblée et essaie de l'influencer. Mais son père ne lui avait pas laissé le temps de demander à sa mère son opinion. Ce qui était encore un mauvais signe.

Le téléphone sonna ce soir-là et Kate, qui s'attendait à une réaction brutale de L.T. — lequel, à cette heure, avait certainement eu vent de leur réunion —, alla répondre à reculons. Mais elle s'était trompée.

— Bonsoir, Kate, dit la voix de Dixon, qui avait finalement retrouvé son timbre habituel, une fois dissipés les effets irritants de la fumée. J'ai entendu dire que miss Daisy et toi aviez créé l'événement cet après-midi.

— Nous sommes nombreux à New Skye à vouloir voir Magnolia Cottage rester où il est pendant encore un ou deux siècles, repartit-elle.

— C'est réconfortant. J'espère que le conseil municipal vous entendra. Il ne nous reste qu'à croiser les doigts et prier. Ah, à propos, est-ce que miss Daisy est près de toi ?

Kate alla chercher miss Daisy, puis alla s'asseoir dans la grande pièce, face à la porte-fenêtre, en proie à un accès de désespoir. Dès l'instant où elle avait rencontré Dixon, celui-ci était devenu partie intégrante de sa vie, et, juste au moment où elle commençait à envisager un avenir avec lui, Dixon choisissait de lui tourner le dos. Allait-elle le laisser partir ? Ne pouvait-elle rien faire pour le faire revenir sur sa décision ?

— Assise dans le noir, ma chère ? dit miss Daisy en entrant dans la pièce. Seriez-vous en train de guetter les lucioles ?

Elle se laissa glisser dans un fauteuil.

— Dixon passera me prendre à 9 heures demain matin pour aller à l'église.

— Dixon est très attentionné, n'est-ce pas ? Il vous aime beaucoup, miss Daisy.

— Je sais. Et j'apprécie de pouvoir compter sur lui. Mais il a besoin d'autre chose dans sa vie que d'une vieille dame.

— Je…

— Aussi, quels que soient les obstacles qui se dressent entre vous, vous devrez en discuter afin de les surmonter.

Kate s'approcha de la fenêtre.

— C'est Dixon qui a élevé une barrière entre nous. Je ne sais pas comment la renverser.

— Vous souvenez-vous de ce que vous éprouviez lorsque vous étiez enfant au matin de Noël ? Combien vous étiez excitée de savoir que vos présents vous attendaient devant la cheminée et terrifiée à l'idée qu'ils ne répondent pas à vos vœux les plus chers ?

— Oh oui !

— Obtenir ce que l'on désire fait souvent très peur, en vérité. Et lorsqu'il s'agit de relations amoureuses, les hommes sont encore plus effrayés que les femmes.

— Vous pensez que c'est le cas de Dixon ?

— Il est possible, répondit miss Daisy en se levant, qu'au moment où Dixon a réalisé qu'il était sur le point de réaliser le rêve de sa vie, il se soit convaincu qu'il ne méritait pas cette chance, se protégeant ainsi d'un échec qu'il redoute probablement plus que tout.

Miss Daisy alla à la porte.

— Bonne nuit, ma chère Kate.

— Bonne nuit, miss Daisy. Et merci.

Les sages paroles de la vieille dame ne lui disaient pas comment convaincre Dixon qu'ils avaient un avenir ensemble, mais il était néanmoins réconfortant de savoir que sa grand-mère croyait en elle. Avoir miss Daisy de son côté était certainement un atout.

*
**

Dixon venait de raccrocher après avoir parlé à Adam DeVries quand son portable sonna de nouveau.

— M. Bell ? Sal Torres à l'appareil.

— Bonjour, Sal. Comment vas-tu ?

— Ça va. Mais je viens juste de me rappeler quelque chose que vous devriez savoir. Samedi, L.T. LaRue n'était pas seul au restaurant. Il est entré avec quelqu'un d'autre.

— Quelqu'un d'important ?

— Pas exactement. C'était Miguel — Mickey. Celui qui travaille chez vous. Quand le père de Kelsey nous a vus, il a dit à Mickey de partir. J'ai eu l'impression qu'il ne voulait pas qu'on les voie ensemble.

— Ah oui ?

Dixon remercia Sal et raccrocha. Mickey avait été vu en train de parler avec LaRue. Intéressant. Qu'est-ce qu'un gars qui travaillait chez lui avait à dire à l'homme qui s'évertuait à s'emparer de sa maison ?

Il ne cessa d'y penser toute la matinée tandis qu'il travaillait avec Mano, Danny et Mickey dans le futur dressing de miss Daisy. Vers 11 heures, tous quatre prirent une pause bien méritée. Les trois ouvriers allèrent s'assoirent sur les marches du perron, encore ombragé à cette heure, et Dixon alla se faire un sandwich dans la cuisine.

Un peu avant midi, entendant les marteaux résonner de nouveau à l'étage, Dixon sortit de la maison par la cuisine et rejoignit l'entrée principale par l'extérieur. Là, au pied de l'escalier, dans un parterre que Kate n'avait pas désherbé, il trouva la boîte de soupe qu'il avait donnée à ses ouvriers en guise de cendrier. C'est à ce moment seulement, faisant le lien avec ce que lui avait rapporté Sal, qu'il réalisa que Mickey était le seul des trois à fumer.

Il mit la boîte dans sa voiture, dans l'intention de la donner, au besoin, à l'inspecteur qui enquêtait sur l'incendie, et rejoignit les hommes au premier. Ils avaient presque terminé de panneauter la penderie.

— Beau travail, commenta-t-il.

Mickey, bras tendus, tenait en place un panneau d'aggloméré afin que Mano le cloue.

— Grouille, Mano, dit-il. C'est pas léger.

— Ça vient, ça vient.

— Dites-moi un peu, Mickey, demanda Dixon, élevant légèrement la voix. Combien vous a-t-on payé pour saboter mes travaux ?

De surprise, Mickey lâcha la planche qui atterrit sur son pied. Poussant un cri de douleur, il s'assit sur le sol et se pencha sur sa chaussure. Mais avant qu'il ait pu la délacer, Dixon l'avait attrapé par son col de chemise et l'avait remis sur ses pieds.

— Je t'ai posé une question ! Combien t'a-t-on payé pour ficher le feu à ma maison ? Pour nous *assassiner* ma grand-mère et moi pendant que nous dormions ?

Mickey ferma les yeux. Tout son corps tremblait de frayeur. Il bégaya :

— C-cinq… cinq mille.

— Qui ?

— LaRue.

Entendant ce qu'il savait être la vérité, Dixon vit rouge. D'une main, il assura sa prise, ferma son autre poing, le bras bandé, prêt à se détendre pour frapper l'objet de sa rage, le plaquer contre le mur, ou peut-être le passer par la fenêtre. Ou pourquoi pas les deux.

« Tu es un homme trop généreux, trop attentif aux autres… Tu ne pourras pas t'empêcher de te soucier de ceux que tu aimes parce que tu es ainsi fait. Le nier n'y changera rien », souffla la voix de Kate à son oreille, aussi distinctement que si la jeune femme s'était trouvée à son côté.

Et, aussi rapidement qu'il était apparu devant ses yeux, le brouillard rouge se dissipa. Il prit une longue inspiration, sentit

248

quatre membres dont Kate pensait qu'ils voteraient pour L.T. d'un coté, et les indécis, de l'autre. Etait-ce le fruit du hasard ? Kate se posait la question.

Le maire frappa plusieurs fois son marteau sur le bureau et déclara la réunion ouverte, puis il consulta ses papiers et commença :

— Mes chers concitoyens, l'objet de cette réunion est de discuter une proposition faite par les services du logement de saisir, pour cause d'utilité publique, la propriété ci-après nommée Magnolia Cottage, dans le but de construire un ensemble d'habitations destinées aux foyers à revenus modestes de notre belle ville. Nous entendrons tout d'abord M. Jake Tower, directeur des services du logement.

Le personnage concerné, un petit homme replet et rougeaud, se leva et rejoignit l'estrade, pourvue d'un micro, face au conseil.

— Monsieur le maire, messieurs les membres du conseil, je tiens à vous remercier de me permettre de m'exprimer publiquement aujourd'hui. Nos services sont en pourparlers avec le conseil municipal depuis plusieurs années sur le sujet qui nous occupe, à savoir la nécessité de développer notre parc de logements sociaux. Le terrain envisagé répondant parfaitement aux exigences de la loi en la matière…

Tower développa toute une série d'arguments administratifs auxquels l'assemblée resta relativement insensible avant de terminer :

— Je voudrais, avant de conclure, porter à votre attention le fait que, bien qu'un appel d'offres soit bien sûr prévu, l'entreprise LaRue Construction a d'ores et déjà présenté un projet qui répond en tout point au cahier des charges tout en respectant notre ligne budgétaire.

« En tout état de cause, nous pensons que les intérêts de notre communauté justifient amplement que soit exercé le droit d'expropriation pour cause d'utilité publique sur la propriété dite Magnolia Cottage, qui est, s'il est besoin de le rappeler, une ancienne maison de planteur, et à ce titre la résidence de propriétaires d'esclaves. »

Dès que Tower se fut tu, une rumeur commença à monter dans la salle. Le maire se leva et réclama le silence d'un nouveau coup de marteau.

— Je n'hésiterai pas à faire évacuer la salle si des agitateurs se mettaient en tête de troubler les débats. A présent...

Il consulta rapidement ses notes et reprit :

— Je crois que certains citoyens souhaitaient prendre la parole en faveur de ce projet de construction.

Dixon ne put qu'admirer la stratégie de L.T. qui ne plaida pas sa propre cause, mais laissa d'autres personnes le faire pour lui. Une mère accompagnée de trois jeunes enfants, un vétéran en fauteuil roulant, puis une femme qui élevait seule son fils adolescent, et enfin un couple de retraités dont l'unique fils était mort Viêt-nam et qui n'avaient pour vivre que leur modeste pension, vinrent successivement s'exprimer au micro. Leurs témoignages furent des plus éloquents.

Curtis Tate laissa le temps à chacun de s'imprégner du silence plein d'émotion qui s'était abattu sur la salle tandis que le vieil homme et sa femme rejoignaient leurs sièges.

Enfin, il reprit la parole :

— Je tiens à remercier tous ceux qui sont venus témoigner de leurs difficultés et défendre leurs convictions avec autant de sincérité. Nous allons maintenant entendre le parti adverse, en commençant par le propriétaire du terrain concerné, M. Dixon Bell.

C'était adroit de la part de Tate de lui donner la parole aussitôt après les touchants témoignages que l'on venait d'écouter. Et bien, soit, pensa-t-il en se dirigeant vers le micro.

— Monsieur le maire et messieurs les membres du conseil, je vous remercie de me donner l'occasion de faire valoir mon point de vue. Oui, je suis le propriétaire de Magnolia Cottage et du terrain qui l'entoure. Ma famille en possède les titres depuis 1832. Oui encore, Magnolia Cottage a été autrefois une plantation dans laquelle on cultivait du tabac et qui employait des esclaves. Je ne peux certes pas refaire le passé, mais je peux apprendre de celui-ci et espérer améliorer l'avenir.

« Les champs qui faisaient partie de la propriété au siècle dernier ont été reconvertis en une zone industrielle sur laquelle est aujourd'hui implantée une usine de machines-outils qui emploie deux mille salariés. Une importante route express traverse les anciennes terres de Magnolia Cottage afin de relier New Skye à l'autoroute. Quinze entreprises privées sont installées le long de cette route, ainsi qu'un nouveau lotissement, construit par L.T. LaRue, et dont le prix des maisons s'échelonne entre cent cinquante et trois cent mille dollars. »

Un murmure de surprise parcourut l'assemblée.

— Je crois sincèrement que New Skye a besoin de davantage de logements abordables. Mais je ne crois pas que, pour atteindre ce but, il soit nécessaire de détruire ma maison, la maison dans laquelle ma grand-mère a vécu toute sa vie. Cette semaine, je me suis intéressé aux propriétés actuellement en vente dans les environs immédiats de New Skye, et j'ai trouvé trois parcelles équivalentes en taille et en accessibilité à ce qui reste de Magnolia Cottage. Evidemment ces terrains devraient êtres achetés, et non confisqués, mais n'importe lequel de ces trois sites conviendrait parfaitement au projet du conseil municipal.

« La situation doit être bien claire pour tous. Il ne s'agit pas ici d'un conflit qui opposerait l'intérêt collectif à une cupidité personnelle, mais d'un conflit entre le pouvoir de l'Etat et les droits de l'individu. Le conseil se propose de saisir ma maison parce que c'est possible et commode. Et peut-être parce que quelqu'un trouverait dans cette opération un bénéfice financier conséquent. »

Dixon ne tourna pas la tête, mais il savait que d'autres avaient cherché L.T. des yeux.

— Je crois, poursuivit-il, que notre pays vaut mieux que cela. Certains de mes ancêtres se sont battus contre ce genre de tyrannie, et beaucoup d'entre vous peuvent dire la même chose. Allez-vous laisser nos dirigeants nous abuser de cette façon ? S'ils saisissent ma propriété, qu'est-ce qui les empêchera de prendre la vôtre lorsque cela les arrangera ?

Il pencha la tête quelques instants, rassemblant ses pensées pour l'assaut final. Puis il reprit, fixant chacun des membres du conseil l'un après l'autre :

— Je ne me laisserai pas déposséder de ma maison sans me battre. J'irai jusqu'à la Cour suprême des Etats-Unis s'il le faut. La ville sera en procès pendant tant d'années que nous n'aurons jamais les logements dont nous avons tant besoin. Ce qui serait très regrettable, évidemment.

Sur ces mots, Dixon ramassa l'unique feuille de notes qu'il avait posée devant lui et retourna à sa place au milieu d'une assemblée de nouveau silencieuse.

Le maire souleva son marteau et déclara avant de l'abattre sur le bureau :

— La réunion reprendra dans quinze minutes.

Miss Daisy rejoignit Dixon, lui prit les deux mains, et lui dit, les larmes aux yeux :

— Oh merci, Dixon. Merci.

— Allons, miss Daisy, fit-il, refoulant sa propre émotion. C'est une fierté pour moi de défendre Magnolia Cottage.

Autour de lui, les gens commentaient avec excitation ses arguments, ceux de ses adversaires, évaluaient ses chances de l'emporter. Mais il n'y avait qu'une opinion qui préoccupait réellement Dixon. Il chercha Kate du regard, un sourcil levé.

Elle lui souriait, ses yeux noisette brillant de joie et... d'amour ?

— Tu as été magnifique, dit-elle. Tu n'aurais pas pu mieux parler.

D'un mouvement de tête, elle désigna la foule autour d'eux, le bruit.

— Y a-t-il un endroit où nous pourrions être seuls cinq minutes ? demanda-t-elle. Il faut que je te parle.

— A quel sujet ? demanda-t-il, sentant le cœur lui manquer.

Elle l'entraîna à sa suite vers la rotonde où un recoin, dans l'embrasure d'une fenêtre, offrait un semblant d'intimité. Puis elle se tourna vers lui et le regarda avec un sérieux qui n'appartenait qu'à elle.

— Ecoute-moi attentivement, dit-elle. J'ai un plan.

16.

A cause de l'heure tardive, l'affluence avait diminué et tout le monde put pénétrer dans la salle. Trace et Kelsey avaient trouvé des places assises près de Kate. Celle-ci, en jetant un coup d'œil autour d'elle, vit que Sal et son père étaient là, ainsi qu'un des ouvriers qui travaillaient chez Dixon, Danny ou Mickey, elle ne savait pas. Jessica et Jimmy Hyde étaient assis devant, avec Candie Scot. Reese, bien sûr, était avec les membres du conseil. Tous quatre avaient jusque-là évité de croiser son regard.

Pete et Mary Rose s'approchèrent.

— Nous n'avons pas pu entrer tout à l'heure, mais nous avons tout entendu. Qu'est-ce que tu en penses ?

— Je pense que rien n'est joué, répondit-elle en souriant tandis que Pete se penchait pour serrer la main de Dixon. Merci d'être venus.

Curtis Tate donna un coup de marteau et réclama le silence.

— Nous entendrons à présent quelques personnes qui désirent s'exprimer en faveur de M. Bell. Miss Lu Ann Taylor est la première d'entre elles, je crois.

L'amie de miss Daisy prit la parole, puis son frère, le juge Taylor, qui assortit sa défense du droit privé de solides arguments juridiques. Les suivants se montrèrent aussi persuasifs, mais aucun d'entre eux n'éveilla l'émotion que les porte-parole de L.T. avaient suscitée. La bataille était loin d'être gagnée.

— Enfin, dit le maire, en consultant ses papiers, Mme L.T. LaRue.

Il la présentait sous son nom d'épouse afin que les choses soient bien claires pour tout le monde : elle trahissait son mari et ses paroles n'avaient donc aucune valeur.

— Merci, monsieur le maire. Je désire m'adresser à cette assemblée en qualité d'amie de Mme Crawford et de M. Bell, mais aussi en qualité de citoyenne attachée à l'histoire de notre ville. Je ne suis pas insensible, bien au contraire, aux témoignages qui ont été entendus un peu plus tôt et qui mettaient en évidence le besoin que nous avons de bâtir davantage de logements sociaux. Il s'agit d'un problème réel qui a été trop longtemps ignoré, et que nous devons résoudre avec diligence et efficacité.

« Mais pas en saisissant Magnolia Cottage, déclara-t-elle avec force, se permettant un rapide coup d'œil dans la direction de L.T. Nous ne devons pas sacrifier notre passé parce qu'une occasion commode se présente ou pour satisfaire des intérêts personnels.

« Cette terre, cette maison font partie intégrante de l'histoire de New Skye, pour le meilleur et pour le pire. Oui, en effet, Magnolia Cottage était une maison de plantation, et cette plantation faisait travailler des esclaves. C'est précisément la raison pour laquelle nous devons la conserver. Nous devons nous souvenir de ce déshonneur afin que jamais il ne resurgisse. Sur le modèle du musée de l'Holocauste de Washington, nous avons besoin d'un endroit qui rappelle les fautes de nos ancêtres et qui rende hommage à ceux qui en ont été les victimes.

« J'ai, dans cette optique, une proposition à faire. Je suggère tout d'abord que M. LaRue choisisse un autre terrain pour son projet, ce en quoi il pourrait être aidé par des donations de nos résidents les plus aisés, y compris, bien sûr, M. Dixon Bell. »

Certaines des personnes concernées hochèrent la tête. Kate déglutit et reprit.

— En second lieu, je propose que Mme Crawford puisse continuer à vivre à Magnolia Cottage avec sa famille jusqu'à la fin de sa vie.

Elle se tourna vers la vieille dame et lui sourit.

— J'espère bien célébrer son centième anniversaire dans une vingtaine d'années.

— Trente ans au moins, répliqua miss Daisy d'une voix forte.

— Dans l'intervalle, Magnolia Cottage pourrait être restauré de façon à retrouver son apparence d'origine. Nous pourrions obtenir des aides financières, pour peu que nous nous donnions la peine de les réclamer — auprès de la Commission des monuments historiques par exemple —, qui viendraient s'ajouter à ce que M. Bell est déjà prêt à investir dans cette rénovation. Le parc nécessitera également une somme de travail considérable... Tout cela dans la perspective que Magnolia Cottage devienne un jour la propriété de tous les habitants de New Skye, symbole du lien qui nous unit à notre passé et de notre foi en l'avenir.

Kate tremblait en retournant à sa place. Passant devant Dixon, elle eut soudain envie de tomber dans ses bras et d'enfouir son visage dans son cou. Mais elle serra les dents et s'assit sur sa propre chaise.

Le maire resta silencieux un long moment, les yeux fixés droit devant lui, les sourcils froncés. Finalement il remua sur son siège.

— Monsieur Bell.

— Oui, monsieur, répondit Dixon en se levant.

— Etiez-vous informé de cette... hum, proposition... de Mme LaRue ?

— Oui, monsieur.

— Et qu'en pensez-vous ?

Dixon s'avança jusqu'à l'estrade.

— Ce projet a mon entier soutien et celui de ma grand-mère. J'avais envisagé de m'installer définitivement à Magnolia Cottage, mais… eh bien…

Il baissa les yeux une seconde vers ses mains.

— … nul ne sait jamais ce que la vie lui réserve, et je suis tout à fait décidé à accepter les termes de cette proposition de Mme LaRue, et donc à céder ma propriété à la commune pour qu'elle en fasse un musée et un parc. Quand ma grand-mère n'en aura plus besoin, bien entendu.

— Seriez-vous prêt à soutenir financièrement l'achat d'un autre terrain pour notre projet de construction ?

— Je pense que tous ceux qui ont un peu plus que le nécessaire auront à cœur de supporter cette cause, et je serai de ceux-là.

— Bien, bien, fit le maire d'une voix lasse. Le conseil va maintenant se retirer pour délibérer. Si nous parvenons à une conclusion dans un délai raisonnable — disons avant minuit, précisa-t-il en regardant sa montre —, nous reviendrons et annoncerons notre décision. Sinon, nous devrons reporter la décision jusqu'à de prochaines délibérations.

— Je ne vois pas pourquoi cela leur prendrait aussi longtemps, soupira Mary Rose, qui était assise derrière Kate et Dixon. Il n'est pas difficile de voir qui a eu la meilleure idée. Votre projet de musée est tout simplement brillant.

— Le mérite en revient entièrement à Kate, dit Dixon. C'est son idée, du début à la fin.

— Espérons qu'ils en verront tous les avantages, murmura Kate, se refusant à tout optimiste prématuré. Autrement…

— Autrement, ils n'ont pas fini d'entendre parler de moi, promit Dixon. Et lorsque j'aurai eu gain de cause, ils regretteront amèrement d'avoir un jour croisé la route de L.T. LaRue.

Les minutes qui suivirent s'égrenèrent comme des heures. Les aiguilles de l'horloge paraissaient immobiles. Miss Daisy alla boire un verre d'eau avec Lu Ann et le juge Taylor. Trace bâilla pendant dix minutes, puis il mit ses coudes sur ses genoux, laissa aller sa tête dans ses mains, et s'endormit. Kelsey, qui avait été parfaitement calme toute la soirée, s'agitait à présent, croisant et décroisant ses mains sans discontinuer. La cause de son énervement n'était pas difficile à deviner : Sal se tenait debout à quelques mètres et jetait des coups d'œil répétés dans sa direction.

— Va le voir, lui dit Kate doucement. Restez dans cette salle, mais asseyez-vous quelque part.

— Son père va s'en prendre à moi, dit Kelsey, retenant visiblement ses larmes.

— Je vais lui parler, intervint Dixon en se levant. Je ne pense pas qu'il te cherche des noises.

Il alla s'asseoir à côté de Mano et échangea quelques mots avec lui. Celui-ci commença par faire la grimace, puis il haussa les épaules et fit un signe de tête à son fils qui pouvait passer pour un assentiment. Aussitôt, Sal et Kelsey se rejoignirent au centre de la salle et s'assirent, leurs têtes penchées l'une vers l'autre. Pour eux deux, le reste du monde avait cessé d'exister. L.T. les avait vus et les regardait de loin, manifestement furieux, mais il ne pouvait pas se permettre de faire un esclandre, et encore moins d'afficher son sectarisme devant ses partisans et ses amis.

— Ils ont des problèmes ? demanda Mary Rose qui vivait chez Kate au printemps précédent, quand Kelsey et Sal avaient commencé à se fréquenter.

— Le père de Sal et L.T. viennent juste de découvrir qu'ils sortaient ensemble. Ni l'un ni l'autre n'apprécient vraiment.

Elle ne pouvait pas parler à sa sœur du chantier vandalisé ; en tant qu'officier de sécurité, son beau-frère devrait rapporter les faits à ses supérieurs, et Kate ne voulait pas demander à Mary Rose de cacher la chose à son mari.

— Ils ne se sont donc pas vus depuis un moment, expliqua-t-elle. Ils se sont manqué.

— J'imagine. Et toi ? Est-ce que les choses vont mieux avec Dixon ? s'enquit Mary Rose, jetant un bref coup d'œil dans sa direction. Il n'a pas l'air très en forme à vrai dire.

— Il travaille beaucoup. Je crois qu'il ne mange pas assez. Et… non, la situation n'a pas évolué. Pas encore, ajouta-t-elle à voix basse.

Minuit arriva enfin… et passa… Dix minutes s'écoulèrent, puis quinze. La tension était insupportable et la fatigue pire encore. Kate se demandait si elle n'allait pas tout simplement s'endormir sur sa chaise, ou s'évanouir. Dixon revint s'asseoir près d'elle, le visage tendu comme jamais. Seule miss Daisy semblait conserver son calme.

A 0 h 27, les membres du conseil firent leur apparition. Kate eut beau essayer de déchiffrer leurs expressions, elle n'y parvint pas. Même celle de son père. Elle n'avait aucun moyen de se préparer à ce qui allait suivre.

Les quelques personnes qui avaient résisté à la longue attente s'étaient regroupées aux trois premiers rangs et le maire n'eut pas besoin de jouer de son marteau pour obtenir le silence. Un râclement de gorge, lorsqu'il se leva, suffit.

Il remua ses papiers, hésita, s'éclaircit encore une fois la gorge. Instinctivement, Kate chercha la main de Dixon.

— Après moult discussions, le conseil annonce que, par cinq voix contre quatre…

Il secoua la tête d'une façon qui exprimait toute sa réticence et Kate commença à sourire.

— … la proposition de saisir Magnolia Cottage afin d'y construire une ensemble de logements sociaux a été rejetée. Le conseil examinera le projet de création d'un musée dans ladite propriété à une date ultérieure. La séance est levée.

La salle sembla retenir son souffle l'espace d'une demi-seconde, puis laissa éclater sa joie. Tout le monde s'embrassait. Dans l'allégresse générale, Dixon souleva Kate dans les airs et l'embrassa.

— Merci. Oh, je t'aime tant. Merci, merci.

Interpellé par quelqu'un, il la reposa sur ses pieds, et Kate crut que ses jambes allaient la trahir, cependant, au prix d'un gros effort, elle réussit à retrouver son équilibre. Une main se posa alors sur son épaule. Elle pivota. Son père se tenait devant elle.

— Alors, Kate, tu as eu ce que tu voulais ?

— Tu as voté pour nous, n'est-ce pas ?

Il se contenta de sourire.

— Merci, papa, dit-elle en l'embrassant. C'est merveilleux.

— J'ai été profondément touché par les arguments de M. Bell. Et par les tiens. Tu aurais fait une formidable avocate, Katherine Ann, dit-il sur un ton de regret en effleurant sa joue d'un geste un peu gauche. A présent, je vais téléphoner à ta mère et lui annoncer le résultat du vote. J'espère qu'elle va enfin cesser de me harceler, elle ne me parlait plus que de cette réunion depuis samedi.

Kate le regarda s'éloigner, dans un état de contentement proche de la béatitude... jusqu'à ce que L.T. surgisse devant elle.

— Les Bowdrey obtiennent toujours ce qu'ils veulent dans cette ville, n'est-ce pas ? C'est la raison pour laquelle j'avais pensé que c'était une bonne chose de t'épouser.

Non, elle ne supporterait pas ça ce soir.

— Tais-toi, L.T. ! Je suis fatiguée de t'entendre te lamenter.

Elle se détourna, mais L.T., l'attrapant par l'épaule, l'obligea à lui faire face de nouveau.

— Tu vas m'écouter !

C'est alors que le bras de Dixon s'abattit entre eux deux, faisant lâcher prise à L.T.

— C'est vous qui allez m'écouter, gronda-t-il en l'écartant de façon à le dissimuler à la vue des petits groupes qui s'attardaient encore. Si vous menacez Kate encore une fois, déclara-t-il d'une voix pleine d'une fureur contenue, ou vos enfants, ou ma grand-mère, ou bien moi-même, à la moindre intimidation, vous entendez, je vous jure que j'irai directement voir la police et leur révélerai qui est à l'origine de l'incendie qui a failli détruire Magnolia Cottage. J'ai deux témoins, dit-il en désignant du menton Danny et Mano, qui ont entendu l'incendiaire avouer son forfait et nommer son commanditaire. Vous avez été vu avec lui en public, LaRue. Ce ne sera pas une accusation à laquelle vous pourrez échapper. Alors, surveillez-vous si vous ne voulez pas finir dans une prison d'Etat. Compris ?

L.T. recula, jeta un regard à Kate et quitta la salle. Ses partisans avaient déjà déserté la place, ce qui permit aux vainqueurs de célébrer dignement leur triomphe autour de quelques bouteilles que quelqu'un était allé chercher.

— Quelle journée ! commenta miss Daisy en rejoignant les voitures. Je crois que je vais bien dormir ; d'autant mieux que nous n'avons plus cette épée de Damoclès suspendue au-dessus de nos têtes.

— Tout se passera bien, maintenant, j'en suis sûr, dit Dixon en ouvrant la portière de la Volvo. Je ne sais pas quand la maison sera prête pour votre retour, mais je crois que vous êtes mieux là où vous êtes pour le moment.

Il regarda Kate par-dessus la carrosserie, guettant un signe de sa part.

— Bien sûr. Aussi longtemps que nécessaire.

— Vous n'avez donc plus qu'à vous détendre, miss Daisy, dit-il, retenant la portière pendant qu'elle s'installait sur le siège. Je passerai vous voir demain. Basket, le week-end prochain ? ajouta-t-il à l'adresse de Trace, déjà assis à l'arrière.

— Sûr.

Kate fit un signe à Kelsey et Sal qui arrivaient sans se presser.

— Dépêche-toi, Kelsey, on rentre. Dis à Sal que nous parlerons demain.

Elle baissa la voix et ajouta pour Dixon :

263

— Quoique je me demande ce que je vais pouvoir faire. Il est tout de même le chef d'une bande de jeunes délinquants. Je ne peux pas faire comme si cela n'avait aucune importance. Pas après…

Elle s'interrompit, réalisant qu'elle n'avait rien dit à Dixon à propos des déprédations commises sur le chantier de L.T.

— Je sais. Sal m'a mis au courant.

— Ah. Eh bien… si tu as une idée de la manière dont je pourrais gérer ça… n'hésite pas à m'en faire part.

Kelsey arriva en courant et s'engouffra dans la voiture.

De nouveau, leurs regards se croisèrent au-dessus du toit de la voiture.

— Bon, fit Kate. A… un autre jour.

— Bien sûr. Au revoir, Kate.

Elle le suivit des yeux tandis qu'il rejoignait son 4x4. Il n'avait pas la démarche d'un homme qui vient de remporter une victoire.

Mais, somme toute, elle non plus n'avait pas l'impression d'avoir gagné. Pas encore.

L.T. alla à son bureau et s'y enferma avec une bouteille de Jack Daniel's. Rentrer chez lui pour dire à Melanie qu'il avait perdu son combat n'avait aucun sens car Melanie n'était plus là. Elle était partie voir sa sœur à Atlanta et ne savait pas quand elle rentrerait, disait le mot succinct qu'elle avait laissé. Et étant donné qu'elle avait emporté tous ses vêtements, L.T. ne s'attendait pas à la revoir.

Elle allait lui manquer. C'était une chic fille. Mais, d'un autre côté, il était plutôt content de ne pas avoir à lui expliquer quel gâchis était devenue sa vie. Bell savait qu'il avait payé Mickey pour saboter les travaux. L.T. n'avait pas précisé quel type de sabotage il voulait, mais ce ne serait pas un argument pour la police. Et L.T. ne voulait pas finir en prison.

Il avait pensé que les enfants seraient de son côté s'il passait plus de temps avec eux et leur faisait des cadeaux, mais ça ne s'était pas

264

passé comme ça. Là aussi, il avait perdu. Il avait perdu sur tous les plans. Il en était au point où certains sortent un revolver de leur bureau et se font sauter la cervelle. L'idée était presque séduisante.

Mais quels que soient ses défauts, ses faiblesses, L.T. n'était pas du genre à baisser les bras. Il y avait encore de l'argent à faire dans cette ville. Il pouvait proposer ses plans pour le futur projet de logements de la commune, celui dont Dixon avait parlé — sur un des terrains actuellement en vente, et dont Kate avait suggéré que les habitants aisés, dont Dixon, pourraient participer à l'achat. Ça, c'était une idée vraiment attrayante. Jouer sur la culpabilité de Bell, sur sa compassion, et lui soutirer le maximum d'argent ; ça valait le coup d'essayer.

Dixon s'était arrêté en chemin pour acheter un pack de bière, mais une fois assis sur la terrasse, il n'éprouva plus aucune envie de boire. Ce qu'il voulait, ce dont il avait besoin ne se trouvait pas dans une canette, ni même dans plusieurs. Ne pouvait pas être acheté avec toute la fortune du monde. Et c'était lui qui avait tout jeté aux orties.

Aussi resta-t-il assis, seul dans l'obscurité, à observer les insectes voleter en écoutant le dernier CD d'Evan Carter. Il avait écrit plusieurs de ses textes et, selon son agent, le disque allait rapporter pas mal de royalties.

Et il en aurait probablement besoin, car il était certain que L.T. essaierait de l'escroquer quand serait venu le moment pour la communauté d'acquérir le fameux terrain destiné à la construction des logements sociaux. Dixon n'était pas sûr d'avoir l'énergie de mener une autre bataille ; peut-être prendrait-il un avocat pour traiter cette affaire.

Une portière claqua soudain devant la maison. Le cœur battant, Dixon se leva. Peu de gens de sa connaissance étaient susceptibles de lui rendre visite à 2 heures du matin. DeVries, peut-être, venu pour fêter sa victoire ?

Elle apparut au coin de la maison, portant quelque chose de blanc qui la faisait paraître presque irréelle.

— Kate ? murmura-t-il.

Avant de s'éclaircir la gorge et de répéter, plus fort : Kate ?

— Hello. J'aurais sans doute dû t'appeler, mais j'ai pensé que tu avais peut-être laissé ton portable dans ta voiture.

Sa voix se mêlait à la brise de la nuit, douce, sensuelle. Il se rappela qu'il n'avait pas encore écrit cette chanson qui aurait pour thème la voix de la femme aimée, sa musique, son timbre si particulier... Bien sûr, il n'en avait guère eu le loisir.

Elle avança vers lui, silencieuse, aérienne, aussi immatérielle que la création de son imagination qu'il craignait qu'elle soit.

— Je peux repartir si tu le souhaites, dit-elle.

— Je... Non. Viens t'asseoir, dit-il en approchant une chaise de la table. Tu veux une bière ?

Stupide. Il ne l'avait jamais vue boire de bière.

— Ou de l'eau ? un soda ? se reprit-il en faisant un pas vers la cuisine.

Elle le rattrapa par la main.

— Non. Je n'ai pas soif, vraiment. Assieds-toi.

Parce qu'il était incapable de penser, il obtempéra et se rassit au bord de la chaise longue.

— Qu'est-ce que tu fais ici ?

Elle sourit.

— Je suis venue te voir. Non, ce n'est pas vrai. En fait, je suis venue pour faire ça.

Avant qu'il ait eu le temps de comprendre ce qui arrivait, les mains de Kate étaient sur ses épaules et le repoussaient en arrière. Elle accompagna le mouvement et se retrouva allongée sur le côté entre ses jambes. Puis elle l'embrassa.

266

Complètement dérouté, Dixon s'agrippa aux accoudoirs du transat tandis que Kate s'emparait de sa bouche. Il ne pouvait pas s'empêcher de répondre à son baiser ; leurs lèvres, leurs langues se mêlaient, donnaient, prenaient, leurs dents mordillaient, exigeaient toujours davantage, faisant monter le désir entre eux. Dixon serrait ses doigts autour des accoudoirs, il ne devait pas les lâcher car, sinon, il ne répondrait plus de rien.

Ce n'est qu'au bout de quelques minutes qu'il réalisa que Kate lui parlait tout en l'embrassant.

— Je… ne peux toujours pas… être avec toi… de la façon dont je voudrais… Dixon… Je te désire si fort.

Dixon était à la torture. Les articulations de ses mains lui faisaient mal tant elles étaient contractées. Il laissa échapper un gémissement.

— Mais, continuait-elle, tu m'as appris à dépendre de toi… à compter sur toi, sur… tes sentiments… tes attentions… J'ai besoin de ton rire… de l'étincelle… dans tes yeux.

De sa propre initiative, semblait-il, la main droite de Dixon s'était libérée et remontait le long du bras de Kate vers son épaule, son cou, sa joue.

— Tu ne peux pas… me tourner le dos. Je ne te laisserai pas faire. Tu m'as appris… à t'aimer. Je t'en prie, laisse-moi…

Ses deux bras étaient autour d'elle, à présent, ses mains étaient dans ses cheveux, sur sa taille, sur ses cuisses, sur ses seins. Des étoiles passaient devant ses yeux, un feu d'artifice de sensations se déchaînait en lui et il y avait peu de chance pour qu'il échappe à cette étreinte sans avoir explosé lui-même en un million de particules de pur bonheur.

Il endura ce plaisir aussi longtemps qu'il le put, puis, graduellement, le réfréna, respirant plus lentement, allégeant la pression de ses lèvres sur celles de Kate, écartant un peu son corps du sien. Un tout petit peu. Jusqu'à ce que, enfin, tous deux reposent paisiblement dans la nuit calme, la tête de Kate sur son épaule, sa tête à lui tournée vers le visage de sa compagne qu'il embrassait tendrement, à petites touches, sa joue, son nez, ses yeux…

— Je t'aime, chuchota-t-il. Je te l'ai déjà dit ?

— Pas assez récemment, repartit-elle en se lovant contre lui. Je t'aime aussi, au cas où tu n'aurais pas bien entendu ce que je disais tout à l'heure.

— Oh, j'ai entendu.

— Bien.

Et, comme par un fait exprès — Dixon n'aurait pas été surpris d'apprendre qu'une bonne fée se tenait quelque part derrière eux, dans l'ombre du jardin —, le CD jouait de nouveau *My dream*.

Il se demandait comment lui dire qu'il en était l'auteur lorsqu'il s'aperçut que Kate fredonnait la chanson à mi-voix.

— Tu aimes cette chanson ?

— Quelle femme ne l'aimerait pas ? C'est une si belle idée… qu'un homme aime une femme avec cette tendresse, cette force, ce courage…

Elle tendit la main vers lui pour effleurer ses lèvres.

— Comme toi tu m'aimes, acheva-t-elle.

Il respira profondément.

— C'est moi qui l'ai écrite, dit-il. Pour toi.

Kate se figea dans ses bras.

— Qu'est-ce que tu as dit ?

— C'est ma chanson. Je l'ai écrite en pensant à toi.

— Mais…

Elle s'assit, échappant à ses bras, et le fixa avec perplexité.

— C'est bien Evan Carter qui chante ?

— Oui. Je ne suis pas fait pour le devant de la scène. Je préfère laisser ça aux autres, je me contente de leur donner mes textes et mes mélodies.

Il la regarda avec attention, essayant anxieusement de deviner sa réaction.

— Est-ce que ça t'ennuie ? Ça rapporte pas mal, tu sais.

Kate ne savait pas trop ce qu'elle pensait. La tête lui tournait, son cœur bondissait dans sa poitrine, ses mains et ses genoux tremblaient d'excitation et de peur. Depuis le début, elle était amoureuse de l'homme de cette chanson ; et maintenant, il était là et il la voulait, elle ? Etait-elle digne de cet homme ? Etait-elle la femme qui lui avait inspiré cet amour généreux, immense ?

Elle le regarda, observa ses cheveux embroussaillés, ses yeux inquiets, le dessin ferme de ses lèvres. Elle l'aimait de tout son être. Et si elle n'était pas à la hauteur de ses espérances aujourd'hui, eh bien, il faudrait qu'elle le devienne, voilà tout. A ses côtés, tout était possible.

S'agenouillant sur la chaise, elle prit ses mains dans les siennes et demanda :

— Veux-tu m'épouser ?

Il ouvrit la bouche pour répondre, mais elle le devança.

— Je sais que je ne serai pas libre avant le printemps prochain, et que je devrai probablement attendre plus longtemps encore, par respect des convenances. Quel est le délai raisonnable après un divorce ? Un an ? Je ne pourrai pas attendre plus d'un an de toute façon… Mais je dois te demander d'attendre jusque-là, à cause des enfants. C'est sans doute vieux jeu — je le sais, tout le monde couche avec tout le monde de nos jours —, mais j'aimerais qu'ils pensent que le mariage signifie quelque chose de spécial, même quand on n'a plus vingt ans et qu'on a un passé derrière soi. Si c'est trop difficile pour toi, je comprendrai, j'espère seulement…

Elle dut s'arrêter car Dixon avait posé la main sur sa bouche.

— Oui, dit-il en souriant. Oui, je veux t'épouser. Oui, je suis prêt à t'attendre un an ou même plus longtemps si tu le désires parce que je veux respecter les choses auxquelles tu crois. Oui, oui et encore oui.

Ils se renversèrent en arrière, dans les bras l'un de l'autre, riant de bonheur, et s'embrassèrent avec fougue.

Puis ils se redressèrent tous les deux et Dixon éteignit la platine stéréo pour écouter le silence de la nuit.

— Kate, ma chérie, murmura-t-il, la bouche dans ses cheveux.

— Mmm ?

— Si les convenances exigeaient qu'on attende un an de plus…

— Oui ?

— Je renonce à toutes les prétentions que j'ai pu avoir de me comporter en gentleman. Je ne répondrai plus de rien.

— N'aie pas d'inquiétude, dit-elle en s'étendant paresseusement dans la chaise longue. Je ne pense pas que nous devrons attendre aussi longtemps.

17.

Le divorce fut prononcé en mai, mais ils attendirent le troisième week-end de septembre pour se marier. L'église était remplie de lis blancs et roses et de la foule des grands jours.

— Cette robe est vraiment cool, commentait Kelsey en faisant des effets de jupe devant le grand miroir de la petite pièce, dite « de la mariée » en ce genre d'occasion. Je crois que je la porterai pour la remise des diplômes l'an prochain.

— Ce sera une première, repartit Mary Rose qui tenait le bouquet de Kate tandis que celle-ci arrangeait son chapeau. Personne n'a jamais accepté de remettre une robe de demoiselle d'honneur après un mariage. Mais il est vrai qu'elles sont ravissantes, Kate. Je te remercie d'avoir choisi quelque chose que même une femme enceinte puisse porter.

Kate sourit et embrassa sa sœur sur la joue.

— Tu n'es enceinte que de trois mois et ça ne se voit presque pas. Est-ce que mon chapeau est bien ?

— Parfait.

— Bon, alors…

Kate hésita, soudain prise de trac.

— Kelsey, peux-tu aller leur dire que j'arrive dans un instant ?

Sa sœur s'approcha et caressa sa joue.

— Tu te sens bien ?

— Oui, fit-elle, tombant assise sur la chaise la plus proche. J'ai juste besoin d'une minute… Oh, Mary Rose, j'ai si peur tout à coup, dit-elle.

Les larmes lui montaient aux yeux.

Mary Rose s'agenouilla devant elle.

— Peur ? Chérie, c'est Dixon qui t'attend. Il n'y a aucune raison d'avoir peur.

— Mais, si…

— Si quoi ?

— Si… je le décevais ? murmura-t-elle.

— Toi ? Alors qu'il vénère le sol que tu foules ? s'exclama Mary Rose.

Puis le sens de la question lui apparut. Elle ajouta à voix basse :

— Tu veux dire… au lit ?

Kate hocha la tête en rougissant. Son mascara devait commencer à couler sur ses joues.

— Toi et Dixon n'avez jamais fait l'amour ?

— Je ne pouvais pas tant que j'étais mariée. Et ensuite, nous n'étions jamais seuls nulle part et cela aurait été tellement évident si nous étions allés ailleurs. Alors nous avons attendu. Mais maintenant…

— Maintenant, tu es sur le point de lui faire un merveilleux cadeau, acheva Mary Rose en se redressant, invitant Kate à se lever. Cet homme t'a attendue des années. Il ne désire qu'une chose : te rendre heureuse. Et toi, que veux-tu ?

— Je veux qu'il ait tout ce qu'il désire.

— Eh bien, il me semble que tous les ingrédients sont réunis. Donne, Kate. Sois toi-même. Votre bonheur est entre vos mains. Il ne vous reste qu'à le saisir.

— Kate ? fit Kelsey, passant la tête à la porte. Tu viens ?

— Oui, j'arrive tout de suite.

Elle se tourna vers sa sœur.

— Mon rimmel n'a pas coulé ?

— Non.

— Est-ce que tu sais combien je t'aime ?

— Presque autant que moi je t'aime. Allez, on y va.

Même après un an, la rénovation de Magnolia Cottage était loin d'être terminée et Lu Ann Taylor, qui hébergeait miss Daisy et ses chats depuis quelques mois, avait insisté pour organiser la réception dans son jardin. Et le soleil était au rendez-vous.

Dixon se mêla avec plaisir à la foule des invités, bien qu'un certain nombre fussent pour lui des inconnus, mais jamais il ne perdit Kate de vue. Il ne pouvait pas encore tout à fait croire que cette femme délicieuse, en ensemble jaune pâle, avec ce petit chapeau de la même couleur épinglé sur ses boucles sombres, soit la sienne. L'année précédente, aux alentours de Noël, elle lui avait demandé s'il verrait un inconvénient au fait qu'elle se fasse couper les cheveux. Désireux de respecter ses moindres choix, il ne s'était pas risqué à émettre un avis. Mais cette coupe lui allait à ravir, elle la faisait paraître moins fragile, plus gaie. Dixon aimait vraiment beaucoup, et, plus important, elle aussi.

— Elle ne va pas disparaître, tu sais. L'endroit est truffé de collègues officiers.

Pete Mitchell lui tendait une coupe de champagne.

— Merci, Pete. Il est parfois difficile de croire à sa chance.

— Je sais, repartit celui-ci en passant un bras autour de la taille de sa femme. Ça va, chérie ?

— Tout à fait bien. J'ai du mal à croire qu'Evan Carter soit un de tes amis, Dixon. C'est une véritable star maintenant. Et il va chanter à ton mariage ?

— On le dirait bien, répondit-il en tournant la tête vers l'orchestre, installé sous les chênes, qu'Evan venait de rejoindre. Je crois que je vais aller chercher ma femme pour cette danse.

Kate se détourna de ses parents lorsqu'il la prit par la main et se pressa aussitôt contre lui.

— On peut y aller maintenant ? demanda-t-elle. J'ai déjà parlé à tout le monde deux fois.

— Bientôt.

Le violon joua les premières notes de *My dream*.

— Je crois qu'il est grand temps de danser cette valse ensemble.

Ce qu'ils firent, tournoyant comme dans un rêve ; mais l'intermède fut de courte durée. A peine la chanson terminée, ils furent de nouveau assaillis par leurs amis. Quelqu'un entraîna Kate à l'autre bout du jardin. Dixon attendit aussi longtemps que sa patience le lui permit, puis il décida que les invités devraient à présent se passer d'eux.

Il prit Kelsey à part et lui demanda d'aller dire à Kate et à miss Daisy de le retrouver dans l'allée ombragée sur le côté de la maison.

— Surtout ne dis rien à personne.

— Vous partez ? Vous ne voulez pas qu'on vous lance du riz ?

— Toi et Trace, et Sal, pourrez nous en lancer. Gardons notre départ secret.

Quelques minutes plus tard, Kate, miss Daisy et les enfants le rejoignirent.

— Quelque chose ne va pas ? demanda Kate.

— Tout va très bien, répondit-il en prenant sa main. Nous partons.

— Mais…

Elle jeta un regard par-dessus son épaule.

— Tu as raison, partons, dit-elle avant de se tourner vers miss Daisy. Merci pour tout, miss Daisy. Vous avez fait de cette journée un jour inoubliable.

— C'est à moi de vous remercier, chère Kate, de faire le bonheur de mon petit-fils. Maintenant, courez avant qu'ils ne vous rattrapent.

Ils s'embrassèrent tous, puis les jeunes gens leur lancèrent quelques poignées de riz tandis que miss Daisy s'essuyait discrètement les yeux avec un mouchoir de dentelle.

Dixon et Kate firent le tour de la maison en courant et s'engouffrèrent dans la limousine, garée devant le perron, juste au moment où les invités, qui s'étaient aperçus de leur fuite, arrivaient. Dixon démarra en riant, sous une pluie de grains de riz.

— Excellente idée, ce départ, commenta Kate en enlevant son chapeau. J'ai des crampes aux lèvres à force de sourire.

— Tu as pu manger quelque chose ?

— Pas une miette, hormis cette petite tranche de gâteau que tu m'as apportée.

— Je crois que nous avons quelques provisions ici, dit-il en ouvrant le réfrigérateur.

Il en sortit de petites corbeilles garnies d'une variété de gourmandises plus appétissantes les unes que les autres.

Kate mordit dans une sorte de tourte miniature et savoura, les yeux fermés.

— Mmm… du crabe. Délicieux. Cass Stuart est le meilleur traiteur de l'Etat, si tu veux mon avis.

Dixon attrapa la bouteille de champagne et siffla en jetant un coup d'œil sur l'étiquette.

— Et elle s'y connaît en vins, renchérit-il.

Ils avaient une heure de route devant eux. Dixon ne voulait pas presser Kate. Il voulait qu'elle se sente prête. Ces dernières semaines, il l'avait sentie réticente lorsqu'ils s'enlaçaient et essayaient de se satisfaire de leurs baisers. Dixon n'était pas sûr d'en comprendre la raison et il avait chassé mille fois ce sujet d'inquiétude de son esprit.

Cependant, cette nuit était un moment important. Le commencement de toute une vie. Il ne voulait pas tout gâcher en allant trop vite.

Aussi burent-ils du champagne et goûtèrent-ils aux petits-fours raffinés de Cass Stuart. Et ils parlèrent. Du diplôme de Sal et de l'emploi qu'il avait trouvé dans un garage de la ville. Des Lobos qu'il avait quittés, et de son adoration pour Kelsey. Des progrès de Trace en classe et de ses performances dans l'équipe de football l'hiver précédent. Des recherches de miss Daisy sur l'histoire de Magnolia Cottage et de son projet d'écrire un livret que le futur musée pourrait offrir à ses visiteurs. Des chevaux de Dixon qui semblaient très heureux chez Phœbe Moss. Les travaux de Magnolia Cottage seraient terminés avant Noël, mais ils avaient déjà décidé de se mettre à la recherche d'une autre vieille maison à restaurer dans laquelle ils habiteraient, plus tard, quand le moment serait venu de quitter la demeure des Crawford-Bell. Tout avait fini par s'arranger pour le mieux au bout du compte.

Ils atteignirent Moseby House Inn à la tombée de la nuit. Kate descendit de la limousine et regarda autour d'elle, sous le charme.

— Dixon, c'est merveilleux. J'avais espéré que tu choisirais cet endroit.

Dixon poussa un soupir de soulagement. Tous deux connaissaient l'auberge, ils y étaient venus dîner plusieurs fois, mais il n'avait voulu révéler à personne le lieu où il avait prévu d'emmener Kate pour leur nuit de noces. Pas de plaisanterie grivoise, pas de réveil aux aurores ; il voulait que leur première nuit soit parfaite.

Le personnel leur souhaita la bienvenue avec une élégance et une discrétion parfaites. On monta leurs bagages tandis qu'ils admiraient le hall d'entrée, puis, comme les invités d'une maison particulière, on les escorta, lui et sa femme — sa femme ! — à leur chambre, avant de leur souhaiter une bonne nuit.

Kate parcourut la pièce en s'exclamant devant le mobilier et la décoration dix-huitième :

— Regarde ce bureau, et la table… et ces tissus ! J'adore cette chambre. Les fleurs sont magnifiques, tu as vu ?

Elle en retira la carte de visite, lut son nom et lui sourit.

— Oh, merci, Dixon. Elles sont superbes. Les roses jaunes sont mes préférées.

— Je m'en suis souvenu, dit-il d'une voix soudain un peu étranglée.

Il n'avait aucune idée de ce qu'il pouvait faire, à présent, pour que tout aille bien.

— Aimerais-tu dîner ? On peut se faire monter un repas ici, je me suis renseigné.

Elle s'était approchée de la fenêtre et semblait scruter l'obscurité au-dehors.

— Tu as faim ?

— Et toi ?

Finalement, elle se tourna vers lui et dit avec un rire embarrassé :

— Ça ne se passe pas trop bien, n'est-ce pas ?

— Veux-tu qu'on demande une annulation ?

— C'est ce que tu veux ?

— Oh, Kate ! C'est toi que je veux !

Ce fut tout ce qu'il fut capable de dire. Quel balourd il faisait ! Comment pouvait-on se montrer aussi peu romantique ?

Mais Kate vint vers lui et dit, les lèvres tremblantes et les yeux brillants :

— Alors, prends ce que tu veux. Prends-moi.

Il s'était promis de mener doucement les choses, et essaya vraiment. Mais quelque part au milieu de ses tendres caresses, alors que, lentement, il lui ôtait sa jupe, défaisait une à une les minuscules attaches de son caraco de soie… Kate perdit patience. Elle tira sur sa veste, sur sa chemise dont deux boutons au moins ne résistèrent pas ; sa ceinture et ses boutons de manchettes lui posèrent plus de problèmes, mais alors, ils étaient déjà étendus sur le lit, bras et jambes entremêlés, et les obstacles ne firent que décupler leur désir. Ce furent pour Dixon les instants les plus érotiques qu'il ait jamais connus. Du moins est-ce ce qu'il pensa jusqu'à ce que Kate se retrouve au-dessous de lui, nue, plus belle qu'il ne l'eût cru possible, et totalement sienne, réclamant de tout son être cette fusion de leurs corps dont ils s'étaient privés si longtemps. Elle haleta, gémit, murmura son nom mille fois, puis le cria au moment où ils atteignaient les limites extrêmes de la passion, et qu'explosait entre eux ce plaisir intense, extraordinaire, qu'il avait toujours su qu'ils connaîtraient. Ensemble.

Lorsqu'il eut recouvré son souffle, il roula sur le côté, entraînant Kate avec lui, sans pour autant relâcher la pression de ses bras autour d'elle.

— Ça va ? chuchota-t-il.

— Parfaitement bien.

Il y eut un long silence.

— Dixon ?

— Mmm ?

— Est-ce que… c'était vraiment bien pour toi ? Ça valait la peine d'attendre ?

Il répondit après un moment de réflexion :

— Eh bien, ça dépend…

Elle se redressa sur un coude.

— De quoi ?

— De la façon dont on voit les choses, dit-il en jouant avec ses boucles brunes. Si l'on pense à tous ces moments magiques que nous aurions pu passer ensemble ces derniers mois, nous avons perdu beaucoup. D'un autre côté…

Kate sourit et reposa tranquillement la tête sur sa poitrine.

— Oui ?

— Je ne suis pas le genre de type à regarder en arrière, le passé est le passé. Cette nuit est merveilleuse, mais…

— Mais ?

— Mais le meilleur est à venir.

Chère lectrice,

Vous nous êtes fidèle depuis longtemps?
Vous venez de faire notre connaissance?

C'est pour votre plaisir que nous avons
imaginé un rendez-vous chaque mois
avec vos auteurs préférés, vos
AUTEURS VEDETTE dans les
collections Azur et Horizon.

Les AUTEURS VEDETTE vous
donneront rendez-vous pour de
nouveaux livres vedette.

Pour les reconnaître, cherchez
l'étoile ... Elle vous guidera!

Éditions Harlequin

HARLEQUIN

LE FORUM DES LECTEURS ET LECTRICES

CHERS(ES) LECTEURS ET LECTRICES,

VOUS NOUS ETES FIDÈLES DEPUIS LONGTEMPS?

VOUS VENEZ DE FAIRE NOTRE CONNAISSANCE?

SI VOUS AVEZ DES COMMENTAIRES, DES CRITIQUES À
FORMULER, DES SUGGESTIONS À OFFRIR, N'HÉSITEZ
PAS… ÉCRIVEZ-NOUS À:
      LES ENTERPRISES HARLEQUIN LTÉE.
      498 RUE ODILE
      FABREVILLE, LAVAL, QUÉBEC.
      H7R 5X1

C'EST AVEC VOS PRÉCIEUX COMMENTAIRES QUE NOUS
ALLONS POUVOIR MIEUX VOUS SERVIR.

DE PLUS, SI VOUS DÉSIREZ RECEVOIR UNE OU
PLUSIEURS DE VOS SÉRIES HARLEQUIN PRÉFÉRÉE(S)
À VOTRE DOMICILE, NE TARDEZ PAS À CONTACTER LE
SERVICE D'ABONNEMENT; EN APPELANT AU
(514) 875-4444 (RÉGION DE MONTRÉAL) OU 1-800-667-4444
(EXTÉRIEUR DE MONTRÉAL) OU TÉLÉCOPIEUR
(514) 523-4444 OU COURRIER ELECTRONIQUE:
AQCOURRIER@ABONNEMENT.QC.CA OU EN ÉCRIVANT À:
      ABONNEMENT QUÉBEC
      525 RUE LOUIS-PASTEUR
      BOUCHERVILLE, QUÉBEC
      J4B 8E7

MERCI, À L'AVANCE, DE VOTRE COOPÉRATION.

BONNE LECTURE.

HARLEQUIN.

VOTRE PASSEPORT POUR LE MONDE DE L'AMOUR.

<u>COLLECTION</u> <u>HORIZON</u>

Des histoires d'amour romantiques qui vous mènent au bout du monde!

Découvrez la passion et les vives émotions qu'apportent à la Collection Horizon des auteurs de renommée internationale!

Captivantes, voire irrésistibles, ces histoires d'amour vous iront assurément droit au coeur.

Surveillez nos trois nouveaux titres chaque mois!

GEN-H-R

ROUGE PASSION

De fiévreuses histoires d'amour sensuelles!

De provocantes histoires d'amour passionnées et romantiques qu'on lit d'une seule traite. Aventureuses, parfois humoristiques, et sensuelles, elles mettent en vedette des hommes et des femmes d'aujourd'hui.

**ROUGE PASSION...
trois nouveaux titres
chaque mois.**

GEN-RP-R

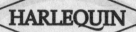

HARLEQUIN

COLLECTION
ROUGE PASSION

- Des héroïnes émancipées.
- Des héros qui savent aimer.
- Des situations modernes et réalistes.
- Des histoires d'amour sensuelles et provocantes.

LAISSEZ-VOUS TENTER
par 3 titres irrésistibles
chaque mois.

RP-1-R

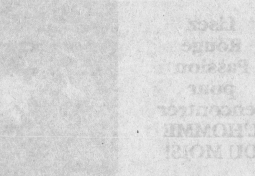

Lisez
Rouge
Passion
pour
retrouver
L'HOMME
DU MOIS

69 L'ASTROLOGIE EN DIRECT ⟋
TOUT AU LONG
DE L'ANNÉE.

(France métropolitaine uniquement)
Par téléphone 08.92.68.41.01
0,34 € la minute (Serveur SCESI).

Composé et édité par les
*éditions*Harlequin
Achevé d'imprimer en août 2005

BUSSIÈRE

GROUPE CPI

à Saint-Amand-Montrond (Cher)
Dépôt légal : septembre 2005
N° d'imprimeur : 51894 — N° d'éditeur : 11526

Imprimé en France